坐觀山河色

任保平 著

西北大学出版社·西安

图书在版编目（CIP）数据

坐观山河色 / 任保平著. —西安 ：西北大学出版社，2022.1

ISBN 978-7-5604-4907-4

Ⅰ. ①坐… Ⅱ. ①任… Ⅲ. ①散文集—中国—当代 Ⅳ. ①I267

中国版本图书馆 CIP 数据核字（2022）第 026258 号

坐观山河色
ZUOGUANSHANHESE

著　　者：任保平
出版发行：西北大学出版社
地　　址：西安市太白北路 229 号
邮　　编：710069
电　　话：029-88303059
经　　销：全国新华书店
印　　刷：陕西博文印务有限责任公司
开　　本：787 毫米×1092 毫米　1/16
印　　张：19.5
字　　数：273 千字
版　　次：2022 年 1 月第 1 版　　2022 年 1 月第 1 次印刷
书　　号：ISBN 978-7-5604-4907-4
定　　价：65.00 元

神龟虽寿，犹有竟时；腾蛇乘雾，终为土灰。老骥伏枥，志在千里；烈士暮年，壮心不已。盈缩之期，不但在天；养怡之福，可得永年。幸甚至哉，歌以咏志。

——曹操《龟虽寿》

如画河山

如画河山

我喜欢静，不喜欢热闹和嘈杂，在静中能定，在定而慧中便于集中精力思考。我喜欢动，动是喜欢到大自然中，游历山河，坐观山河色，把心交给大自然。山河美如画，身在图画里，心在蓝天下。走进大自然，回望如画河山，没有什么能比这美丽而纯净的山水更能净化人的心灵了。

“乘风好去，长空万里，直下看山河。”河山形胜，山河如诗、江山如画，云涛烟浪，吐纳烟云，吐纳文明，吐纳奇观。坐观山河色，山在人们眼中是自然界中最可靠的象征，几千年的时代变迁带不走山的矗立，多少次的狂风暴雨吹不走山的挺拔，仿佛山从很久以前就在，永远不会离开。俯视大江流，河流是大地的动脉。滚滚长江东逝水，浪花淘尽英雄。黄河九曲十八弯，滚滚黄沙浪淘金。滔滔大浪湖海水，涛涛不尽诉古今。“试听天上阳春雪，怎敌人间羌笛扬？”回望河山，山花烂漫，散发香气，让你回味无穷；绿草如茵，昭示生命，让你感慨万分；飞泉流瀑，一泻千里，让你有无限遐想。楼上看山，城头看雪，灯前看月，舟中看霞，回望河山，是何等的潇洒。“行到水穷处，坐看云起时”，在温暖的阳光下倾听花开的美妙声音，在和煦的春风里欣赏如画的大好河山，在多姿多彩的秋色中，俯视河山的壮美。在白雪皑皑的冬日，仰视河山之伟岸。

“岁月本无虞，来日犹可期”，我们每日蜷居樊笼之中，形色匆匆，为无所谓的名利争论不休，忘记了季节的变化，忘记了不年轻，忘记了生命的意义，忘记了如画的河山。当你走进这美丽的山水，就会发觉，蓝天白云，绿树红花，青山绿水，全部都拜倒在你的脚下。会当凌绝顶，一览众山小。独立云端，俯瞰千山，阅尽江山无数，心胸会开阔很多。

岁月是记忆的沙漏，留下了斑点无数。走过的许多地方，发现时间一久，很多记忆都会慢慢模糊。但每每在无意间看见这些碎片时，那些画面就又汇聚和鲜活了起来。看着这一张张相片，记忆仿佛又将我带回了起点，那一幕幕登高望远，跋山涉水，行至水穷处、坐看云起时情景，犹如倒片历历在目。

还是李白在《春夜宴桃李园序》中写得好："夫天地者，万物之逆旅也；光阴者，百代之过客也。而浮生若梦，为欢几何？古人秉烛夜游，良有以也。况阳春召我以烟景，大块假我以文章。会桃花之芳园，序天伦之乐事。群季俊秀，皆为惠连；吾人咏歌，独惭康乐。幽赏未已，高谈转清。开琼筵以坐花，飞羽觞而醉月。不有佳咏，何伸雅怀？如诗不成，罚依金谷酒数。"踏遍山河，方知所有的凡尘往事皆为浮云。踏遍青山人未老，河山如画，万事万物皆为风景，一缕清风、一朵白云、一片枯叶，一碧清泉、一座小桥、一弯新月，一座高山、一汪湖水……

坐观山河色，发思古之幽情，借山河之壮美，抒眼前之感慨，寓深曲复杂的用意于轻松之中，把"百炼钢"化为"绕指柔"。走进大自然，坐观山河色，虽无丝竹管弦之盛，一觞一咏，亦足以畅叙幽情。山间素月，竹喧莲动，满山清风，桃花满发，静观万物浮游，消除世俗杂念，留下幽幽的淡雅。

目录

CONTENTS

洮州绿石含风漪　能泽笔锋利如锥 \ 001
秋风生渭水　落叶满长安 \ 003
初雪润长安 \ 005
食气者神明而寿 \ 007
文玩清供　掌玩心悦 \ 009
教育不能只局限于知识上 \ 011
大事都是“笨人”干成的 \ 013
无意苦争春　一任群芳妒 \ 015
海棠开后春谁主 \ 017
《大秦帝国》的误区 \ 020
通古今之变 \ 023
老树春深更著花 \ 025
江南好　风景旧曾谙 \ 028
一本好教材的标准是什么？ \ 031
芭蕉不展丁香结　同向春风各自愁 \ 034
古路坝的灯火 \ 036
事上磨　心上炼 \ 039
清者自清　浊者自浊 \ 041
驴背思诗 \ 043
读万卷书　行万里路　看万重景 \ 045
继往开来 \ 048
上有天堂　下有书房 \ 050
此心安处是吾乡 \ 052
观乎人文　化成天下 \ 055

常生欢喜心 \ 057
有一种智慧叫舍得 \ 059
五十而知天命 \ 061
违而不犯　和而不同 \ 063
数据的神奇力量 \ 065
设茗听雪落 \ 067
岂只灵犀壹点通 \ 069
人无癖不可交 \ 071
自知者明 \ 073
孔子的震怒 \ 075
行己有耻与不耻下问 \ 077
日进终南夜宿山　静闻松涛枕石眠 \ 079
循吏与清流 \ 082
精神动力 \ 084
最中国的一座山 \ 086
人心惟危　道心惟微 \ 089
指鹿为马 \ 091
人间净土喀纳斯 \ 093
秦商的衰落 \ 096
宁静以致远 \ 098
优秀学者的三种能力 \ 100
飓风过岗　伏草惟存 \ 102
谁知五柳孤松客　却住三坊七巷间 \ 104
造极于赵宋之世 \ 106
以戒为师 \ 108
回首向来萧瑟处　也无风雨也无晴 \ 110
科学始于哲学 \ 112
书法的形象与抽象 \ 114

艺术的哲学思维 \ 116
常有敬畏之心 \ 118
游刃有余 \ 120
逍遥之乐 \ 122
东瀛纪事之一：高松市的掠影 \ 124
东瀛纪事之二：香川的文化印象 \ 127
东瀛纪事之三：别致的松树和梅花 \ 129
东瀛纪事之四：大阪城公园与二条城 \ 132
天山观雪莲 \ 134
历史的眼光 \ 137
溪山胜境 \ 140
酒的中国地理 \ 143
七度教学观 \ 145
为有暗香来 \ 148
读书的眼界 \ 150
清流未必能砥柱 \ 152
卧读南华经 \ 154
过度市场化的灾难 \ 156
金石可镂 \ 158
回归课堂教学的本真 \ 161
如烟往事俱忘却 \ 163
落日熔金　暮云合璧 \ 165
法于阴阳　和于术数 \ 167
昆明观鸥 \ 169
冬游晋祠 \ 172
心存敬畏　行有所止 \ 174
倚南窗以寄傲 \ 176
梅花枝头春意闹 \ 178

山桃烂漫花如海 \ 180
居家三十余日 \ 182
半山桃花撼春风 \ 184
《金刚经》里面讲什么？ \ 186
春日迟迟木香花开 \ 189
偶做林间客 \ 191
文学作品的价值观 \ 193
正大气象 \ 195
时来风送滕王阁 \ 197
此地空余黄鹤楼 \ 199
常怀敬畏之心 \ 202
送秦一椎　辞汉万户 \ 205
青木川宁古镇幽 \ 208
郁孤台下清江水 \ 212
古朴庄穆　静中寓动 \ 215
落雨听禅 \ 217
却道天凉好个秋 \ 219
秋水文章不染尘 \ 221
多少楼台烟雨中 \ 223
北大楼的记忆 \ 225
蜀河古镇探幽 \ 227
大学要有正大气象 \ 230
“人类世”视野下的瘟疫警示 \ 232
道在器中 \ 234
闲情的分量 \ 237
历史的经验 \ 239
以道统术　以术得道 \ 241
梅破知春近 \ 243

松柏精神 \ 246
为万世开太平 \ 249
天地之间有片瓦 \ 252
银色三千界　瑶林一万重 \ 255
铁马秋风大散关 \ 257
三十年间执鞭事 \ 260
阴阳二气通天地　物象三候示境情 \ 263
洪福与清福 \ 266
十年寂寂淘书海 \ 268
踏遍青山人未老 \ 270
桃花的诗性 \ 273
白花满山明似雪 \ 275
灵动秦岭 \ 277
刚日读经　柔日读史 \ 280
青青杂阡陌　时时见桑树 \ 282

洮州绿石含风漪　能泽笔锋利如锥

近日得一方圆形砚台，体型比较大，围绕砚池一圈雕有一条龙，形象逼真，栩栩如生。我依据砚台的颜色，大体断定这是一方洮河砚。我提出自己的看法之后，得到了大家的确认。

洮河砚是我国四大名砚之一，产于中国甘肃省甘南藏族自治州卓尼县洮砚乡洮河之滨，是水成岩的一种，又名辉绿岩。洮河砚以其细密晶莹、清丽动人、石纹如丝，似浪滚云涌等特点，为历代皇家所珍藏，备受文人雅士青睐。清《四库全书》载："洮石砚，出洮州卫，通志宋苏轼为之铭。洮河之珍，砚中神品。"最名贵的叫绿漪石，因其纹理形状如同水里扔进一块石头而泛起的波纹而得名。

洮砚主要兴盛于宋代，宋神宗熙宁四年（1071 年）王昭于征战洮河边，应朝中恩旨，选用当地特产洮砚作为皇宫贡品，并赠予苏轼、黄庭坚、陆游等人。这些文人雅士在使用洮砚的同时，写了诗词来赞颂洮砚，使得洮砚名声大振。苏轼的《洮砚铭》中写道，"洗之砺，发金铁。琢而泓，坚密泽，郡洮岷，至中国"，赞誉洮砚的肤理缜润，色泽雅丽。大书法家黄庭坚的《豫章黄先生文集》有诗云："久闻岷石鸭头绿，可磨桂溪龙文刀。莫嫌文吏不知武，要试饱霜秋兔毫。"黄庭坚用"洮州绿石含风漪，能泽笔锋利如锥"的评价验证了洮砚的优异。陆游《剑南诗稿》中也有诗写道："玉屑名笺来濯锦，风漪奇石出临洮。"赵朴先生曾经得到友人所赠洮砚，写两首诗，"风漪分得洮州绿，坚似青铜润如玉"，"何年生成石一方，近似生寒须映窗。一潭净水碧如玉，借得春风写春风”。

洮砚的名贵不仅在于其质地，而且在于其开采的难度。洮砚所用的石头一般开采于洮河水底。物以稀为贵，开采的难度使其身价百倍。北宋著名鉴赏家赵希《洞天清禄集——古砚辨》中说：“除端、歙二石外，惟洮河绿石，北方最贵重，绿如蓝，润如玉，发墨不减端溪下岩，然石在大河深水之底，非人力所致，得之为无价之宝。”

我先后有过三方洮河砚。2005年去兰州开会，我的同门师兄送我一方，颜色是灰绿色的，特沉，并且带着一个木盒子，给我时丁师兄说这是他们家乡的名贵产品，背回西安后，查阅资料才知道是洮河砚。第二方是2012年去兰州开会，利用空闲时间，满大街找，寻回了一方。形状为半椭圆的，旁边随形挖进一块，形成一个砚池，右边沿刻了一条小的龙。这方砚台质朴、随形而刻，也颇有意趣。第三方就是这方圆形砚台。三方之中这方最大，而且三方都是灰绿色，没有鸭头绿的。但愿有机会能够找到一方鸭头绿的。

观砚如观人，材质好，有特点，这是基础，方可雕琢。否则，一方顽石，质地低劣，如何能雕得宝物。

2016年11月19日

秋风生渭水　落叶满长安

昨夜，秋雨一直淅淅沥沥下到了天明，“夜来秋雨后，秋气飒然新”。一夜的秋雨洗净了浓浓的雾霾，空气清新了不少。早上来到院子里，突然发现树叶变黄了，特别是桃园校区中一排银杏树的叶子一下子变黄了，十分耀眼，地上落满了厚厚一层黄叶，如同金黄色的地毯。“听雨寒更尽，开门落叶深”，长安已是深秋时节，强劲的秋风从渭水吹来，长安落叶遍地，显出一派萧瑟的景象，真所谓“秋风生渭水，落叶满长安”。

坐上校车，一路颠簸，经过唐延路、西高新、西万路，直奔新校区。一路上发现经过这场秋雨的洗礼，沿路的绿化带已经红衰翠减，深秋的景象已经非常浓厚。进入新校区，惊觉整个校园的颜色变了。平日里要么东奔西走，要么埋头于书堆，竟不知季节已然变换。漫步在小道上，金黄的树叶从枝头纷纷落下，不知不觉中已铺满了大地。“早秋惊叶落，飘零似客心。翻飞未肯下，犹言惜故林。”秋天的风不带一点修饰，是纯净的风，凉爽地轻轻地掠过园林，掠过枝头。她时而温柔，时而凛冽地吹刮着，卷起落叶拍打在人们的衣服上、裤腿上、甚至是脸上。我弯腰拾起几片像小精灵似地跌落在我脚前的落叶，惊奇地发现，秋天的落叶竟也这般多姿多彩，浓绿并未退尽，却平添了成熟的金色。

“秋风起兮白云飞，草木黄落兮雁南归”，又一阵风刮来了，来得是那么猛烈，又是那么深沉。漫卷着黄叶，也一片片飘落。我看着这一片片飘落的黄叶，不禁思绪万千。叶落无痕，树叶落下无声无息，令人丝毫无察觉。落叶飘向冥冥世界，归于沉寂。没有什么力量可以挽回一片落叶，让它重回枝头。我抬头凝望片片落叶，在想，被秋风带走的是什么呢？是思念？还是快乐？在秋风里心弦已然随风飘荡，但是心中依旧停留在那个花开的季节，存留着无尽的幻想。

“万里悲秋长作客，百年多病独登台。”上到五楼，站在连廊上，四处望去，校园的颜色一下子由过去的浓绿变成了五彩缤纷。一叶飘落，半树泛黄，千里尽知秋。校园里到处是红黄涂抹的浓烈，飘摇零落的唯美。真是叶之瑟瑟，无一不华，叶之柔柔，无一不美。

“秋风生渭水，落叶满长安。”寒风横扫落叶，繁华瞬间落寞。看着这枯黄的叶子，我在感慨万千的同时似乎也明白了什么。回首往事，迷迷糊糊走过那么多年。多年来为了一个梦，执着地追求，蓦然回首，一切已归于平淡。为了一个美好的记忆，牵挂了许多年。为了一个完美的结局，风风雨雨走过那么多年。回首往事，记忆早已模糊，一切亦如这黄叶一片片地飘落，归于死寂。

2016 年 11 月 22 日

初雪润长安

昨天下午下雨，并夹杂着雪。雪飘飘洒洒的，但是路上没有积雪。今天早上起得很早，出门时发现外面在下雨，开着车子到沣惠南路，雨变成了雪，越下越大，车子行走得越来越艰难，我很后悔开车出门。清晨天尚黑，从挡风玻璃望出去，大雪纷纷扬扬，像柳絮一般的雪，像芦花一般的雪，像蒲公英一般的雪在空中舞，在随风飞。随着风越吹越猛，雪越下越密，雪花也越来越大，像织成了一面白网，丈把远就什么也看不见了。到处都是白茫茫、灰糊糊的。我的眼睛想找到一样新鲜的东西，但是找不到。“长安大雪天，鸟雀难相觅。”平日里到处飞奔的鸟儿已经不知踪迹。初雪满长安，这场雪来得突然，而且非常大，车子开到长安校区，校园里已经一片洁白了。“江山不夜月千里，天地无私玉万家。”初雪满长安，这场雪一下子使得西安成了长安，从深秋深沉的黄色变成了白色。慢慢地，大地白了，屋顶白了，每棵树上都积满了白雪。昨天还是五彩缤纷的银杏树、梧桐树，如今都成了“玉树琼枝”。行走在校园的小树林，地上厚厚的落叶与洁白的雪掺杂在一起，白的是雪，黄的是树叶，脚踩在上面，嚓嚓直响。“满城楼观玉阑干”，站在五楼的连廊平顶上望出去，远处城市的房顶上无不积起了一层厚雪，就像连绵起伏的“雪山”。南面的终南山在风雪中也已一片洁白了，我不禁念起了祖咏的《终南望雪》：“终南阴岭秀，积雪浮云端。林表明霁色，城中增暮寒。”

“窗外正风雪，拥炉煮茶香。”来到办公室，烧好水，泡好茶，手扶茶杯往窗外看，窗外依然大雪纷飞，飘落的雪花像烟一样轻，像银一样白，飘飘摇摇，纷纷扬扬，从天空中洒落下来。“花雪随风不厌看，更多还肯失林峦。愁人正在书窗下，一片飞来一片寒。”我看那雪花，玲珑剔透，洁白如玉。“千门万户雪花浮，点点无声落瓦沟”，校园的建筑全盖上一层厚厚的“白被子”，天地连在一起，白茫茫的。一阵风吹来，树木轻轻摇晃着，那美丽的银条和雪球儿就簌簌落落地抖落下来。

初雪润长安，这是入冬后西安下的第一场雪，大雪的到来驱散了西安持续多日的雾霾，使得西安干燥的空气顿时湿润了许多。初雪润长安，雪是长安冬天的使者，它以独有的身姿装点着古城。像玉一样洁，像烟一样轻，像柳絮一样柔，从天空中纷纷扬扬地飘落，把这美丽的世界装点得“银装素裹，分外妖娆”。

下雪的季节是属于沉思的季节。夜幕降临，我开启台灯，独自坐在办公室，手握茶杯，静静地听雪。用心去静听簌簌雪落的声音。记得有人说过，听雪是听心，是让心在听雪中，开出一朵禅意的莲花，我深以为然。

2016 年 11 月 22 日

食气者神明而寿

中华文化源远流长，博大精深，儒释道各有奇妙，南怀瑾先生曾经有名言，他说："我有一个比方，孔家店是粮食店，人人非吃不可。道家是个什么店呢？药店。药店一定要有嘛，生病去买药吃，不生病不需要买。佛家开的什么店？百货店。什么都有，你高兴可以去逛一逛。"因此他认为人生最高境界是佛为心，道为骨，儒为表，大度看世界；技在手，能在身，思在脑，从容过生活。三千年读史，不外功名利禄；九万里悟道，终归诗酒田园。简单总结一下，佛家修心，道家修性，儒家修身。修心培养慈悲心，使心灵纯洁。修性就是通过自我反省体察，使身心达到完美的境界，使本性不受损害。修身就是提高道德修养，养成为人处世的智慧。

由于道家主张修性，因而道家有非常丰富的养生之道。其中辟谷术是非常有特色的，辟谷即不食五谷杂粮，是通过吸收自然精华之气而进行减肥、排毒和养生的系统养生法。秦汉前礼仪论著的《大戴礼记·易本命》说："食肉者勇敢而悍，食谷者智慧而巧，食气者神明而寿，不食者不死而神。"这是辟谷术最早的理论根据。《史记·留侯世家》记述留侯张良禀体多病，采用导引、辟谷等疗疾并习练轻身之功。之后历代文献亦不乏记载。

按照现代医学的解释，人体的衰老和疾病，主要原因在于大肠里的粪便堆积和发酵，产生了有害物质，使人体慢性中毒。人体中的废物有粪、尿、汗、二氧化碳等，而以粪便危害最大。大肠是专门收纳粪便的，如果清除不尽，就会产生多种毒素，变成各种慢性疾病加工厂，为百病之源，所以要想治病，需先清理。辟谷以保持体内内环境、内空间清洁，从而促进各脏腑功能，提高免疫能力。通过辟谷去掉了体内多余的脂肪和毒素，体内得到了全面的清洁，肠胃得到了调节和休养，心灵因而得到澄清和升华，性情得以陶冶。

我大学刚毕业时，由于胃不好，身体很瘦。吃过多种药物，效果都不好。我的书法授业恩师曹鸿远先生教给了我道家内养功，修习不足一月就治好了我的胃病，半年之内迅速胖了起来。1993 年的夏天，我读洪丕谟的《佛道养生法》，按照书上的介绍，进行了辟谷，兼修道家内养功，那次辟谷长达一周，非常轻松。2016 年是丙申年，丙申年为匪年。这一年，我在经历了各种磨难的同时，戒了烟，但是与此同时也带来了负面效应，很快胖了起来，腰围足足宽了一尺，走路臃肿，睡觉鼾声四起，血糖也升高了。因为女儿要高考假期复课，哪里也去不了，应酬也少了一些。于是我从大年初二开始进行辟谷，只吃蔬菜。初二晚间吃煮白菜。初三一大早吃一根黄瓜，中午带上煮好的白菜，步行从桃园到办公室看书写文章，中午吃煮白菜，下午从办公室走回桃园，晚间吃蒸土豆、红薯。初四早间走到办公室，顿觉肚子不舒服，急忙如厕，大排一通，腹中鼓胀顿时消失，原来腹部鼓起、坚硬，现在也变柔软了，身体顿时觉得轻松。初四中午吃了凉拌的白菜和一个蒸土豆，晚间回桃园吃了半个苹果，半小时左右吃煮白菜，在桃园院子中疾走五千余步。初五早起到办公室，又觉腹中不适，厕中又排，腹中大大轻松，沉积在腹中长时间的毒素排了出来。肚中虽然有饥饿感，但是身体非常舒服，轻松异常，上下楼梯身轻了许多，口中浊气减少，晚间睡觉鼾声减少。

身体和心灵如同机器一样是需要调养的，及时清除心灵上的污垢，思想会很轻松，会增添许多的智慧。道家是“药店”，这些“药方”可以医治身心的不适，愿大家都有一些道心。

2017 年 2 月 1 日

文玩清供　掌玩心悦

去年秋天我去南京大学开会期间去朝天宫市场闲逛，在一个古玩市场看见半尺长的形同几案的木制品，颜色为黑色，上面镶着玉石和绿松石，很是好玩。问了店主也不知是何物。讨价还价之后买了下来，回到宾馆，拍成照片，发给贾麦明老师。微信中贾老师说，这是墨床，上面镶嵌的是南阳玉和绿松石，不老则不可买。回到西安几天之后，贾老师发微信告诉我，买了一个墨床赠予我。贾老师送给我的磨床是一个小的紫袍玉带石做的墨床，巴掌大小，但是非常精致。去贾老师家里，借得一本《文房雅玩》，细读之下才对文房的东西有了真正的了解。

中国的古代文房用具，历经唐宋元明之后，至清代到达了鼎盛时期，除了被誉为“文房四宝”的笔墨纸砚外，更潜心发展“文房四宝”的辅助工具，其精心的设计达到了登峰造极的地步，那些器物的实用价值，也被观赏与把玩性所取代，成为名副其实的“文玩”。文人将“读书之苦”变为“读书之乐”，将自己的审美旨趣和人生追求融入书房之中。文房的用具除了过去我们知道的文房四宝以外，还非常多。还有笔用类：笔格（架）、笔挂、笔筒、笔插、笔床、笔船、笔屏、笔帘、笔匣、笔海、笔篓；墨用类：墨床、墨盒、墨缸、墨屏、墨匣；纸用类：镇纸、压尺、裁刀、剪刀、界尺、毡垫、画缸、剑筒、贝光；砚用类：砚屏、砚匣、笔砚（掭）、研山；印用类：印章、印匣、印泥盒、调泥笺；水器类：水滴（注）、水盂、笔洗、水勺、水中丞；调色类：格碟、调色缸；辅助类：臂搁、糊斗、蜡斗、帖架、瘿瓢、书灯、诗筒、文具匣、香椽盘、书架；其他类：香熏、手炉、香炉、数珠、拂尘、冠架、古琴、拜帖匣、宫皮箱、瓶觚、如意、铜镜、宝剑、算盘等，以及书斋家具如案、几、桌、椅、橱、榻、凳、架、屏等。

文房清供既是书房的用具，也是文人雅客赏玩之物。所谓“供”，即供奉，自然是圣洁高贵之物；所谓“清”，可以是清雅不俗，可以是清逸不浊，可以是清心寡欲。文房清供的含义是文人书房中那些表达文人高雅气息与悠然古意的物品。文房雅玩，案头清供。虽然形微体轻，与重器大件相比，实属小器物。但是这些小玩意，却是一个内涵丰富的知识载体，根植于民族文化的土壤之中，是物化了的民族传统，它丰富的功能，独特的造型，以及千姿百态的制作工艺与材质，构成了一个绚丽多彩，品位高雅的艺术世界。

文房雅玩是文骨与匠心的有机结合，从贾老师那里我知道了文房雅玩。我过去就非常喜欢收集各类文房用品，有各类砚台几十方，种类已经齐全；各类镇纸几十条，名目繁多；各类笔筒好多个，形态各异；各类铜墨盒许多，形制各异。看了贾老师的书，我又有了笔搁、墨床、笔添、笔床、印规。烦恼之时，关起书房门，独自一一把玩，摆起一桌子。一一点兵点将，赏心悦目，乐以忘忧。

2017 年 2 月 1 日

教育不能只局限于知识上

著名经济学家近年来在教育改革问题上连连发表高见，清华大学经济学院院长钱颖一教授最近出了两本关于高等教育改革的书。假期中阅读他送给我的两本书，书中关于创造力问题的论述使我深受启发。第十七届亚布力中国企业家论坛年会上，他提出了一个假说，创造性等于知识乘以好奇心和想象力（creativity = knowledge * curiosity/imagination），也就是创造力 = 知识 × 心智模式。他认为，“中国要成为创新型国家，不缺创新的意志、创新的热情，也不缺创新的市场、创新的资金。最缺的，是大量的具有创造力的人才”。原因在于，我们教育的一个致命的短处就是对教育的认识过于局限在“知识”上。创造力需要有知识，但是不仅仅是知识，知识越多未必创造力越大。在他提出的公式中，知识通常是随着受教育的增多而增多，好奇心和想象力与受教育年限没有多大的关系，好奇心和想象力取决于教育环境和方法。随着受教育越多，好奇心和想象力很有可能会递减。因为，知识体系都是有框架、有假定的，好奇心和想象力往往会挑战这些假定。在现行教育制度下，教师教书的目标是传授标准答案，那么教育越投入，教师和学生越努力，好奇心和想象力被扼杀得越系统化和彻底化，好奇心和想象力的减少程度就越大。更多的教育有助于增加知识，但也因减少好奇心和想象力而减少创造性。他的结论是，大学除了教学生知识外，还要创造一种环境，尽力保护和鼓励学生的好奇心和想象力。

读了钱院长的书，我很受启发。钱院长的观点与演化经济学的观点非常相似，演化经济学也认为创造力来自好奇心。演化经济学认为好奇心是个体遇到新奇事物或处在新的外界条件下所产生的注意、操作、提问的心理倾向。好奇心是个体学习的内在动机之一，是个体寻求知识的动力，是创造性人才的重要特征。反思我们的教育，教师教标准答案，学生做标准答案，学生的思维完全被限定在已有的知识框架和假定之中，创造力由此被抹杀。想象力和好奇心来自心智模式，我们在日常生活中，也发现一些有趣的事实，孩子没有上过幼儿园，你让一群孩子画苹果，孩子会画出各种各样的苹果，大小不一，形状各异。但是上了幼儿园、小学、中学，学生画出的苹果就是一样的了。

创造力来源于想象力和好奇心，这两者是非常重要的，教育必须重视对好奇心的教育。好奇心的教育来自方法教育和有效的教育环境以及人文教育。人文教育是人类灵性的来源，可以培养起人的敏感性。因此教育中人文教育是特别重要的，我过去写过相关的文章，主张大学中专业教育和人文教育的结合。专业教育是做事的教育，人文教育是做人的教育。哲学、文学、美学、艺术等都是人文教育，这些教育是对人的心灵的教育，特别是语文教育，它不仅是实用型教育方面的读和写，也是心灵的教育。民国时期的大学非常重视文学教育、或者国文教育以及无用而大用的哲学教育。西南联大抗日战争时期南迁云南，在异常艰苦的条件下培养了院士、世界知名科学家200余人，形成了世界教育史上的奇迹。这奇迹的背后，文学教育发挥了重要作用。据统计，西南联大时期文学教授是最多的，开的文学课是最多的，学生选的最多的课是文学课。那个时期培养的知名科学家，不仅在自然科学领域是权威，而且许多人能作诗词，会书法绘画。

因此，教育不能只局限于知识上，要创设环境，加强人文教育，以培养学生的想象力和好奇心，大学教育的本质在这里。

2017年2月16日

大事都是“笨人”干成的

近日热播2017版的《射雕英雄传》，这部电视剧是我非常喜欢的。我看过各种版本，尤其喜欢83版的。2017版尽管不及83版，但是也还过得去，昨晚回家偶然看过几集，恰好是郭靖去桃花岛前后几集。其中洪七公教郭靖降龙十八掌、周伯通教郭靖左右互搏术，大家都认为郭靖太笨，而洪七公虽然认为郭靖太笨，却也说过一句话：“大事都是笨人干的”，使我很有感触，也非常赞同。

实际上真正干大事的人是介于聪明和愚笨之间的。太过聪明会精于算计，斤斤计较、患得患失。而蠢到家的人没有智商也不行，只有那些介于聪明和愚笨之间的，既有能力，也不会算计，只会下笨功夫，自然就会干成大事。很多事情不一定说要多聪明、要多厉害就可以做。而是要细心、耐心和恒心才可以做好。我理解洪七公说的“大事都是笨人干的”，主要有以下原因：

一是笨人具有坚定的意志。只要意志坚定，认准了方向，不随便改变方向，不断坚持就会走向成功。苏轼《晁错论》中说“古之立大事者，不惟有超世之才，亦必有坚忍不拔之志”，意思就是说，自古以来能够成就伟大功绩的人，不仅仅要有超凡出众的才能，还一定要有敢于面对问题、解决问题的勇气和坚忍不拔的意志。这是过于聪明的人所不具有的。

二是笨人具有顽强的毅力。毅力是人们为达到预定的目标而自觉克服困难、努力实现的一种意志品质；毅力，是人的一种“心理忍耐力”，是一个人完成学习、工作、事业的“持久力”。司马迁在《报任安书》中说：“盖西伯拘而演《周易》，仲尼厄而作《春秋》；屈原放逐，乃赋《离骚》；左丘失明，厥有《国语》；孙子膑脚，兵法修列；不韦迁蜀，世传《吕览》；韩非囚秦，《说难》《孤愤》；《诗》三百篇，大抵圣贤发愤之所作也。”在逆境时，具有顽强的毅力，不屈不挠，发愤图强，终成大事。冯仑在《企业家钱以外的能力》一文中指出，企业家是赚钱的，而赚钱的能力在钱以外，钱以外的能力之一就是毅力。

三是笨人能下功夫。笨的背后是大智慧，古人云，“笨鸟先飞早入林，笨人勤学早成材”，意思是飞得慢的鸟儿提早起飞就会比别的鸟儿早飞入树林，不够聪明的人只要勤奋努力，就可以比别人早成材。

四是笨人能够坚守道义。笨人凡事能坚持到底，坚持到底就是永不放弃，“抱道不曲，拥书自雄”，是卫俊秀先生经常写的一副对联，我临习过无数遍，不是卫俊秀先生字写得好，而是这副对联中有深刻的含义。这副对联教育人们崇尚根本、恪守道德，就是所谓的崇本守道。陕西师范大学把这副对联作为学校的校训，刻石立于学校的大门口。其实在现实生活中，许多人没有干成事的原因就是没有坚持到底。

五是笨人做人做事厚道。此所谓厚德载福，星云大师讲做人做事成功的一些基本准则，追求厚德载物，人生修养最讲究的就是律己。笨人是厚道的人，在德业能够养深积厚，在人际能够广结善缘，在事业能得道多助，可谓厚道才能成事。

2017 年 2 月 16 日

无意苦争春　一任群芳妒

久在事中忙，忙得忘记了季节已经变换。午饭后行走在校园中，有了校园中还是枯枝林立，雨后的校园虽然也还是有些春寒料峭，但是已经有了繁花盛开、绿柳依依的迹象了。

校园的道路旁垂柳依依。柳树是春的信使，每当春回大地，万物还在沉睡之中，柳树就最先感知到春的讯息。一场春雨过后，沉睡了一冬的柳树苏醒了，虽然枝干仍然是干枯的，但是那细细长长的枝条上却已经泛出一层新绿，焕发出勃勃生机。看着绿柳，我心头没有任何的欣喜，似乎有些悲怆，不禁想起了庾信的《枯树赋》中的句子，“昔年种柳，依依汉南。今看摇落，凄怆江潭。树犹如此，人何以堪”。

图书馆前的玉兰花已经盛开，这是西大校园中春季的一道风景。远远望去，那皎洁无瑕的玉兰花仿佛就是一只只落在树上休息的白蝴蝶。白玉兰树斜斜地伸展着枝干，无叶无绿，只是朵朵优雅宁静地绽放。那白的有些温润的花瓣，隐隐带着些香气，虽不浓郁却也清新自然。迎面吹来了一阵柔和的春风，雪白雪白的“蝴蝶”就在天空中自由自在地飞来飞去，地上落了一层厚厚的花瓣，“零落成泥，碾作尘，依然香如故”。仰望着这些玉兰花，我想，白玉兰真是秀外慧中的花，晶莹如玉，洁白如雪，清香如兰。而造物主却恰恰如此的残酷，在这繁花盛开的时节来了一场雨夹雪。雨雪的肆虐，掩盖了玉兰花的芳香。如果没有雨夹雪，如果是风和日丽，如果是蓝天白云，这怒放的玉兰又会给校园增添多少色彩。

回到桃园，回想起昨晚散步时看见的那一排排樱花在夜光下，在寒风里，星星点点，香远益清。停下车，来不及回家就急急地赶到那一排樱花树下。近看樱花，非常失望。樱花颜色深红，有点像单瓣的粉色桃花，但花朵却比桃花小，花形也不如桃花漂亮。不知是不是受了昨夜寒雨的欺凌，每一朵花儿都向下垂着，如受了气的小媳妇儿，开得是那样的小心翼翼。我从内心埋怨造物主的无情，为什么要来这一场雨夹雪，将美丽的樱花雨打风吹。惜花常怕花开早，何况落红无数。那些在昨晚雨夹雪中吹落的的樱花，随着流水渐渐被污淖陷渠沟，留下一片香魂，花自飘零水自流。“帘外雨潺潺，春意阑珊。罗衾不耐五更寒。梦里不知身是客，一晌贪欢。独自莫凭栏，无限江山，别时容易见时难。流水落花春去也，天上人间。”

我想依依的垂柳、皎洁的玉兰、星星点点的樱花，都是这院子中的风景。不可理解的是造物主却偏偏来这一场雨夹雪，“无意苦争春，一任群芳妒。零落成泥碾作尘，只有香如故”，尽管陆游的这句诗是写梅花的，但是我想玉兰和樱花就是没有想和别的花争奇斗艳，却偏偏受到了群芳的嫉妒。可是就算飘零落入泥土碾做灰尘，也依然要留下高洁的清香。

2017 年 3 月 14 日

海棠开后春谁主

唐延路北段有一个小花园，这是我每天晚上散步的地方。南段是唐延路唐城墙遗址公园，北段过马路是牡丹园。小花园不大，但是遍植花木，冬天的梅花和春天的各色花开得格外繁盛。小花园曲径通幽，花开似锦。早上去超市顺路去小花园散步，适逢一片的桃花，如同走在桃花岛一样。

转过一个弯，突然，一片繁华出现在我的眼前，枝干繁多，每个枝干上都开满了鲜花，树枝伸展到哪里花儿就开到哪里。有一根树枝伸得又长又高，一阵春风吹来，树枝轻轻摇曳，像一个小姑娘挥动着花束在欢迎我的到来。一大片花开似锦，格外吸引人，我马上想到了弘一法师李叔同的两句诗“花枝春满，天心月圆”。这些盛开在绿叶之中的海棠花，颜色非常鲜艳，就像一团团燃烧着的火焰，又像天边的一片片粉霞，与绿叶形成了鲜明的对比。走近看才发现，原来海棠花的花朵是由许多小花朵组成的。每一朵小花都像一滴粉色的小水珠，散发着香甜的气息。

我以前在看电视剧《海棠依旧》时见过海棠花。周总理的西花厅外海棠花开，和这里的花一模一样。我驻足细看，海棠花开得鲜艳夺目，花开似喷，给人以喷放的感觉，每一棵海棠花就是一眼喷花的飞泉，它们给烂漫春天的花园增添了无限的生趣。在烂漫的花海中，每一个花朵很小，但是所有的小花朵簇拥起来，很是繁盛。海棠花和苹果花相似，尽管它的花朵较小，但花团锦簇，花姿潇洒，重葩叠萼，一树千花，令人陶醉。

小花园东北边全是盛开的海棠，繁盛的花树，夹道开放。仰首看去，海棠花呈弯曲状，开着粉红的小花，在小花旁边掺杂着绿色的小叶子，令人产生乱枝纵横的美感。正如古诗中所写“枝间新绿一重重，小蕾深藏数点红”。有的还是花骨朵，鼓鼓的，好像马上就要开出鲜艳的花朵；有的已经开出了无数的小花，像是披了一件华丽的衣服。一阵风吹来，花枝乱颤，一地落英缤纷。

前几天晚上散步，这里的花有的已经开放了，但是大部分还是花骨朵。今天海棠花开得很旺，这么多的海棠花，一朵有一朵的姿势。有的花瓣儿全都展开了，每一片花瓣由外到内颜色由深红变为浅红，最后变成白的了，花蕊嫩黄嫩黄的，像一根根可爱的豆芽；有的才展开两三片花瓣儿，像是粉色的小喇叭，又像是小巧的铃铛；有的含苞欲放，饱胀得马上要破裂似的，花茎和花托嫩嫩的、红红的；有的还是花骨朵儿，血红血红的，像一个个小小的西红柿，又像一个个小樱桃，更像一个个亮着的小红灯笼。苏东坡称颂海棠是“嫣然一笑竹篱间，桃李满山总粗俗”。繁盛的海棠花，吸引了许多晨练的人们在这里观赏、赞叹和拍照。

海棠花花姿潇洒，花开似锦。海棠花开娇艳动人，但木瓜属的海棠花无香味。海棠花是靠繁盛来吸引人的，而不是香味，足显示其雅致的一面。南宋陆游诗云，“虽艳无俗姿，太皇真富贵”，来形容海棠艳美高雅。陆游另一首诗中，“猩红鹦绿极天巧，叠萼重跗眩朝日”，来形容海棠花鲜艳的红花绿叶及花朵繁茂与朝日争辉的形象。海棠花的诗句中最有名的是苏轼的《海棠》诗：“东风袅袅泛崇光，香雾空蒙月转廊。只恐夜深花睡去，故烧高烛照红妆。”苏轼害怕在这深夜时分，花儿就会睡去，因此燃着高高的蜡烛，不肯错过欣赏这海棠盛开的时机。宋朝诗人李清照的《如梦令·昨夜雨疏风骤》的第三四句也写了海棠：“昨夜雨疏风骤，浓睡不消残酒。试问卷帘人，却道海棠依旧。知否，知否？应是绿肥红瘦。”李清照记得昨夜雨虽然下得稀疏，风却刮得急猛，问那正在卷帘的侍女，庭院里海棠花现在怎么样了，可见海棠在诗人心中的位置。清朝词人纳兰性德在《海棠春》里写了海棠落花的忧思：“落红片片浑如雾，不教更觅桃源路。香径晚风寒，月在花飞处。蔷薇影暗空凝伫，任碧飐轻衫萦住。惊起早栖鸦，飞过秋千去。”

流连徘徊在海棠花树枝间，在欣赏这繁花似锦的海棠花时，心中涌起的不仅是“花枝春满，天心月圆”的圆满境界，而看到被风吹落的繁花和一地落英的时候，又深深感受到生命的短促。我也在想不知道海棠败后是什么花开，但是不论是什么花开都难免受风雨的欺凌。“海棠开后春谁主”，花开花落终有时，暮春之后，春光已经不是在催促花开，而是在催促花落。人们不仅要欣赏花开，而且要怜惜花落。“海棠开后春谁主。日日催花雨。可怜新绿遍残枝。不见香腮和粉、晕燕脂。去年携手听金缕。正是花飞处。老来先自不禁愁。这样愁来欺老、几时休。”海棠花开心如醉，自难忘。海棠开后春谁主？费思量。

2017 年 4 月 2 日

《大秦帝国》的误区

《大秦帝国》自出版以来，甚嚣尘上，电视剧的拍摄又使这部小说聒噪不已。如此冗长的小说，我手头有，但是没有时间读。冗长的泡沫剧也没有时间看，抽时间看几集，看一下整个剧情介绍。我以为《大秦帝国》的主题是有问题的，这部电视剧及其小说，应该总结秦国的改革，引导人们思考秦是如何通过改革变得强大的。秦国人本是养马人，出身卑微，偏安一隅，没有任何强大基础，而秦国后来通过改革和变法而强大，最终统一了六国，这应该成为这部电视剧或者小说的核心。

关于秦的灭亡历史上总结很多，贾谊的《过秦论》就是典型。此文总结了秦速亡的历史教训，为汉王朝建立制度、巩固统治提供了借鉴。《过秦论》上篇先讲述秦自孝公以始皇开始逐渐强大的原因：具有地理的优势、实行变法图强的主张、正确的战争策略、几世秦王的苦心经营等。中篇剖析秦统一天下后没有正确的政策，秦二世没有能够改正秦始皇的错误政策，主要指责秦二世的过失。下篇写秦在危迫的情况下，秦王子婴没有救亡扶倾的才力，主要指责秦王子婴的过失。贾谊的《过秦论》是汉代以来，总结秦的过失最好的文章，短小精悍，文辞优美。对秦国的兴起研究比较少，《大秦帝国》本应该做这样的工作。

《大秦帝国》尽管冗长，但是思想高度无法超越短小精悍的《过秦论》。这部电视剧最大的问题在于过多地充斥着权力、诡计，权谋成为这部电视剧的核心，宣扬了不正确的思想，而且全剧过分强调法家的思想。在历史上，秦建立了帝国，但是二世而亡。其兴也勃也，其亡也忽焉。在思想史上，法家的思想并不占主流。汉以来总结了秦灭亡的教训，罢黜百家，独尊儒术，儒家思想对汉帝国的延续起到了极大的作用。魏晋南北朝崇尚玄学，隋唐是佛学，宋代是道家学说，此后儒释道三家合一。可见秦以后，法家思想几乎在中国思想史和历史事件中没有起到作用。在中国的哲学思想中，儒释道的思想起着非常大的作用，南怀瑾先生著名的对联就说明了这一道理："佛为心，道为骨，儒为表，大度看世界；技在手，能在身，思在脑，从容过生活。"他总结了对人生的看法，提出人生的最佳状态和最高境界。

"佛为心"就是讲人要有善良的心，要有慈悲心。一个人有了慈悲心，才会善良。善良的人才会善待自己、善待家人、才会善待朋友同事以及一切社会人。一个人只要有了善心，才会善待工作、才会有良心、有良知面对工作、对得起单位对得起工资，才会有职业道德、爱岗敬业、尽职尽责。

"道为骨"是说做人做事不要太功利。人要无欲则刚，一个人只有看淡了名利，有了良好的心态，才会无欲则刚。我们这个世界物欲横流，无论是学者、官员、还是做企业的，都要有天下情怀，以道为骨，心态平正、淡泊名利、无欲则刚，只有这样才能清正廉洁。

"儒为表"就是人要以儒家的礼仪、标准来塑造自身的形象，要有修养、中正平和，知道礼义廉耻。管子的《管子·牧民·四维》中指出，"国有四维，礼义廉耻。四维不张，国乃灭亡"，"国有四维，一维绝则倾，二维绝则危，三维绝则覆，四维绝则灭。倾可正也，危可安也，覆可起也，灭不可复错也。何谓四维？一曰礼，二曰义，三曰廉，四曰耻"。2014 年 5 月 4 日习近平总书记在北京大学师生座谈会上的讲话中，也强调了这一点。

每个时代都有每个时代的精神，每个时代都有每个时代的价值观念。我们这个时代缺少的不是法，缺少的是制度和伦理道德，特别是价值观。我们需要从亚当·斯密的《道德情操论》中去思考市场经济道德情操的建设，从"佛为心，道为骨，儒为表"中重新阐释传统价值观的现代意义，重新构建我们的价值观。从关中学派的思想中去寻找"为天地立心，为生民立命，为往圣继绝学，为万世开太平"的天下情怀。历史的经验要在历史长河中去寻找，短暂的秦国能有多少值得总结的，还是去读读黄仁宇的《中国大历史》吧。

2017 年 4 月 8 日

通古今之变

司马迁在《报任安书》中提出了一个思想，那就是“究天人之际，通古今之变，成一家之言”。司马迁写：“古者富贵而名摩灭，不可胜记，唯俶傥非常之人称焉。盖西伯拘而演《周易》；仲尼厄而作《春秋》；屈原放逐，乃赋《离骚》；左丘失明，厥有《国语》；孙子膑脚，《兵法》修列；不韦迁蜀，世传《吕览》；韩非囚秦，著《说难》《孤愤》。《诗经》三百篇，大氐贤圣发愤之所为作也。此人皆意有所郁结，不得通其道，故述往事，思来者。”人文社会科学的研究要有阅历，才能有“发愤之所为作”。

“究天人之际”就是人文社会科学要研究自然和人类社会的大问题。究是研究、探索、讨论、思考。天是指天道、规律、自然、天命、命运。人是指人事、社会、人生、王朝。际是边缘、联系、关联、彼此之间。

“通古今之变”是认识历史古今发展变化的轨迹。通是理顺、明白、贯通。变是变化、演变、迁移、更迭。今是昨天演变而来的，无数个昨天和今天构成了从古到今的时间过程，而无数个昨天和今天的微小变化，构成了古今巨变。人文社会科学的研究要“通”古今的这些变化。此所谓所谓“原始察终，见盛观衰”。

“成一家之言”就是要在究天人之际、通古今之变的基础上形成独特见解、自成体系的学说或论著，也就是中国哲学中的“立言”。人文社会科学最终的贡献要立言，形成有影响的思想观点。自然科学可以通过实验室进行检验，社会科学不具有实验性，因而思想性非常重要。人文社会科学的进步是通过学者们先驱性的思想引领社会，从思想家的个人理性转向全社会的公共理性。

总体来讲，“究天人之际，通古今之变，成一家之言”的含义是探究自然现象和人类社会之间的相依相对关系，通晓从古到今的社会的各种发展演变，进而寻找古往今来成败的道理，这是人文社会科学研究的宗旨，重点强调了一字“通”。究天人之际强调了研究大问题，要有高的境界。通古今之变强调人文社会科学要思想深远，要慎终追远。成一家之言强调人文社会科学要形成自家学说。

现代人文社会科学的衰落是由于受到自然科学科学主义谬误的影响，一味地强调“专”而造成的。社会科学过去强调专，专业越分越细，课程越来越多，知识越来越杂，思想愈来愈少。因此人文社会科学要走出自然科学的科学主义误区，走出实用主义的误导，重视无用而大用。在教育上要强调厚基础，宽口径，培养通才。在研究上要博古通今，形成立言，做传世之作。在学科建设上要培养大学者，而不是专家。人文社会科学过于专，视野就会受到限制。人文社会科学的学科建设一定要深深体会司马迁的“究天人之际，通古今之变，成一家之言”，在“通”上下功夫。

2017年4月8日

老树春深更著花

偶然的机会回到县上办事，趁着办完事的时机回家看望父母。车子从县城出发，一路奔驰，向我家的方向驶去。车子在山间，七绕八绕，约莫半个小时，就到了村头，那棵高大挺拔的古槐又出现在眼帘中。

这棵古槐是我家乡的标志，也是有历史意义的标志。这是一棵唐初古槐，相传当年唐僧西天取经，在此树下拴过马。我的家乡按照历史记载，确实在取经路上。当时的取经路是从长安出发，经子午大道向南，沿环山路向西，从眉县到太白，再从太白到凤县黄牛铺，再从黄牛铺到我家所在的唐藏镇。从唐藏再向西走，沿甘肃两当到天水，然后一直往西去西天。村子旁边的河叫通天河，村子周边的黄风洞、西天寺等地名都能和西游记中的地名对上。小时候村头的通天河边还有一棵大的古槐，树下有一块很大的石头，叫晒经台，上面有九道印痕，相传是天蓬元帅的九齿钉耙所划的。

我让司机停下车，下车去仰望这棵古槐，绕树转几圈，双手触摸着粗糙的树干，激动不已，梦中常见这棵古槐。这棵唐初古槐已经有 1400 多年的历史了，五六个人合围抱不住。它身上长着好多节疤，鼓鼓囊囊的，就像一个瘦骨嶙峋的老人。在我的记忆中，这棵老槐树高大挺拔，郁郁葱葱。小时候觉得老槐树太高大了，能够触到天上的云彩，灰黑粗糙的老树皮，犬牙交错地围绕着粗壮的树干，一直延伸到高空。古槐矗立在村头，从外面回来的人一走进村子，就可以看到这个古槐。古槐成了家乡的标志，也成了我们这些游子们的记忆，见到家里来人总要问一下古槐，同乡碰到一起也要谈论这棵古槐。

“苍龙日暮还行雨，老树春深更著花”，唐初古槐至今已有1400年历史，沧海桑田，依然春萌夏华，枝叶丰茂。槐根盘根错节，破土兀立。枝干侧仰，枝条旁逸斜出，槐体枯干葱茏。每到春夏季节，古槐葱茏处郁郁苍苍，参天而立，槐叶随风飘逸可人，花朵串串，清香四逸，满园春色。秋风萧瑟处，遍地秋叶秋蕊，脚踏上去，松软沁骨，心神俱静，秋的韵致便清清爽爽地进入眼底。即使在严寒的冬天，树叶落尽，枯枝萧索，也依然如卫兵一般，守护着古老的村落。

去年暑假回到家里，放下东西首先赶到树下，仰望这棵古槐。槐树稠密的树叶绿得发亮，在远处看犹如一团绿色的云在天空中飘动。我发现，古槐树颇具能量地长着新枝，引得多年不见的喜鹊也来筑巢。仲夏时候，它茂盛的树冠洒下浓荫，亭亭如华盖，人们常常会坐在树荫下躲避炎热。那时我就曾感慨于古槐经久不衰的生命力，历经1400多年，依然老树发新枝。如今我坐在树下，仰望这棵直入云霄的唐初古槐，历经千余年依然茂盛，这让我想起一个问题：小树是如何长成大树的？看古槐和我们看所有见到过的参天大树一样，每当抬头仰望大树时，只仰慕古树高大，感叹大树伟岸，沉稳茂密和持久的生命力。而我们都忽视了小树长成大树的哲学，人世间绝对没有一棵大树是小树苗种下去，马上就变成大树的。这棵古槐历经千年依然茂盛，成为我们这个地方的标志，首先是时间积累，岁月刻画着年轮，一圈圈往外长，经风霜、历雨露而不悔，足够的时间积累使它成为参天大树。其次是坚守不动，千百年来，历经风花雪月，屹立不动，深深扎根于大地，正如郑板桥的《竹石》中所写的，“咬定青山不放松，立根原在破岩中。千磨万击还坚劲，任尔东西南北风”，如果今天挪一个地方，明天挪一个地方，又怎能长成千年古树，受人膜拜！同时，积极向上，积极地向光生长，朝着同一个方向，向着太阳生长，吸收阳光雨露，吸收大地更多的营养，争取更多的养分，不断地向上长。根深才能叶茂，不断地向大地深处扎根，使自己的根基壮大，支撑自己成为一棵大树。在千年之中，它一定经历过春华秋实，也经历过风和日丽，更经历过雷电暴雨，但依然不改志向，持久生长。

回家看过父母，与父母交谈良久。离开家时，车子开出了村头，我依然忍不住回首来看这棵初唐古槐。过去我只关注古槐树冠的造型，感叹它历经千年依然茂盛。而现在突然发现需要关注树干和树根，赞叹其历经千年而依然不动的毅力。我在想，如果要成为大树，就不要和草去比，这个世界上只有古树、大树，却没有古草、大草。“老树春深更著花”，要想成为大树，就必须坚持和坚守，历经风霜而不动，积极生长、向着阳光生长。这和我们人的成长不也一样吗，做人、做事，重要的不是一时的快慢，而是持久的发展。任何见异思迁，任何不阳光的心理和行为，任何投机取巧都不可能长成“大树”。

2017 年 4 月 10 日

江南好　风景旧曾谙

回南京大学参加学术会议。四月的南京天气正好，不冷不热。校园中鲜花盛开，行走在校园中给人以清新的感觉。“江南好，风景曾旧谙”我又一次领略了江南四月的风景。

晚上散步从北大楼前过，走到西侧的纪念碑旁边，看到一树白花花团锦簇，身旁的人告诉我这是琼花。第二天一大早，我就来到校园去看，远远望去，这一树怒放的白花，花朵儿一串挨着一串，一朵接着一朵，彼此推着挤着，好不活泼热闹。我掏出手机，拍了一组照片，发到微信中，南京的朋友告诉我这不是琼花，是绣球花。我立即删掉微信，重发解释为绣球。绣球我是第一次见，竟误认为是琼花。我又回到北大楼西侧重新观赏。绣球每一小朵花儿的花瓣不过四片，许多小花聚在一起，便集合成了一朵美丽的白绣球，更多的绣球集合在一起，又把整棵树变成了一团更大更美丽的白绣球。我拉下一枝花枝仔细观察，绣球花的花蕊长得很特别，是由几十个小花蕊自外向内生长成一个圆形的花蕊环。开花也是特别的，最先开外面一圈的花，乍一看好像是一只只白蝴蝶将花蕊包围住了，接着再开第二层花，再开第三层，一层一层直到全开出来，绣球花像一个个圆圆的白球，远远望去，煞是壮观。“春残应恨无花采，翠碧枝头戏作球”，绣球花在暮春时节开放，其他花都已经残败的时候，绣球花却开得如此灿烂，花瓣洁白丰满，大而美丽，显得格外引人瞩目。

开完会的第二天，有一点闲暇便与三五好友相约去宜兴。临走时我改变了主意，建议去扬州看漆器。漆器是用生漆涂在各种器物的表面上所制成的日常器具及工艺品和美术品。生漆是从漆树割取的天然液汁，生漆有耐潮、耐高温、耐腐蚀等特殊功能，又可以配制出不同色彩，光彩照人。扬州漆器天下闻名，是中国特色传统工艺品种之一，其工艺齐全、技艺精湛、风格独特、驰名中外。唐代扬州漆艺还被鉴真大师传播至日本，至今，日本的漆器工艺仍然被保留。我看王世襄先生的介绍，扬州漆器有十大门类：点螺工艺、雕漆工艺、雕漆嵌玉工艺、刻漆工艺、平磨螺钿工艺、彩绘（雕填）工艺、骨石镶嵌工艺、百宝嵌、楠木雕漆砂砚工艺、磨漆画制作工艺，是保持最全的。我们一路直奔扬州沿河街的漆器厂，找到地方后，就直接进入展厅参观。走进扬州漆器精品室，映入眼帘的，是各式琳琅满目、令人惊艳的漆器珍品。那雕漆嵌玉的牌匾风采独具；那珊瑚嵌漆的雕瓶华贵富丽；那红漆锦纹的漆画更是惟妙惟肖。我被“雕漆嵌玉”的酒柜和小案几吸引了，雕漆嵌玉是在器物表面涂漆，均需若干层，多的要涂上百层，使漆面具有相当的厚度，再精心在漆面上作出浮雕，并嵌上金银、宝石等名贵材料雕成的各种造型，显出严谨透彻、浓厚天然的特点。酒柜底色为黑色，正面是雕漆嵌玉，上面的部分是用玉石雕成三个人物镶嵌在上面。一小姐手捧书卷坐在凳子上，一位书生站立中间，旁边一侍女手捧书，侍立一旁，惟妙惟肖。中间抽屉部分，镶嵌的是用玉石雕刻的钟鼎等器物。下面的部分是螺钿镶百宝，四周用描金螺钿，中间部分镶嵌的是用玉石雕刻的玉兰花。整个构图细致、精巧。两侧是雕漆刻绘工艺，刻绘着梅花和喜鹊，寓意是喜上眉梢。卷头的小案几是红色。抽屉部分是刻漆工艺，下面两扇小门是雕漆嵌玉，镶着玉石雕刻的亭子、假山、人物，也是非常吸引人。经过讨价还价，我买下了这两件小家具。整整一个下午都消耗在漆器厂的展厅，那些美轮美奂、巧夺天工的工艺品让我流连忘返，扬州漆器真是有惊艳绝世之美。

由于我在镇江工作的学生发出诚恳的邀请，我们依依不舍地结束了扬州漆器的观赏，驱车直奔镇江的西津渡。西津渡古街位于镇江城西，是依附于破山栈道而建的一处历史遗迹，被誉为镇江历史文化名城的“文脉”

所在。来到西津渡，沿着古街一路往西走，街道两边鳞次栉比的两层小楼古朴典雅，古街上的建筑多为明清时期的遗迹，青石板路面上那深深的车辙足以证明这千年古渡、千年老街当年的繁华。这一切使我们情不自禁地激发出无限的遐想和思古之幽情。王安石的《泊船瓜洲》诗“京口瓜洲一水间，钟山只隔数重山。春风又绿江南岸，明月何时照我还”就写于这里。吃完晚饭，我们就连夜赶回南京。车子在国道上奔驰，我从车窗望去，江南已经午夜时分，看着窗外的夜色，我又一次想起了白居易的词：“江南好，风景旧曾谙。日出江花红胜火，春来江水绿如蓝。能不忆江南？”

2017 年 5 月 1 日

一本好教材的标准是什么?

本学期给本科生上课，用的是我自己编著的《经济学说史》教材。这部教材是由我自己讲授这门课程 10 多年积累的教案整理而形成。2010 年出版之后，多校使用，共印刷了 4 次。去年经过了修改，出了第 2 版。2008 年我主持的“西方经济学”课程被评为国家精品课程，在科学出版社的支持下先后出版了《微观经济学》《宏观经济学》，近十年来，这套教材印刷过 9 次，去年也进行了修订，出版了第二版。

现在教材总体出版过滥，泛滥现象有几种：一是主编者权威性不足，教学积累不够，对课程的研究没有达到一定的高度。为了评职称编个教材，印刷一次就不再印刷了，没有市场。二是缺乏对课程内在逻辑的认识，东拼西凑，知识点把握不清楚，重点不突出。三是内容不成熟。教材不同于著作，著作是研究性质的，可以讨论，可以争论，但是教材中的内容一定是稳定的、成熟的，是一个学科在一定阶段中的成熟知识，教材泛滥的一个现象就是编者把自己的不成熟的认识加到教材中，不能教给学生一个成熟稳定的知识框架。四是过于简化。好的教材应该是发人深省，是知识性、理论性、实用性和通俗性的结合。既要把一个学科的知识阐述清楚，有一定的深度，又要坚持大道至简原则，通俗易懂。现在许多教材，过于简单明了，深度不足，不能启发思维。加上出版社为了提高发行量，不仅出了教材，还配套课件，培养了教师的懒惰行为，上课只会念课件。五是简单照搬。把国外的教材简单照搬，或把别人的教材简单照搬，大量教材框架雷同，简单重复。

教材、教师、学生是课堂教学活动的三种基本要素，也是教学质量生成的三种基本要素。从不同角度、不同层面对教学活动和教学质量产生决定性、根本性、实质性的影响。为此，我收集了大量与自己讲课有关的教材，仔细思考过这样一个问题，好教材的标准什么？经过多年的观察和思考，我以为好教材的标准有如下几个方面：

第一，主编者和作者队伍有权威性。主编者和作者队伍是这个领域的行家，是大家公认的权威，对此领域的科学知识要能够了悟于胸，通晓明白。同时，对该门课程有长期的教学实践，一般来说讲授这门课程应该在15年以上，这样的主编和作者队伍编出来的教材才会有质量，一个初出茅庐的毛孩子怎么能够编写出高质量的教材。

第二，科学逻辑和讲授逻辑的结合。任何一门课都有自己的科学逻辑，科学逻辑是遵循知识逻辑的，论文、著作要以科学逻辑和知识逻辑为主。而课程教学需要有一定的讲授逻辑，教材是为课程教学而使用的必须具有科学逻辑和讲授逻辑的结合，按照科学逻辑把一门课程的知识讲完整，同时又按照一定的讲授逻辑，把知识原理讲清楚。这就要求教材编写者不仅是这个领域的专业权威，还要是一门课程的名师。

第三，基础性和前沿性的结合。一部好的教材基本能够把基础性的理论、知识和规律讲清楚，同时又能兼顾前沿性；既能把学生的基础打扎实，又能把学生引导学科的前沿；既让学生知道一门课程知识原理的来龙去脉，又能够把握未来的发展趋势。国内外好的教材不仅是好的教材，也可以是一本专著。萨缪尔森的《经济学》既是百科全书式的著作，又是现代经济学的教材。冯友兰《中国哲学史》既是优秀的著作，又是好的中国哲学教材。

第四，知识把握和引发思维的结合。创新人才培养不仅仅在知识上，而更多的是好奇心和想象力，也就是要引发思维，引起学生的想象力和好奇心是至关重要的。大学教学知识传授仅仅只是很微小的一部分，引发思维的课程讲授是最高境界。因此一本好的教材不仅仅是知识传授，还要在发人深省上下功夫。

第五，具有长远的影响。一本好的教材不是昙花一现，而是具有长远的影响。在经济思想史上，约翰·穆勒的《经济学原理》再版过 9 次，马歇尔的《经济学原理》在新古典学派长达 40 年的时间里在西方经济学中一直占据着支配地位，培养了无数世界知名的经济学家。苏星和于光远的《政治经济学》是 1949 年以后直到 20 世纪 80 年代一直是占统治地位的教材，宋涛老先生的《政治经济学》发行量大、持续时间长，影响了一代经济学人。蒋学模先生南方本的《政治经济学》再版 20 余次，发行量 2000 多万册。

2017 年 5 月 1 日

芭蕉不展丁香结　同向春风各自愁

过完五一假，天气渐热，早早就醒来。于是开车来到南校区，走在五层的连廊上。一阵风吹来，一股浓烈的花香沁人心脾。我从五层的连廊向东望去，只见围着校园中心广场一大圈的几十棵树开着紫色淡雅的花，香味就是从那里飘过来的。

站在连廊上远远望去，围绕着连廊的这一圈树长得非常高大，最小的也有3米左右高，大的已经超过五层连廊，伸手就可以拉到花枝。大大小小、高高低低地错落着，犹如紫色的云朵，虽然不鲜艳，但是也比较壮观。花树高大，枝枝缠绕，纵横交错。花都开在树枝的纵横交错处。只见一小丛的枝丫上开着紫色的小花，一串串，好像天上的小星星，让人看也看不够，紫色的小花散发着清香，花香袭人，向人一打听，才知这是丁香花。五一之后，以立夏为起点的“绿肥红瘦”的夏季已悄然来临，丁香花悄然开放了。

近看，那层层叠叠的花穗是由一朵朵精致的小花组成的，每朵小花有四个水滴形的花瓣，两个一组，像一对对小翅膀向天空伸展着，又朝观赏它的人们伸出一双双“小手”。正如杜甫所描写的：“丁香体柔弱，乱结枝犹垫。细叶带浮毛，疏花披素艳。深栽小斋后，庶近幽人占。晚堕兰麝中，休怀粉身念。”满树繁盛的丁香花，一团团、一簇簇，清风吹来，远远望去，就像一片紫色的云在飘动。繁盛的花枝间，一群蜜蜂穿行其间，几只鸟儿穿行在树枝间，不时发出婉转的叫声，不知是否也受到了花香的刺激。蜜蜂和鸟儿自得其乐，显得那么悠闲，我想人要是有那么悠闲该是多好。

“乱系丁香梢，满阑花向夕”，那一对对桃形的叶子，鲜绿鲜绿的，纵横交错在花间。花香夹杂着绿叶的气息，弥漫在校园里，在绿叶的簇拥下显得美丽淡雅。站在连廊的栏杆边，闭上眼睛深深吸一口，就好像到了梦一样的香海中，风一吹，那幽香被送得很远很远，直扑人眼鼻。丁香花是一种幽幽的香，的的确确“暗香浮动”。坐在五楼的办公室里，香味能从窗户中飘入，远远地就能闻到馥郁的花香一阵阵地直往鼻子里钻，使人心旷神怡，如醉如痴。我不时被这种香味所“干扰”，忍不住从办公室里出来，站在连廊上观赏，再深吸几口那幽幽的香味。宗璞《丁香结》写得最好，你看“雪色映进窗来，香气直透豪端。人也似乎轻盈得多，不那么浑浊笨拙了”。

我禁不住花香的诱惑，下楼特意去看了丁香。走到树下，一下子便被幽香所包围。这时天上开始掉雨点，风也刮了起来，由于刮风下雨的缘故，树下已经落了厚厚一层淡雅的紫色花瓣。一树的淡紫，一度的风雨，飘然而落。我想风雨总是无情的。看着满树的繁花，在风里飘然而落，心里不自觉地泛起丝丝怜惜，落花成泥，那一声轻微的叹息，也随着花儿落下，落到深深的泥土里。或许风雨也知道，没有丁香花的映衬，风雨也失去了萧瑟的颜色。

“芭蕉不展丁香结，同向春风各自愁”丁香花其实是极普通的花，丁香花是素雅的。它那淡紫的小花，常常不为人们所注目。也许有人嫌它不美，如果美是专指鲜艳夺目而言，然而它实在是很可爱的。它不贪求赞美，也不奢望爱恋，它价值不凡又含而不露，为着人们生活得更幸福、更美好，它无私地将小小身躯中的香味尽情地抛洒出来。丁香的性格是温柔的，但也不缺乏热烈；它虽然素装淡裹，却有许多的内秀；丁香又是严肃的，它柔中有刚。

2017 年 5 月 2 日

古路坝的灯火

参加教育工委组织的学习班到汉中进行第二阶段的学习，到了汉中住在陕西理工大学的北校区。第二天安排的学习任务是去城固县的古路坝参观西北联大的旧址。

吃过早饭，一行人乘大巴前往城固的古路坝。此时已是初夏，进入了绿肥红瘦的季节。汉中是天府之国，有江南水乡的景色，白墙红瓦的民居掩映在绿树丛中，田野中到处是已经成熟的油菜，人们在忙碌地收割油菜。远远望去烟雾蒙蒙，白云连天，白云下即将成熟的夏麦已经有些发黄了。麦田与稻田相间，陌陌的水田里稻子已经长得齐腰深，一块一块的，很是壮观。高速公路四周连绵起伏的青山上到处都是绒毯式的茶园，一片片的茶园生机盎然，给人一种繁荣的景象，我不由得随口吟出几句，“汉中沃野天府中，四五百里烟蒙蒙。白云连天油菜熟，稻田陌陌如织锦”。

经过 40 多分钟的奔驰，到城固下了高速，又经过一段乡间小路，我们来到了位于城固县城南 12 公里董家营古路坝村。古路坝为抗日战争时期全国著名的文化“三坝”（城固古路坝、成都华西坝、重庆沙坪坝）之一。村头有一个广场，是专为西北联大旧址而建的，广场中间是一块巨石，巨石上刻着“古路坝”三个大红字，其后是用一块巨石做成的碑，碑上刻着“古路坝广场修建记”，记述着这个广场的修建过程。

车子停在广场，我们从广场出发，蜿蜒穿过村子，上到一个大的平台上。随行的陕西理工大学的赵书记给我说，这就是古路坝西北联大旧址。

旧址上有一个保存完好的天主教堂和一个基本倒塌的修道院，在天主教堂和修道院中间立着一块碑，上写“西北联大工学院旧址”。我们站在空地上，陕西理工大学的赵书记和西北联大研究所的老师给我们讲述了这段历史。从讲述中我们知道，旧址上的天主教堂始建于1888年，是当时西北五省最大的天主教堂之一。教堂由荷兰人设计，由我国工匠施工修建，整个建筑群设计独特，构思巧妙，用料考究，建造工艺高超，西北联大时期教堂曾经作为校舍使用。

1937年七七事变后，北洋工学院，北平大学工学院、东北大学工学院和私立焦作工学院西迁南徙至汉中城固，汇聚当时西迁到这里的高等工程教育精英，合并组成国立西北工学院，校址确定古路坝，设土木工程、矿冶工程、机械工程、电机工程、化学工程，纺织工程六系，三院师生并入国立西北工学院。在此办学长达8年之久，为民族保留了学术的薪火，为国家培养了大批急需人才。城固县委和西北工业大学曾经联合拍摄过一部电影《古路坝灯火》，这部电影就讲述了抗战时期西北联大师生步行南迁的故事，再现了那段历史，体现了中国知识分子与祖国共命运的家国情怀和责任担当，再现了抗战时期的教育界为保存民族教育精魂的动人篇章。从这里向西安，甚至在西北地区洒下了近代高等教育的种子，西北大学、西安交通大学医学部、西安理工大学、陕西理工大学、西北工业大学、西安建筑科技大学都是在这里由西北联大开枝散叶而形成的。

日月轮回，斗转星移，如今除过天主教堂当年被用做村委会，修道院已经坍塌，其余校舍均已被拆除，到处是荒草。但置身其中，那段全民族不屈不挠，誓死抗争的精神依然历历在目。赵书记告诉我，每次来到这里，都受到很大的震撼。在战火烽飞的年代，在条件极其艰苦的时期，几千师生，长途跋涉到这里，教师保持了足够的精气神，学生晚上点着油灯和蜡烛，饿着肚子，坚持不懈地学习。而我们现在条件如此之好，人们却是如此得浮躁。我和赵书记有同感，一方面被当年的大学精神所激励，被当年古路坝的灯火所吸引。当年“教育救国、教育兴国”的信念激励着西北联大的师生员工和家属，他们默默地工作着、生活着。从1938年到1946年，

8 年时间这里培养出了大批的人才。一方面又是悲凉的，四周荒草萋萋，蓝天白云高远，时空变换，物是人非，这里逐渐已经被人们所遗忘，心中不免有些落寞和悲凉的感觉。

参观完走出村子，坐上汽车，我回望高岗之上的西北联大旧址，眼前似乎浮现出了当年古路坝的灯火，耳中时有朗朗的读书声。回想当年古路坝的灯火，我不禁感叹："当年办学难，而今残垣叹。联大精气神，还有几人传？"

2017 年 5 月 12 日

事上磨　心上炼

王阳明的心学近年比较流行，其心学的一个基本思想就是：事上磨，心上炼。人在事上磨，方能立得住，方能静亦定。只有这样才能够最终处变不惊，遇事泰然处之。通过事上磨修炼心性，去除私欲，让内心明亮清澈如镜，物来顺应，过而不着，就能修得如如不动的强大内心。王阳明心学告示世人，在生活工作中，通过诚意净心，事上磨炼心境，提升心性，就能获得动亦定、静亦定的良知力量与智慧。

事上磨，就是遇事不要躲避，要直面问题，所以王阳明说“人须在事上磨炼做工夫乃有益”。事上磨进一步的含义就是要有担当精神，儒释道三教其实都很强调担当精神，从来没有鼓励人们逃避。人生向来都是有所担当的，没有担当的人生是有缺憾的。每个人都有自己的人生使命，忙也罢，累也罢，都是自己的人生，逃避的态度不可取。人的一生必定会有许多事情需要去处理和面对，真正的修行就是在处理和面对问题时磨炼自己的心性，使自己的内心逐渐变得强大起来。每个人都有自己需要担当的事情，不管生活工作怎么样，不管遇到什么事情，内心定得住才是根本。面对困难，只有不再想要逃避，而是敞开心胸，去深入体验所谓的痛苦，一点一滴地培养自己的耐心和意志，才能使整个身心素质发生脱胎换骨的改变，因为痛苦是一种能触及灵魂的有力量的情绪。只有经历千锤百炼，心灵才会由量变到质变，产生一个飞跃，进入全新的天地。这就是事上磨炼的意义之所在。在事上磨炼需要正确面对毁誉得失，正确面对外界非议，我们每天忙于单位的工作，忙于朋友间的应酬，忙于社会上的是是非非。无论是毁还是誉，都要坦然以自己的良知来应对，不要以别人的评价来作为自己的标准。

心上炼，就是在自己的工作中去担当，在工作这个道场上去磨炼自己的灵魂。调整好自己的心态，练一心不乱、练清净心，修好自己的心，一切境都会随心转，此所谓人生强大炼心始。黄山谷说，“心如铁石要长久，气吞云梦略从容”，南怀瑾先生说，“真正的修行是红尘炼心”，红尘指的就是人世间，纷纷攘攘的世俗生活，炼心指的修养心性，合起来红尘炼心就是在人世间修身养性，磨炼心智，提升心性。炼心首先要致良知，面对困境内心坦荡者能无惧无畏，能致良知者能把逆境变顺境。《大学》中说：“古之欲明明德于天下者，先治其国；欲治其国者，先齐其家；欲齐其家者，先修其身；欲修其身者，先正其心；欲正其心者，先诚其意；欲诚其意者，先致其知，致知在格物。”可见，修身的前提是要“格物、致知、诚意、正心”，也正是强调要先去掉人的私心贪欲，才能逐步实践“明明德”。其次，炼心要有抗压能力，一个人内心的力量，主要从离苦得乐的本能中生出来。你对苦的感受越深，压力越大，危机感越强，内心就会越容易有动力。心力比较弱的人，只能听从命运的摆布。每个人的内心都有无穷无尽的力量，要好好利用心的力量。

王阳明有诗曰：“人人自有定盘针，万化根源总在心。却笑从前颠倒见，枝枝叶叶外头寻。”苏洵的《心术》说：“为将之道，当先治心。泰山崩于前而色不变，麋鹿兴于左而目不瞬，然后可以制利害，可以待敌。”《孙子兵法·军争篇》说：“以治待乱，以静待哗，此治心者也。”事上磨，心上炼，就是，“大其心，容天下之物；虚其心，受天下之善；平其心，论天下之事；定其心，应天下之变”。也就是要处惊不变，拿得起，放得下。自己当初选择了，就不要后悔，不抱怨。懂得放下，万事顺其自然。

2017 年 5 月 21 日

清者自清　浊者自浊

外出学习，近乎一月，其中两周在外地，因而两周没有开车。回来后，发现车子停在树下，车子上落满了树叶、尘土和鸟屎。好好的车子被搞得不成样子，挡风玻璃上落满了尘土，几乎看不见。妻子非常着急，非要和我端水去擦洗一下。我看脏成这个样子，端几盆水都洗不净，我说算了等等再说。谁料晚上竟下了雨，雨水一下就把车子洗得很干净了。我又把车子开到南校区，在洗车处仔细清洗一遍，车子一下子变得焕然一新，原来试图遮住车子面貌的污垢随着水的冲刷，一下子全没有了。于是我想起一句话：清者自清，浊者自浊。语出《诗经・邶风谷风》：泾清渭浊。树叶、灰尘和鸟屎虽然一时间污秽了车子，但是雨水还了车子的“清白”，洗车店洗净了车子的污垢，车子依然是车子。

清者自清，浊者自浊，无论做什么事，只要你做得对，不必过多考虑别人怎么想的。受到别人的曲解后，可以选择暴怒，也可以选择微笑，通常微笑的力量会更大，因为微笑会震撼对方的心灵，显露出来的豁达气度让对方觉得自己渺小、丑陋。

清者自清，浊者自浊，本身清白的人，即使他不说澄清自己的话，他也是清白的；而本身是坏人的人，即使他对一件自己做的坏事百般抵赖，他骨子里还是一个坏人，是非以不辩为解脱。明白的人自会分辨，不明白的人辩解也不明白，徒费口舌而已，虚无缥缈的东西向来不攻自破。

清者自清，浊者自浊，清白的一定还你清白，有污点的肯定逃不过人们的视线。要经得起考验，面对外界环境的考验，有好的潜质的人自然就表现为好人，有不好的潜质的人自然就会往不好的一面发展了。人或事物在一定的环境变化中，时间是最好的检验，随着时间的流逝，自然而然的将其本来的面目展现出来。

清者自清，浊者自浊，清者不因为短时间乌云的遮挡而失去其清，浊者不会因为遮掩而变成清者。不是每一朵花都有人赞美欣赏，但是总有得到赞赏的时候，因为赞赏你的人没有出现。也不是每一颗星都注定光辉闪耀，星移斗转，其光辉总有一天会闪闪发光。因此我们需要保持良好的心态，有天使般灿烂的笑脸和海燕般坚强正直的心灵。

清者自清，浊者自浊，人生中有挫折、有失败、有误解，那是很正常的，要想生活中一片坦途，那么首先就应清除心中的障碍。每个人都有属于他自己的天地，我们每个人都应该有自己的一份准则，浊者自浊，清者自清，坚持正道直行，守正创新。

社会并不像我们想象的那么肮脏，也不像我们想象的那么洁白，只是白与黑分寸的寻找与把握，全凭自己的执着与智慧，我们要学会找到属于自己的另一条路。人生路上的是非丑恶与清浊曲直常常不期而至，你的选择也许就在不经意的一念之间，但随之而来的就决定了你品位的高低与灵魂的美丑。空山新雨后，或是洁净如山林，或是浑浊如溪流。此时，我们要秉持自己的气节，以清醒的眼光来抉择，留给自己一个洁净的灵魂。面对困难和难题，我们的内心不仅要纯洁，而且要强大到任何事情都无法破坏自己内心的平和。

2017 年 5 月 21 日

驴背思诗

在汉中学习期间，我去汉台博物馆参观，本意是要找一下王世镗《稿诀积字》的碑刻，但是天意不助人，汉台博物馆停电，展室中漆黑一片，无法观看，只好到汉台博物馆后面的街上闲转。在一个古玩店中，看到一方铜墨盒。我收集的铜墨盒有几十方，但是眼前的这方铜墨盒比较大，图形刻的是“驴背思诗”，一个老人骑在驴上扬鞭前行，一个小童跟在后面，肩上扛着拐杖，背着酒葫芦，天空中飞着两只鸟，图画边提款“驴背思诗”。这方铜墨盒构图简单，但是人物、驴子都比较逼真传神。刻铜的线条简练，但形象生动，神韵自存。看着这方铜墨盒，我不禁想起了《三国演义》中三顾茅庐的一段，诸葛亮的老丈人黄承彦暖帽遮头，狐裘蔽体，骑着一驴，后随一青衣小童，携一葫芦酒，踏雪而来。转过小桥，口吟诗一首。诗曰：“一夜北风寒，万里彤云厚。长空雪乱飘，改尽江山旧。仰面观火虚，疑是玉龙斗。纷纷鳞甲飞，顷刻遍宇宙。骑驴过小桥，独叹梅花瘦。”和店主讨价还价之后，我买下了这方铜墨盒。

古代大诗人的诗大都是在驴背上吟出的。李白是骑驴漫游天下的，杜甫在诗中写“骑驴三十载，旅食京华春。朝扣富儿门，暮随肥马尘”。宋以前，中国社会开放性程度高，和西域少数民族关系处理得好，从西域得到的马多，自己养的马也比较多。宋朝立国时就没有收回燕云十六州，西北的西夏又独立了，两个最大的马匹来源地没有了。宋朝的版图主要在中国南方，气候温暖潮湿，不适合养马。所以，宋时人们多用牛车和驴车，市井之间鲜见马和马车。因此，骑驴的人比较多，诗人骑驴的也比较多，形成了驴背思诗的传统。灞桥风雪、驴背吟诗的佳话也一再进入诗人的篇章。陆游《剑门道中遇微雨》中写道："衣上征尘杂酒痕，远游无处不消魂。此身合是诗人未，细雨骑驴入剑门。"陆游曾在多篇诗中写骑驴，《夜闻雨声》中写道，"我似骑驴孟浩然，帽边随意领山川"，《谢王子林判院惠诗诗编》写，"骑驴上灞桥，买酒醉新丰"，《耕罢偶书》写，"灞桥风雪吟虽苦，杜曲桑麻兴本浓"，《雪意复作》写，"灞桥策驴愁露手，新丰买酒聊软脚"等诗。陆游甚至把"修到骑驴人"当成自己的目标，他写道"青林红树淡无尘，诗思无多味已真。我亦长安车马客，几生修到骑驴人。"王安石归金陵后"居钟山下，出即骑驴"，欲行则行，欲止即止。苏轼到了金陵，也写诗道："骑驴渺渺入荒陂，想见先生未病时。劝我试求三亩宅，从公已觉十年迟。"黄庭坚也写过"不似灞桥风雪中，半臂骑驴得佳句。"

"驴背思诗"的雅趣一直持续到明清，明代骑驴觅诗的形象不仅入诗，而且入画。徐渭创作有《驴背吟诗图》，图上树枝间所盘青藤纷披垂落，树下一老翁乘驴缓缓而过，仿佛正在吟诵诗句，悠然雅适，他还写有《雪中骑驴访某道人于观追忆曩日栖霞之约》一诗："昨日雪深驴没蹄，今日雪晴驴可骑。此时去访杨道士，青天犹压杨花垂。太平门外虽多景，莫妙梅花水清冷。栖霞有约不得行，孤负千峰老鸦颈。"唐寅也画了《骑驴归思图》，其题画诗云："乞求无得束书归，依旧骑驴向翠微。满面风霜尘土气，山妻相对有牛衣。"

钱锺书先生说：驴子仿佛是诗人特有的坐骑。我看着"驴背思诗"的铜墨盒，我又想起了"骑驴过小桥，独叹梅花瘦"这句诗，每每想起这句诗，我眼前就隐约出现一幅图画，故而更加喜欢"驴背思诗"铜墨盒的意境了。

2017 年 5 月 21 日

读万卷书　行万里路　看万重景

多年忙于业务，固步于校园和书房，没有外出旅行的闲暇，尽管因参加学术会议去过多个地方，但是每次都是行色匆匆，几乎没有专门旅游过，更没有和家人一起外出旅行的经历。几次和友人约定去甘南，但是每年假期诸事缠身，不得践行，今年女儿高考完，便和几家人相约，自驾去甘南，避开西安的酷暑。

甘南位于中国甘肃省西南部。此次行程不止去甘南，还去了甘肃南部、四川西北部、青海南部、陕西的西部。这部分地区地处青藏高原东北边缘与黄土高原西部过渡地段，是藏、汉文化的交会带，是黄河、长江的水源涵养区和补给区，被费孝通先生称为“青藏高原的窗口”和“藏族现代化的跳板”。我们此次行程七天，从西安出发，第一站到甘肃岷县，第二站从甘肃岷县到碌曲，第三站从碌曲到青海的久治，第四站从久治到年保玉则，第五站从久治到若尔盖草原，第六站从若尔盖草原途经郎木寺，再到扎尕那和迭部，最后从甘肃的迭部返回西安。

人们经常说，“读万卷书不如行万里路，行万里路不如阅人无数，阅人无数不如名师指路，名师指路不如自己去悟”，但是此次西行，我们的感受是“读万卷书、行万里路、看万重景”“读万卷书，行万里路”是知与行的有机结合，从哲学意义上来讲，读万卷书是获得间接知识，行万里路是获得直接知识，赏万重景，可以获得实际的体验，乐以忘忧。

我们此次行程大约两千多公里，但确实有行万里路的感觉，沿途都是秀美的山水风光，澄澈的高原美景，纯朴的藏族民风，忠贞的佛教信仰。我们看到了漫山遍野的山花，看到了上游清澈的九曲黄河、放牧归来的羊群和威武彪悍的牦牛。我们第一次见识到广袤的草原，欣赏到大草原绮丽的风光，感受到甘南花开的秀美恬静，真是美不胜收，令人心旷神怡。在七天的行程中，我们经历了风和日丽，经历了途中的风雨天气，经历了海拔四千多米高原上的高反，经历了晚上坐在宾馆的院子里看星星，经历了在大草原上看日出，更是吃过了牦牛酸奶、牛肉干、牛肉拉面，揪面片、黄河鱼。

一路上虽然行的是千里路，却赏的是万重景。甘南的中西部是辽阔的草原，南北是茂密的森林。在甘南辽阔的大地上，黄河、洮河、大夏河、白龙江等众多河流奔腾于深山峡谷和广阔的草原之间，奇特的山水草原风光融入独特的高原气候，尽显甘南美丽景色。甘南寺庙林立，修行的僧侣有上万人，无论是偏僻的村落还是草原深处，都照样会有金顶红墙的寺院，草原上、山谷中，只要是有人的地方，就会看到五彩经幡、白塔、金顶的寺庙。甘南的草原真辽阔！草原之大，草原之宽，一望无际，与天连接在一起。天空湛蓝！站在山顶的观景台上，一览群山，甘南一望无际的大草原如绿色的地毯，绿得那么纯粹，绿得那么渺远，真的无法用语言来形容。毡房点点，隐现在绿涛间，似朵朵雪莲盛开；片片羊群，点缀着草原，似颗颗珍珠洒落；云雾缭绕的高山草原若隐若现，白云在山间飘动。真好似一幅巨大的水墨画呈现在眼前，让人感到恍如仙境。年保玉则碧蓝的湖水倒映着雪峰，山脚下花草荡漾，山间雾霭缭绕，如同人间仙境，世外桃源。扎尕那是一座规模宏大的巨型宫殿，又似天然岩壁构筑的一座完整的古城，山势奇峻、云雾缭绕、宛如仙境。美籍奥地利植物学家约瑟夫·洛克近百年前曾在迭部考察过，他曾经惊叹道：“我平生未见如此绮丽的景色。如果《创世纪》的作者曾看见迭部的美景，将会把亚当和夏娃的诞生地放在这里。”

有人说天堂不远，那一定在甘南，此行我也有这种感受。藏地的冷峻和肃穆升华了灵魂的圣洁和纯净，同时它的神秘也吸引着众生不息前往的脚步。这里是灵魂宁静的居所，没有喧嚣，没有污染，没有欺诈，一切与世俗、与情欲、与死、与生无关。

2017 年 8 月 6 日

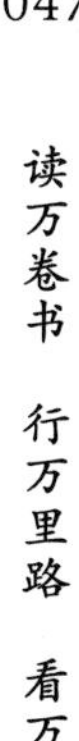

继往开来

哲学家冯友兰先生在其1946年完成的著作《论大学教育》中认为大学要传授已有的知识，并要研究将来的知识。如果只传授已有的知识，那就是职业技术学校，大学必须求新知。他还认为大学的任务不只在传播知识，更为重要的是启发心智，培养独立人格。如果一个学校只要求学生接受结论，那就成了宣传，训练出来的学生就只能是机器，这是职业学生和大学生不同的地方。大学的教师不仅要教书，而且要著述。他认为一个大学可以说是一个知识的宝库。它的任务用一句老话说就是“继往开来”。因此，冯友兰先生在其教育思想中用继往开来描述大学的工作。这和冯友兰先生哲学思想中强调“旧邦新命”是一致的，他认为“周虽旧邦，其命维新”，意思周虽然是旧的邦国，但其使命在革新。

继往开来出自朱熹《朱子全书·道统一·周子书》：“此先生之教，所以继往圣，开来学，而有大功于斯世也。”其含义在于继承前人的事业，开辟未来的道路，与承前启后、薪火相传、传承创新有相近的含义。继往就是传承，开来意味着创新。继往是对旧事物的或是传统事物中的优良事物进行继承。开来则是在对传统事物中的优良事物进行继承的基础上进行新的提高，事物的发展是新事物代替旧事物。可见，冯先生用这句话来描述大学的任务是非常恰当的。大学的任务一方面是继往，要为往圣继绝学，把过去人类历史上的知识传授给学生，也就是传道授业。这就要求教师要掌握本学科的全面知识，理解这些知识，通过传授帮助学生全面理解这些知识。大学的任务另一方面是开来，开启学生的心智，启发学生的好奇心，引导学生创造新知识，掌握新的知识。这两方面的有机统一构成了大学的任务，如果只继往，那就是职业技术学院，大学一定是继往和开来的有机统一。因此，大学的教师，不仅要教书、传授新知识，以求既往；而且要进行科研，发现新知识，引导学生掌握新知识，以求开来。一个长期不做科研的教师只能做到继往，而无法做到开来。

在互联网时代大学工作中的开来显得更为重要，过去大学中只做继往的教师有市场，因为获取知识的途径是课堂、书本，只是无法免费获取，许多教师只传授知识。目前随着互联网技术的发展，学生获取知识的途径在增多，成本在降低，摧毁了教师只做传授知识的继往价值定位，当知识可以免费获取的时候，学生不再需要老师仅仅提供知识，而是更需要能够起到向导、良师益友、榜样和推动作用的教师。这就需要教师要更加注重科研，创造新知识，引导学生在接受已知的基础上，探索未知。要鼓励学生自主探究，确保学生能在课堂学习中获得乐趣，并展示学习过程的内在价值。

冯友兰先生的继往开来是具有深刻含义的。而随着时代的变化，互联网的兴起，开来显得更为重要。为了获得知识去大学深造的含金量已经不高了，但是今天的教师仍然是为传授知识而存在的，而这些知识显然无法转化为深刻见解和实际能力。大部分普通教师只满足于讲授必修的课程教材和完成本职工作，而这些必修的课程教材往往与现实生活无关。因此，在互联网时代，大学的工作更应倾向于开来，教师也要在开来上下功夫。

2017 年 9 月 18 日

上有天堂　下有书房

书房是读书人所必须的场所。书房中可以读书怡情、可以吟诗作赋、可以发思古之忧情。刘禹锡的《陋室铭》中写道，“谈笑有鸿儒，往来无白丁，可以调素琴，阅金经。无丝竹之乱耳，无案牍之劳形”，陆游的《书房杂咏》这样写书房，“赋性无他嗜，传家但古书。尧咨洪水际，羲画结绳余。异学方攘斥，浮文亦扫除。挑灯北窗下，聊得遂吾初。”同时他也在《新开小室》中写了书房之乐：“并檐开小室，仅可容一几。东为读书窗，初日满窗纸。衰眸顿清澈，不畏字如蚁。琅然弦诵声，和答有稚子。余年犹几何，此事殊可喜。山童报炊熟，束卷可以起。”朱熹也曾这样写书房“藏书楼上头，读书楼下屋。怀哉千载心，俯仰数椽足。”归有光的《项脊轩志》对书房的情趣作了描写：“借书满架，偃仰啸歌，冥然兀坐，万籁有声；而庭堦寂寂，小鸟时来啄食，人至不去。三五之夜，明月半墙，桂影斑驳，风移影动，珊珊可爱。”从历代文人之中的描写来看，书房这样一个绝无功利之心的小小空间，读书实在只是涤除尘虑的一种生存方式。

因为好于读书与买书，我早年一直希望有一个自己书房。刚毕业在教单楼，书房、卧室和餐厅是连成一体的。狭小的空间里，捡拾别人的旧书架，搁置一面墙，这一面墙的地方就是书房。后来破格副教授以后，学校破例给了一个两居室，一间为卧室，一间是书房。再后来到西北大学，分得一个四居室，这才有了一间独立的书房。今年搬到南校区，我有了五居室，我专门做了两个书房，一间四壁皆书，请来一尊佛像，读书、坐禅。一间习字、喝茶。

他人说上有天堂，我则说下有书房，博尔赫斯也说“天堂应该是图书馆的模样”。书房里固然有适于独自阅读之书，但书房更是一个适宜独处之地。每每干完繁重的工作，走进书房是最快乐的时光。夜深人静时，或捧一册书，不知时光之流逝，忘却人生之苦役。读到入神处，忽开混沌，眼前风景如画，浮想联翩。或研出一池墨水，展开一卷宣纸，或临写《出师颂》、或临《祭侄稿》、或临《急就章》，时急时速，点画之间，豪情已抒。秋雨的早上，倚在窗下看书，秋雨迷蒙，呢呢喃喃，仿佛在讲述一个凄苦而美丽的故事。那萧索之声，把人带进莽阔幽深的风景，远山如黛，碧玉似娇，岁月的印痕深深地烙在心上。

书房是漂泊人生的驿站，是心灵栖息的场所。如今我甩掉了俗世的羁绊，以后就会有更多的时间，独坐书房品尝孤独的时光，让人抵掌观心，伤怀家事，顿悟平生。书房的宁静之境，把人引入清泉滴石的意境中。鸟雀啼鸣，草木摇曳，人生的惆怅轻轻地落在人间。我想如果真有天堂，那一定是在书房。

2017年9月28日

此心安处是吾乡

今年的国庆和中秋节重叠在一起，使得我有足够的时间回家去看望年事已高的父母。年年月月忙碌于工作，每年也只能有寒暑假两次机会回家去看父母。故乡的十月非常美好，漫山红遍，果蔬飘香，好多年没有在收获的秋季回到故乡。故乡的红叶不知何时已经成为心中的记忆。

中秋节当天一家人一路驱车，直奔秦岭而去。进入秦岭，巍巍秦岭、蔼蔼秋色、缥缈的云雾扑面而来。人的心情一下子欢悦起来，从来没有过的轻松顿上心头。翻越过秦岭，天气一下变得晴朗了，蓝天白云，微微的清风，让人感到非常舒展。嘉陵江的河水由于长时间下雨的原因，清澈的河水虽然不再明净，但是奔腾不息的气势，也让人感到心胸开阔了很多。同时故乡的气息愈加浓厚，山的颜色是五颜六色的，公路两旁的高山上，已经一缕一缕地变红，停车驻足四望，赏心悦目，多日的烦恼全都丢到了脑后。

进入小镇的街头，巍然挺拔的唐初古槐映入眼帘，心里顿觉安然了。古槐是故乡的标志，这是一株唐初古槐，五六个人搂不过来，相传当年唐僧一行西天取经，在此树下拴过马。小时候常常在古槐下玩耍，出来上学和工作了，每每进出家园总要经过这一株古槐。古槐成为我们这一方水土下人们的共同的记忆，也成为我们心中家乡的一个符号，见到故乡的人总要问一下这株古槐。穿过长长的街道，走到尽头，远远看到白发苍苍的老母亲站在秋风中眺望，我的眼泪在眼圈里打转几欲流出。

回到家中，和父母说完话。泡一杯茶，端一把椅子，坐在院子里，沐浴着浓浓的秋色，内心安静了许多。我不禁想起了苏轼的词，“常羡人间琢玉郎。天应乞与点酥娘。尽道清歌传皓齿。风起。雪飞炎海变清凉。万里归来颜愈少。微笑。笑时犹带岭梅香。试问岭南应不好。却道。此心安处是吾乡。”这一刻我理解了苏轼的“此心安处是吾乡”。

吃过晚饭，一家人与父母聊天到很晚。大家都睡了，而我却丝毫没有睡意。我独自走出家门，从上街走到下街，再从下街走到上街。虽然是中秋节的夜晚，但是天气多云，看不到月亮，乡村的人们都已经入睡，到处都是万籁俱寂，明亮的太阳能路灯白天充满了电，晚上孤寂地放着寒光。秋风吹起树叶飒飒作响，河水的哗哗声在寂静的夜里显得更加清亮。此刻走在街上，虽然凉意无限，但是内心却是无限安宁的。

“无明月催人如梦，有清风送我还乡”，一觉醒来，天色微明。吃过早饭，我带着妻儿沿街去闲转。来到千年的唐初古槐下，我给妻儿介绍古槐的来历和传说。我用手抚摸着古槐，感慨万千。抬头仰视古槐，沧桑的年轮雕琢着岁月的痕迹，古槐枝干虬曲苍劲，黑黑地缠满了岁月的皱纹，若光看这枝干，好像它们早已枯死，在这里伸展着悲怆的历史造型，但就在这样的枝干顶端，猛地一下涌出了那么多鲜活的生命，矫情而透明，让人不禁感慨生命的茂盛。

来到路边的高台上，四面望去，苍山高远，到处是秋天的景色，翠绿的树叶有的变黄了，有的却变红了。山上的部分黄栌叶被秋风染成了红色，夹在绿色山林中，好像是一幅油画，恰似《山行》里的诗句，“停车坐爱枫林晚”。进入田野中，玉米已经成熟，人们都在忙着收玉米，掰下来的玉米棒堆成一座座金色的小山，很是惹人喜爱。走过玉米地，尽头是一大片一大片的果园，虽然草还是绿的，但是红彤彤的苹果已经高挂枝头，像一盏盏小灯笼格外引人注目，一阵秋风吹来，似乎都能闻到苹果的香甜。

回来的路上，妻儿说回过很多次家，秋天从来没回过，而秋天是最好的。我说我也好多年没有在这样一个时间回来了。我在想故园如此美好，何须天天干一些没用的事，纠结于复杂的关系之中，还是苏轼说得好“此心安处是吾乡”。

2017 年 10 月 7 日

观乎人文　化成天下

今年是陕西省社科院《人文杂志》创刊六十周年。杂志社约我题词，我不知道该题什么好，于是查阅有关人文一词的含义，发现六十年前给这个杂志取名的人还是很有文化的，把这个杂志取名为“人文杂志”是有深刻内涵的。

“人文”一词在中国最早出现在《易经》中，其中“贲”卦的《彖》辞中说：“刚柔交错，天文也；文明以止，人文也。观乎天文，以察时变，观乎人文，以化成天下。”人文是相对天文而言，人文说的是社会人伦，最后达到感化天下的目的，这种文化观是非常独特的。

“观乎天文，以察时变”，意思是观察天道运行规律，以认知时节的变化，这实际上是说观察自然的变化。自然界是人类赖以生存的环境和载体，也是人类生存的物质资料的来源。观察自然的变化，把握自然运行的规律，对人类的生存发展具有重要的意义。自然天象的变化都是有规律的，自然规律是指不经人为干预，客观事物自身运动、变化和发展的内在必然联系，也叫自然法则。按照自然规律，人类才能更好地利用自然、开发自然，从而为人类服务。同时四时交替、山崩地裂、火山地震、狂风暴雨、水旱灾害都会给人类带来灾难，了解自然规律，人类才能规避自然运行中的各种危害，使人类更好地生存和发展。

“观乎人文，化成天下”，意思是观察人类文明的进展，就能用人文精神来教化天下，这实际上是说观察人类社会的变化。人文通常是指人类社会的各种文化现象。后来又有“人文精神”“人文主义”“人文科学”等词。人文精神是一种普遍的人类自我关怀，表现为对人的尊严、价值、对命运的维护、追求和关切，对人类遗留下来的各种精神文化现象的高度珍视，对一种全面发展的理想人格的肯定和塑造；人文主义具有东西方之别，西方的人文主义是文艺复兴时期形成的世界观，主张一切以人为本，反对神的权威，把人从中世纪的神学枷锁下解放出来。宣扬个性解放，追求现实人生幸福；追求自由平等，反对等级观念；崇尚理性，反对蒙昧。中国的人文主义主要在于孔子的儒家学说，孔子肯定人在宇宙中的高贵性，凡是一切可以使人成为更完美的思想和理论都是人文主义。人文科学是指一切与人生、社会有关的科学门类，其中包括哲学、经济学、政治学、史学、法学、文艺学、伦理学、语言学等等。人文学科是集中表现人文精神的知识教育体系，它关注的是人类价值和精神表现。

人文的作用在于化成天下，而其特点在于“新”。清华大学用“人文日新”来作为校训，意思是指文化的创造、传承与涵养要日新月异、不断进步；对每一个人来说，就是使人文精神不断发扬、不断提升。《礼记·大学》中说“苟日新，日日新，又日新”，意思是如果能每天除旧更新，就要天天除旧更新，不间断地更新又更新。

中国的社会发展到现在，物质产品极大丰富，人们生活在一个物质产品极其丰裕的社会中，但却缺少人文精神。人的发展没有理想情操，人的培养没有天下情怀，培养出了一大批精致的利己主义者。现有的人文学科脱离人的发展，物欲横流，理想、境界、格局都不见了。时代呼唤人文日新，呼唤能够化成天下的人文科学。

2017 年 10 月 7 日

常生欢喜心

时已隆冬，气温已经很低，早晨起来，见窗外阳光灿烂，一扫冬日的雾霾，使人心里无限欢喜。洗漱过后，坐于窗前，煮好一壶浓茶，随手拿起林清玄的《心有欢喜过生活》阅读起来。这是林清玄的一本散文集，书中讲世事维艰，主张以柔软心除挂碍，以欢喜心过生活。

林清玄的散文我买的很多，他的文字总是像清泉一样，沁人心脾。他的文章简朴、清新、幽远，又透着一股恰到好处的禅意，虚实生辉，空灵流动，在温暖的诗性美中道出生活的大智慧。他的书近年来很流行，有人说每个人的一生都要去读一读林清玄的作品，才会在纷扰的世间看清内心的真实，才能真正懂得如何去生活。星云大师说：“清玄先生的著作，文如流水，雨似冬阳。”

林清玄主张把生活归聚到四颗“素心”上：一是清净心，内心清净，事事通透，无欲亦无惧。二是欢喜心，漫长的一生虽多苦难，不如当成游乐场，不求回报多少，只要欢欣享受。当你站在灵性的高境界，所有挫折和困顿，也就会简单化解。三是柔软心，让自己的心柔软，却能生发出力量。唯其柔软，我们才能超拔自我，在受伤的时候甚至能包容我们的伤口。四是平常心，不论顺逆，放平心态，自在前行。生活中怀有一颗平常心，不论顺逆都能用旷达去面对。林清玄的四个“素心”归结起来就是以清净心看世界，以欢喜心过生活，以平常心生情味，以柔软心除挂碍。

书中所讲的欢喜心是一种敏感，一种韧性，使我们能享受好的生活，也能承受坏的际遇。人生的境遇不可捉摸，心智却可以扭转，心有正念，一切欢喜；积极融入外境，保持对世界新鲜而有希望的心情，时时发送和接收幸福的信号。心所要的，不是足够多，是足够欢喜。佛教也主张欢喜心，大乘教里讲“常生欢喜心”“欢喜者，适悦在心，寂灭为乐也”，意思是你一天到晚生活在欢喜当中。当人们不起心、不动念、不分别、不执着时就起了欢喜心。不起心、不动念，无名烦恼放下了；不分别，尘世烦恼放下了；不执着，见思烦恼放下了。这三种烦恼都放下了，一个人自然就会自在和欢喜。佛所说的欢喜心，是我们清净心现前的一种由内感知的喜乐，虽欢喜但不迷惑，是一种境界，一种语言难以表达的舒服感。

欢喜心很重要，怎样才能起欢喜心呢？南怀瑾先生认为于心念清净中起欢喜心，亲近善知识。以修持正法的心情来生起喜心，亲近善知识，就是亲近一切有成就的圣人、贤人。网络上曾有一日禅中一段话写得很好：“在生命的过程中遇到不如意的事是非常正常的，没有一个人一生都如意美满，重要的是不要使那不如意成为我们生命中的主导，而应该让其成为我们生命中的动力，以坎坷来增长我们的智慧，常养我们的悲心，如此，我们就能获得生命真正快乐的源泉。”因此，当你种下一颗欢喜心的种子，就会结出千千万万欢喜心的果实，果实永远比种子丰盛。所以林清玄在《人生最美是清欢》中说：“让我们在复杂的世界里，做一个简单的人。以清静心看世界，以欢喜心过生活。愿你能从浮躁的世界找到内心的平静。不浮不躁，不慌不忙，淡定从容地过好这一生。”

读着林清玄的文字，内心一种不可名状的感觉涌上心头，我在想这样智慧清新的散文已不多见，读着这样的文字总会有一种难以名状的触动。那些或宁静或激昂的诗意文字，给予内心太多太多。可以说，林清玄的文字是值得去捧一盏清茶，细细品味的。

2017 年 12 月 3 日

有一种智慧叫舍得

几年前买过一本书，书名是《有一种智慧是舍得》。看过之后，就放在书架上了。周日偶得闲暇，午饭过后，随意地在书架上浏览，看到这本书，就抽出来在午休前读一下。该书从传统哲学儒释道入手，结合生活中的事例对舍与得进行阐述，懂得舍与得便能在生活、事业、人生中达到天人合一。书中把“舍得”看成是人生的智慧，书中说：“舍得既是一种处世的哲学，也是一种做人做事的艺术。舍与得就如水与火、天与地、阴与阳一样，是既对立又统一的矛盾概念，相生相克，相辅相成，存于天地，存于人世，存于心间，存于微妙的细节，囊括了万物运行的所有机理。万事万物均在舍得之中，才能达至和谐，达到统一。”

“舍得”最早出自道家的《易经》，佛家的《了凡四训》中也讲过舍得，“舍得者，实无所舍，亦无所得，是谓舍得”。“舍”是一种人生态度，也是一种基于现有资源对未来进行决断的智慧。人世匆匆，功败垂成，皆在取舍之间，有舍才有得，不舍则不得。人生如长河，时时都在流转波荡之中，无片刻之安宁。用庄子的话说，叫“日与心搏”，每天做事的时间少，闹心的时间多，把大量的精力投入到与内心的斗争中。有所得，兴奋不能自已；有所失，伤心不能自控；有所虑，焦躁不能自安；有所思，纷乱不能自宁。得也好失也好，爱也罢恨也罢，都会让人情绪波动，心态失衡。只有懂得了取舍，才会保持目标的专一，内心的宁静。

《有一种智慧是舍得》一书把“舍得”看成是一种智慧，我理解其含义在于：一是舍得是一种选取。舍得需要做出选取，需要承受这个选取带来的一切结果，无论结果好坏，终究是自己的选取。所有的得都离不开舍，就看你的选取。为了得到心中所想，我们要为之付出代价。也许得到的远远不如舍弃的，也许舍弃的不多却得到了更多。但是舍得可使人得到许多回报，相反舍不得可能使人遗憾终生。二是舍得可以提高效率。无论做什么事情，目标不可能太多，目标太多什么都不舍得，都想得到，那就只能负重前行，负重前行的效率是特别低的，不可能迅速达到目标。只有舍弃次要，而保持主要，才能目标专一；持之以恒，才能提高到达目标的速度。三是舍得是一种心态。明白舍得的智慧，才能更从容地应对生命中的高低起伏。遇到困难和挫折，不要沮丧，把它当作一场试练。当试练通过了，也就得到了成长。

佛家让人破执念，就是让人懂得舍得的道理。而且佛家的“布施”观念也是对舍得的一种运用。佛家的舍得如同“色即是空，空即是色”一样；道家的舍得就是无为，舍就是无为，得就是有为，此所谓“无为而无不为”；儒家认为舍恶得仁，舍欲而得圣。舍得是一种智慧，这种智慧只有在一定生活体验之后才会有体会，在日常生活中，许多人智商很好，不喜欢干公共事务，那你就得不到好的人际关系。而那些喜欢付出，不求回报，不计个人得失的人，往往情商很高，能有好的人际关系。早年入道做学问，涉及面很广，今年写这方面的文章，明年做另一方面的研究，经年之后，方向始终形不成。后去南方读书，导师让我注意取舍，集中方向，从那时起集中于一个领域，数年积累，成果集中，影响力日益提高，回想起来这也是导师舍得的智慧。

蛇在蜕皮中长大，金从沙砾中淘出。多是负担，是另一种失去。少非不足，是另一种有余。现在读这本书，使我对舍得有了新的体悟。随着年龄的增长，阅历的丰富，我们对舍与得的认识才会有更深的认识。从年幼时的无知固执，抓住一样东西不放；到青年时懂得变通，拿得起，放得下；再到人生暮年，用平和的心态去对待舍与得，我坚信我们必将做到舍得自如。

2017 年 12 月 3 日

五十而知天命

独坐书房，忙于读书写作。妻子散步归来，告诉我外面的月亮很圆，要我外出散步。我穿好大衣，戴好帽子，走出家门，仰望天空。月亮非常圆，一片银辉铺洒在校园之中。冷月高挂枝梢，寒风把光秃秃的树枝，吹得光秃秃的。冬日的月亮，又清又冷。触景生情，我想起了《古诗十九首》中的句子：“明月何皎皎，照我罗床帏。忧愁不能寐，揽衣起徘徊。客行虽云乐，不如早旋归。出户独彷徨，愁思当告谁！”

从外面回来，我独自坐电梯上到十八楼的楼顶，仰望天空，月圆如盘，玉盘似的满月在云中穿行，淡淡的月光洒向大地。夜晚的明月似冰盘，清亮典雅；像明镜，清明高贵；如宁潭，清澈纯洁，美若天仙。正如李商隐的诗句所描写，“青女素娥俱耐冷，月中霜里斗婵娟”。四面望去，长安城中，万家灯火，圆月与灯火交相辉映，月光射在树间、屋顶上，反射出了一层银色的光辉，路上那交互闪动的是美丽的银色和黑影相交的斑点。回到家里，我看了看手机，怪不得天空的明月如此的皎洁，原来今天是农历十月十六了，我猛然想起，过了明天我就该进入知天命之年了。

子曰：“吾十有五而志于学，三十而立，四十而不惑，五十而知天命，六十而耳顺，七十而从心所欲，不逾矩。”“知天命”不是听天由命、无所作为，而是谋事在人，成事在天，努力作为但不企求结果。所以，“五十而知天命”，是说五十岁之后，知道了理想实现之艰难，故而做事情不再追求结果。明儒顾宪成《讲义》中说五十知天命，是悟境，这个年龄是悟通了人世间的道理，知道了什么可为，什么不可为。孔子提出君子要“知天命”“不知天命无以为君子”。知天命是儒家思想特点，也是中国传统文化的特点。天命就是自觉有一种使命感，“知天命”，即领悟自己负有使命，必须设法去完成。这种使命的来源是天，所以称为天命。五十岁人生已经过去一大半了，大体基本轮廓依稀可见，无论是学识，还是阅历，以及自制力，都到了最高境界了，基本的方向不再变了。到了五十岁，知道了自己的命运轨迹，就会不怨天；知道了自己的人生定位，也会不尤人；知道了自己未竟的责任，更会不懈怠。五十知天命，意味着到了这个年龄，人的性格特征，已经基本定型。许多年轻时的梦想，能实现的已经实现，不能实现的也只能望天而叹了。体力和精神已大不如从前，开始在走下坡路了。因此保持积极向上的精神状态，选择一种适合自己的生活方式，不仅是重要的，也是必要的。这就是知天命，正如孔夫子所说：“不知命，无以为君子也。不知礼，无以立也。不知言，无以知人也。”

唐代陆贽说：“人事尽处，则是天命。”经历了坎坷磨砺，少了许多冲动，但多了理性，多了冷静。我们不需要少年的狂妄，青年的幻想，更多的是对社会、对生活、对人生的感悟，尤其是能从花开花落、云卷云舒中体悟出真实的想法。我想无为、淡泊与仁慈更适应我了，心安理得是知天命之年最大的财富。

知天命之年，我的书房中文学、哲学、历史的书多了起来，床头已经摆了一堆诸如《金刚经》《庄子》《本草》《断易天机》之类的书。

2017 年 12 月 3 日

违而不犯　和而不同

早年学书，由欧体入手，练习了间架结构，藏锋、露锋、出锋、笔法使转得到了锻炼。中学时，接触到了隶属，蚕头燕尾，字体翩翩，也抽时间临摹过。上了大学，在曹鸿远先生门下学书时，主要集中于颜体的楷书、我收集了几乎所有的颜体字帖，也几乎都临摹过。偶然的机会在曹老师处借到过《卫俊秀书爱国诗选》，于是对草书产生很大兴趣，而且曹先生告诉我楷书可以养成规矩，而草书可以抒情。同时由于卫俊秀先生非常推崇傅山的书法，在跟随曹先生学习行书的同时，集中精力临习傅山的连绵大草。为了使大草写得更好，增加劲力，我又临习了三年的篆书，《散氏盘》《大盂鼎铭文》《毛公鼎铭文》《石鼓文》。偶然的机会，读到傅山的书论和于右任的研究著作，看到傅山和于右任晚年都走向章草，于是搜集章草的著作和字帖开始临习，章草的规矩、古雅，使我深深陷于其中而不能自拔。几乎收集了所有的章草著作、字帖，日夜临习，包括《章草传帖》《章草字汇》，几乎临遍王蘧常、王世镗等名家帖，深深感到章草之美。

章草的美学特征是“违而不犯，和而不同”，章草之美主要体现在：一是波磔突出的隶之美。章草以汉隶为根基，突出隶之波磔，上追篆之圆转，旁借楷之法式，开创草之流便，这样它就以崭新的面目展现于世人。它兼收并蓄，将波磔美、曲线美、端庄美、流动美，融会贯通为一体，形成了章草自身独特的艺术魅力。二是古雅庄穆之美。章草追古开今，纳隶涵篆，方圆兼用，草化楷写；它笔画虽有牵连，但使转自有法度，在笔画连属运行中，横、捺、点间作波磔，重按缓出，时时调节着笔墨的节奏速度；字字独立，如星如珠，行笔疾速中蕴含迟涩，时断时续，时快时慢，气息连绵不断。有一种古朴庄穆、沉着痛快、纵横自然之象。规模简古，气象沉远。三是法度严谨，有章可循。章草从隶书变化而来，以“简省笔划、划圆为方、划转为折”为特征，继承了隶书的形体扁平、字字独立的特点。章草结字，笔画已极省变、精练，一点一画都是有根据、有来源的。

西汉时扬雄就提出了“书为心画”的著名观点，书法不同于写字，书法和写字的区别在于是否有艺术性，而艺术性主要体现在其思想和情趣方面。我国过去的书法教育有误解，一致认为真草隶篆，从唐楷入手。其实广义的楷书包括篆书、隶书、魏碑等。唐楷是从篆隶，经过草化之后转变而来。今草、大草都是在隶书基础上形成的章草基础上转换而来。书法艺术的源头在于先秦和两汉时期。这一时期，是书法艺术的源头。这一时期汉字的象形特点重，汉字都是从山川、河流、川泽、湖泊、天象中象形演绎而来，其艺术性强。我临习章草的体会是学书必须直追高古，体现违而不犯，和而不同。书法的最高境界是草书，如同国画的最高境界是山水画。学习草书必须从章草开始，这样可以养成规矩，没有规矩、自由度过大，没有书写难度的书法，绝对不是高明的书法，也不是真正意义的书法。

2017 年 12 月 4 日

数据的神奇力量

《总体绩效：资本主义新精神》是法国调节学派弗罗朗斯·雅尼·卡特里斯教授的著作之一，我们组织人员进行了翻译。该书的第五章主要研究绩效与量化问题。作者首先研究了数据神奇的能力与权力，研究了取代个体在工作中提出和产生证明的能力数据力量。在此基础上研究了数据的社会性能，分析了数据的认识论中立性、消除社会关系中的个性化、直接性、速度性、简易性。最后研究了数据取代概念的趋势，认为现代社会无论是在可持续发展的生产方面，还是在生活质量、福利方面，概念似乎在元叙事的背景下越来越不被看重了，相反它越来越让位于指标清单。

针对这种现象，作者指出："成问题的不是数据本身，也不是测算本身。量化与国家形式的确立有着同样悠久的历史。权力以它自己的标准设计了一种或者多种测算标尺，如同以自己的肖像打造货币一样。然而对于这些问题的研究强调这样的观念：量化从本体论上说是一个陷阱，或者以更加细致的方式来说，量化的应用过度了。"在科学性和严密性的外表包装下，数据倾向将活动、任务和参与的意义混淆起来，创造"认知模糊"。这种科学性的包装是一种症状，它表明了数据没有能力重新构建起论证，甚至帮助掩盖了关于经济活动的目的性的辩论。

目前社会进入了大数据时代，数据为思想的形成提供了有力的证据，许多事实证据是模糊的，而数据的使用使得事实证据更加清晰化。但是我们应该清晰地认识到，数据代替概念、代替思想、代替社会的元事实，却是一种误导。数据的运用不可能改变社会经济运行的本质，金融中数据的使用也不可能改变金融的本质。数据只不过为经济社会发展的决策提供了更为有利的依据，但是决策的前提是在思想概念框架的前提下，使用数据做分析，如果抛弃概念框架，决策中只考虑有利数据，而不考虑不好的数据，形成的决策也难以正确。

但是目前对数据的利用进入了几乎混乱的境地，各种排名满天飞，数据的神奇力量使得欺骗、误导形成一种流行的趋势，把不利的数据去掉，夸大那些有力的数据，都在证明自己是天下第一，混淆概念意义、创造认识模糊。如果只按照有利因素决策和管理，长此以往就会掩盖事实，积累弊端，这样的决策只能导致组织走向衰退。

《总体绩效：资本主义新精神》给我们的最大启示就是社会科学的研究，主要还在思想的力量和概念范畴的创新，以思想和概念为框架，运用数据。需要用思想的力量代替数据的神奇力量，这样才能解决数据带来的认知模糊，消解数据流行、排名流行带来的“认知模糊”，从而形成有效决策和科学管理，进而达到整体绩效最优。

2018 年 1 月 7 日

设茗听雪落

一冬无雪，万物萧瑟，天地燥极，呼吸间满是尘土，城市里到处是灰头土脑的。不想一夜北风寒，“飞起玉龙三百万，搅得周天寒彻”。

已经后半夜了，我还在书房里临帖。窗外风起了，随后传来簌簌声。我掀起窗帘，见外面竟下起了纷纷扬扬的鹅毛大雪，如深冬的白梅，在天地间凌寒绽放；似洁白的蝴蝶，梦幻般散着温馨的雪花四处飘散。窗外静静的，空阔而寂寞，那雪如同下在心里的。每一瓣雪花，都是一个精灵，轻轻地飞着，静静地落着，在心灵深处。夜阑听雪是一种境界，是一种享受，真有一种空灵通透的感觉。我煮一壶茶，点一支烟，打开书房所有的灯，拉开飘窗的厚帘，独坐窗前，静静地听雪。雪悄悄飘落，几乎没有声音。但你侧耳细听，可以听到雪落在周围的沙沙声，那声音像窃窃私语，让人在感到亲切之余，回想起如烟的往事。“夜阑听雪浮生梦，花败叶落静无声”，夜阑听雪，夜静极，心静极，雪的音律流入心田，心与天地遥相感应，尘世的杂陈俗念变得无迹可寻。心中只有皎洁清澈，只有宁静空灵，只有冰清玉洁。一切都成为虚无。繁华宛若浮云，往事恍如散绮。

早上早早就醒来了，从窗帘的缝隙中看出去，天空依然飘着丝丝雪花，但是地上已经铺上了厚厚的一层如同绒毯一样的厚雪。家属区屋顶上、树枝上、路上都已铺盖上厚厚的一层积雪。天刚亮不久，人们还在熟睡之中，外面静悄悄的，仿佛只有雪花在轻轻飘落，整个小区一下子变成一个粉妆玉砌的世界，冬日里的苍茫、枯燥一下子被银装素裹所代替。简单吃过早饭，我穿上大衣、围上围巾，找出帽子带上早早去办公室，沿途欣赏校园的雪景。走进校园，树上已披上了一件白色的纱衣，变成了各种形状的白色珊瑚树。高楼变成了白塔，地上像铺上了一层厚厚的白棉被，将大地紧紧地裹着。踏着软绵绵的积雪，听见脚下发出咯吱咯吱的声响。远远望去，银白覆满大地，天地连成一线，模糊了边界，模糊了天地，只有那一串脚印，如细碎的花，缀在地的一角，成为静谧的注释。漫步于宁静校园雪地，静静地听雪，似乎屏息海洋深处，人感到自己在下潜。在雪野听雪，我似乎听到了曼妙与空灵，听出独自的苍茫。听雪不是用耳，听雪是用心的，用心听雪就会婀婀娜娜，就会枝枝蔓蔓，就会婉约。

周末的下午雪又下起来了，整个楼上万籁俱寂，独坐处于办公室的楼顶，寂然不动，听沙沙的雪响，任雪落进心底，天地一白。心早已空掉了，只留下这洁白的雪。白雪中的孤寂，没有一个人可以走进来。风烟俱净，唯有雪扑簌簌地下。办公室的书桌上有书，有热气腾腾的茶，我打开手机，放一段古琴曲《白雪》《千山暮雪》，窗帘是开着的，雪落在外面的树枝上、连廊的顶上。夜幕逐渐降临，就更有了黄昏时一个人听雪的时光。想走都走不掉，听着古琴，人仿佛掉进旧时光里，心渐渐就安静下来了。高楼听雪，是听它的静谧，听它有声中的无声。听雪是听它的纯净，听它曼妙里的空灵。天地一色，还有比这更灵动的吗？

夜阑听雪浮生梦，早上听雪的曼妙空灵，黄昏听雪的静谧孤寂，我在想这世间的美意原在设茗听雪。这听雪的刹那，心里定会开出一朵清幽的莲花。也空灵，也寂寞，也淡薄，也黯然，也曼妙。

2018 年 1 月 7 日

岂只灵犀壹点通

我有一对福建寿山石的章料，遗产学院的张懋荣老师帮我刻成一对印章。张老师的金文大篆，和温润的寿山石结合在一起，让人爱不释手。近日写字我都在用这对印章。福建的寿山石是章料的名石之一与浙江的青田石，内蒙古的巴林石，昌化石同为篆刻的四大章料。寿山冻石颜色有多种，白色、乳白色、灰白色、红色、粉色、天蓝色，五颜六色的。寿山冻石红如鸡血，粉如桃花。质地松软，易于篆刻，让很多印石篆刻爱好者爱不释手。寿山石分布在福州市北郊晋安区与连江县、罗源县交界处的“金三角”地带，是福建的特产，也是中国的名石。

由于早年学习过篆刻，对各类章料都非常喜欢，平时也收集一些。由于寿山石石质温润，颜色多彩，自古以来深受文人喜爱，成为篆刻图章，雕刻玩件和装饰品的主要材料。同时文人们也写过许多的诗词来描写和赞美寿山石。宋代的黄干写过一首《寿山》的诗歌，“石为文多招斧凿，寺因野烧转荧煌。世间荣辱不足较，日暮天寒山路长”。最著名的要数清代朱彝尊的《寿山石歌》：“无诸城北山青崭，近郊一舍无枫杉。中间韫石美如玉，南渡以后长封缄。是谁巧揩蛙蚓窟，中田忽发蛟龙函。剖之斑璘具五色，他山之石皆卑凡。我昔南游玩塘市，对此不觉潜今歁。是时杨老善雕琢，钮压羊马麋麎臧。兼金易置白藤芨，不使花乳求休搀。今来贾索尚三倍，未免瑕溃同梅黬。其初产自稷下里，后乃深入芙蓉岩。菁华已竭采未歇，惜也大洞成空嵌。非无桃红艾叶绿，安得好手来镌劖。桂孙见之不忍释，裹以黄葛白蕉衫。伏波车中载薏苡，徒令昧者生讥谗。况今关吏猛于虎，江涨桥近须抽帆。已忍输钱为顽石，慎勿轻露条冰衔。”清代黄任的诗写出了寿山石的特点：“俪白妃青又比红，洞天生长小玲珑。怡情到老同燕玉，好色于君似国风。神骨每凝秋涧水，精华多射暮山虹。爱他冰雪聪明极，何止灵犀壹点通。”寿山石中以田黄石最为名贵，“一方寿山田黄石，千载万年帝王诗”，田黄石产于福建福州市北郊寿山溪边的水田中，因石色多泛黄色，故得其名。溪水的日夜浸润，田土的万年蕴藏，赋予了田黄石细洁晶莹、温润可人的特质。产量稀少的田黄石是寿山石中的极品，被誉有“石中之王”。其石质极为温润、绵密、细腻，再加上若隐若现的萝卜丝纹，使它更富有生命力。潘主兰有《田黄颂三首》：“吾闽尤物是天生，见说田黄莫与惊。可望有三温净腻，绝非夸大敌倾城。”“何赏斑驳与玲珑，和璧隋珠比拟同。不是夜郎偏自大，称王原在众望中。”“瑰宝天生剧有情，寿山举世早知名。水田得石坑何在，也许科研可发明。”

“爱他冰雪聪明极，何止灵犀壹点通”，我很喜欢寿山石图章，因为这种像奶油又像蜜糖或果冻的石头，握一小块在手里，除了光滑，还有温润的质感。美石为玉，玉是君子。

2018 年 1 月 12 日

人无癖不可交

爱好是对某种事物具有浓厚的兴趣，爱好和人的积极情感相联系，培养良好的爱好是推动人努力学习、积极工作的有效途径。爱好能使人们工作目标明确，积极主动，能自觉克服各种艰难困苦，获取工作的最大成就，并能在爱好的实现过程中不断体验成功的愉悦。

是否有爱好是衡量一个人是否可交往的一个基本原则。明代张岱在《陶庵梦忆祁止祥癖》中指出，“人无癖，不可与交，以其无深情也；人无疵，不可与交，以其无真气也”，意思是如果一个人没有爱好，不可与之交友，因为他没有深情。一个人如果没有缺点，也不可与之交友，因为他没有真气。人的爱好有雅俗的区别，但是没有好坏之分。一个人既无爱好又无缺点，四平八稳，谨小慎微，没有一点点个性，这样的人要么特别懦弱无能，要么特别有心机。这两种人都缺乏人之所以为人的那一点点必不可少的血性，和这样的人交往是难以长久的。张岱把爱好当作人生孜孜追求的价值。有爱好、有癖好的人往往对所爱好的事物情有独钟，做起来全神贯注，废寝忘食，进入物我两忘的人生境界。张岱之后，许多人都认为爱好的重要性是交友的基本原则。清人张潮在《幽梦影》里说：“花不可以无蝶，山不可以无泉，石不可以无苔，水不可以无藻，乔木不可以无藤萝，人不可以无癖。”癖就是爱好，爱好如同花上的蝴蝶，山中的泉水、石头上的苔藓，乔木上的藤萝。大书法家林散之先生也说：“一个人要有癖好，古人云，不要友无癖者。因有癖，才有真性情，真心得。一个人一生要有一好，如书、画、琴、棋、诗文等。人生多苦难，有点艺术是安慰。”

总体来说，中国智慧中交友的基本原则是有无爱好，没有爱好就不值得与之交往。原因有二：一是一个人如果没有兴趣爱好，他就不会对任何人或事产生持久而深厚的感情。一个人如果没有缺点，这种人也不可以和他深入交往，因为这样的人待人处事不够真挚没有性情。二是没有爱好的人对任何事都无所谓。一个人如果没有爱好，他会觉得一切都无所谓，一切都可有可无，这样的人没有什么能克制他，他所做的一切都不会考虑后果，因为无论造成什么样的后果对于他来说都是无所谓的。

因此，兴趣爱好是非常重要的，在人一生中必须培养一种不以此谋生的兴趣爱好。健康的兴趣和爱好可以使我们更加热爱生活，珍惜时光，使我们的生活变得积极向上，充满正能量，能够让我们感受到生活充实和世间的美好。通过健康爱好驱使我们寻找兴趣知音，相结为友，相互支持，相互学习和帮助彼此，从而净化我们的生活环境和精神世界。

2018 年 2 月 8 日

自知者明

临摹欧阳中石《章草道德经》第三十三章。欧阳先生的章草写得好，而老子的这一段话也讲得很好："知人者智，自知者明。胜人者有力，自胜者强。知足者富，强行者有志，不失其所者久，死而不亡寿。"这一章是老子对有道者的高度赞扬，指出人当自知、自胜、自强。唯有如此，才能实现天地之志，并与世长存。

"知人者智，自知者明"，是说了解他人和了解自己都是智慧，但是了解自己比了解他人更胜一筹。因为了解自己要比了解他人难，通常自己是看不到自己，想不到自己的。而要看到自己，想到自己，则需要有以他人为鉴的能力。这句话实际是说明了一个道理，能正确认识别人的人是智慧的，能正确认识自己的人是聪明的。真正聪明智慧的人，应该既能正确认识别人，也能正确认识自己。"胜人者有力，自胜者强"，能够战胜别人只能算是有力，能够战胜自己的弱点才能算是真正的强者。因为胜人者凭借的是自我个体的蛮力，自胜者凭借的是坚强的意志。能够战胜自我的人，是具有天地之志的人。天地之志是收获大道、战胜一切的力量源泉。只有自胜者才是真正的强者。"知足者富，强行者有志"意思是知道满足的人才是富有的人。因为有着丰富的内心世界的人，有美妙的精神世界，又有充实愉快的现实生活，自然感到满足。相反，那些没有精神世界的人，内心是迷茫的，只能把心思寄托于外在的个人名利上。由于没有内在精神作依托，是永远不会满足的，这就是人生痛苦的根源。同时有着坚强意志的人，并不是为自我名利而拼搏的人，是豪情满怀的人，这样的人是欢快、幸福的。“不失其所者久，死而不亡寿”，意思是不丧失本分的人就能长久，身虽死而“道”犹存的人，才算真正的长寿。也就是说占有而不丧失才是持久，死亡而不被忘记的人才是长寿。在《道德经》第三十三章中，老子把“知人”和“自知”，“胜人”与“自胜”对举，明确提出后者比前者更难。之所以难以自知，就在于人的本心之灵明受各种私心、欲望和偏见成见的遮蔽，因而不能澄明敞亮，不能内视自我，照亮本相。即使觉悟了自己的缺点、不足，没有一种参天地、塞苍冥的浩然之勇也难以克服缺点。人贵有自知之明，只有真正了解自己的长处和短处，避己所短，扬己所长，才能有所作为。当你认识到自己的不足之时，也就是进步的开始。如果没有自知之明而做了超出我们能力范围、认知范围之外的事情，最终会耽误了别人也耽误了自己。做人最好要有自知之明，做自己擅长的事情。鬼谷子告诉我们，做人要有自知之明，认清自己，摆正位置。有缺点而不能如实自知，这样的人是下劣的人。有缺点而能自有知，这样的人是最为尊贵的人。每个人都有缺点和错误，区别在于，有人自知而改过，有人不能自知。自知之明是最难得的。

2018 年 2 月 20 日

孔子的震怒

孔子作为圣人，通常是非常温文尔雅的。读孔子的《论语》可以看到孔子一直是主张文雅的。但是无意间读《论语·公冶长》，我发现孔圣人也有发怒的时候。

《论语·公冶长》有这样一段文字："宰予昼寝。"子曰："朽木不可雕也，粪土之墙不可杇也！于予与何诛？"子曰："始吾于人也，听其言而信其行；今吾于人也，听其言而观其行。于予与改是。"宰予大白天睡觉。

读了这一段话，我检索文献，发现这是一个典故：孔子的弟子宰予，言词美好，说起话来娓娓动听。起初孔子很喜欢这个弟子，以为他一定很有出息。可是不久，宰予就暴露出懒惰的毛病。一天，孔子给弟子讲课，发现宰予没有来听课，就派弟子去找。一会儿去找的弟子回来报告说，宰予在房里睡大觉。孔子听了伤感地说："腐烂的木头不能雕刻，粪土一样的墙壁不能粉刷。最初我听到别人的话，就相信他的行为一定与他说的一样；现在我听别人的话后，要考察一下他的行为。就从宰予起，我改变了态度。"学生宰予大白天睡觉，孔子除了斥责他"朽木不可雕也，粪土之墙不可圬也"之外，还做出了关于认识一个人的感慨。读遍《论语》，这是温文尔雅的孔圣人最动肝火的一次震怒。

孔子的震怒不是因为宰予白天睡觉，而真正让孔子难过和震怒的是宰予这个人言而无信。以我们今天的生活习惯来看，睡个午觉算什么罪过呢？

犯得着孔老先生动这么大肝火吗？可能他之前向孔子保证自己白天肯定不睡觉，孔子信了，但是没想到发现宰予还是犯了这个毛病，于是震怒之下破口大骂并发出了这个感慨。孔子责难宰予这一解读背后，是古今一贯的对为人为学端正、严肃、勤勉、言行一致的传统期许。

从孔子的震怒来看，孔子的用人观，不仅仅在才能，而且在于品质。不是做事，而是做人。看起来做人比做事更为重要。身在社会人，都想自己一帆风顺，升职加薪。为什么有的人能做到？而一些人费劲费力却很难得到应有的回报？有些人做事还可以，但是做人却一塌糊涂，成功的机会几乎等于零。有人做事不行，做人也不行，那几乎没有任何机会。有时候，做事做得稍差，但做人无微不至，却惹人好感。

世界上有能力、会做事的人不少，但是会做人的不多。而成功的是那些会做人的人。做人比做事重要，大多数人都愿意多做事、做大事，但往往忽视做人。就如同孔子所责备的“朽木不可雕也，粪土之墙不可杇也”。

2018 年 2 月 20 日

行己有耻与不耻下问

春秋时期管仲在《管子·牧民》中提出了治国之“四纲”，即礼、义、廉、耻。在管仲看来，礼指上下有节，有礼的人们就不会僭越等级限度。义指以法进仕，有义就不会妄自求进。廉指明察善恶，有廉就不会掩饰恶行。耻是羞恶知耻，有耻就不会顺从邪妄。所以管仲指出：“国有四维，一维绝则倾，二维绝则危，三维绝则覆，四维绝则灭。何谓四维，一曰礼，二曰义，三曰廉，四曰耻，礼不愈节，义不自进，廉不蔽恶，耻不从枉。故不逾节则上位安，不自进则民无巧诈，不蔽恶则行自全，不从枉则邪事不生。”习近平总书记在在北京大学师生座谈会上的讲话中曾经引用该典故。其中，耻是一个重要的行为标准，顾炎武认为“耻”是根本中的根本。《说文解字》上解释耻是羞愧之称，羞愧乃心有所惭而生，故从心。又以耳为司听闻之器官，人每因闻过而耳赤面热，故耻从耳声。耻作为行为标准，有时需要不耻，有时需要有耻。

顾炎武书房中常悬挂一副对联“行己有耻，博我以文”，行己有耻出自《论语·子路》，子贡问孔子怎样才能成为一个真正的“士”，孔子说“行己有耻”是第一要。意思是一个人行事，凡自己认为可耻的就不去做，君子不能像器具那样，作用仅仅限于某一方面。也就是说羞耻心是人立身行事的道德边界，羞耻之心对于人至关重要，主张用羞耻之心来约束自己的行为。那些搞阴谋诡计、投机取巧的人往往包藏祸心，是没有什么羞耻之心的。无耻之人做事没有道德边界，他们想要得到某种东西的时候无所不用其极，或者极尽谄媚，或者极尽狠毒。因此，行己有耻，远离无耻之徒，做一个有尊严的人。顾炎武对于“有耻”一端极为重视，他说，“士而不先言耻，则为无本之人”。“行己有耻”是为人处世的底线。

中国哲学主张做人要“行己有耻”，而为学则要“不耻下问”，《论语·公冶长》中说：“敏而好学，不耻下问。”不耻下问，意思是向学问或地位比自己低的人学习，而不觉得丢人或者感到耻辱，形容谦虚好学。这给我们提出了一个治学的准则，就是不会就学，不懂就问。只有不断地学习和求问，才能不断丰富和提高自己。坚持学习固然重要，积极求问更属难能。遇到问题时，既要向年长者，又要向年轻者学习。不耻下问是中华民族的优秀传统，不仅在为学方面要不耻下问，在管理工作中也要不耻下问，《尚书·仲虺之诰》有言：“好问则裕，自用则小。”毛泽东同志在《党委会的工作方法》中提出，不懂得和不了解的东西要问下级，不要轻易表示赞成或反对，也就是做好领导也要学会不耻下问。“问下级”看似是一种身份的下移，其实是一种“拜师”“问计”的过程。请教有专长的人，不仅自己有所收获，对于整体的国家治理也有所裨益。

“行己有耻”给我们提出了一个做人的基本原则，不耻下问又给我们指出了一个为学和做事的态度准则。在有耻与不耻之间我们需要认真把握，有所为而有所不为。

2018 年 5 月 1 日

日进终南夜宿山　静闻松涛枕石眠

终南山又名太乙山、地肺山、中南山、周南山，在长安南五十里，秦岭主峰之一。古人又称秦岭山脉为终南山，绵延八百余里，是渭水和汉水的分水岭。《长安县志》记载："终南横亘关中南面，西起秦陇，东至蓝田，相距八百里，昔人言山之大者，太行而外，莫如终南。"自古以来人们有一种共识"关中河山百二，以终南为最胜"。历代文人对终南山多有咏颂，而在诸多诗词中，以王维的《终南山》为绝胜，"太乙近天都，连山接海隅。白云回望合，青霭入看无。分野中峰变，阴晴众壑殊。欲投人处宿，隔水问樵夫"。读着王维的诗句，眼前似乎看到这样一种景色：巍巍的太乙山临近长安城，山连着山一直蜿蜒到海边。白云缭绕回望中合成一片，青霭迷茫进入山中都不见。中央主峰把终南东西隔开，各山间山谷迥异、阴晴多变。想在山中找个人家去投宿，隔水询问那樵夫可否方便？

五一放假，名胜处不可去，因游人太多，过于嘈杂。南校区距离终南山比较近，于是相约几家人去秦岭终南山的分水岭。早上九点，出校园，经过西万路直入沣峪口。进入沣峪口，景色明朗起来，山色清脆，溪水清澈长流，空气清新沁人心脾。山路峰回路转，山色明朗起来，心情开朗起来，眼睛也明亮起来。走进秦岭，如同进入梦境里，河流飘着雾气，远山云雾缭绕，空谷幽静，白云深处藏人家。经过一个多小时，来到了距离分水岭不远的鸡窝子，孩子们觉得饿了，于是在鸡窝子开始休整。鸡窝子已经距离目的地分水岭不远了，而且海拔已经在两千多公里以上。这里阳光明媚，但是气温比较低，凉风吹来令人瑟瑟发抖。仰望山上，由于海拔高，气温低，树木才开始发芽，山顶上的草和树都还没有绿。大家商议不去分水岭，就近爬山。停好车，吃一点东西，就从停车场的旁边进山。

转过山口，沿着清澈的溪水边的小路逐级而上，这里山幽谷静，溪水潺潺，繁花似锦，满谷飘香，山下春花已经开过，而这里花才开始绽放，树叶才发芽。看着这里的情形，不禁想起白居易的诗句“人间四月芳菲尽，山寺桃花始盛开。长恨春归无觅处，不觉转入此中来”。这个山谷游人很少，置身其中令人心旷神怡，尘世的烦恼一扫而空。沿河而下，道路徘徊曲折，翻山过水，忽而海阔天空，忽而遮天蔽日，穿行其间，乐而无穷。宽阔的山谷中，刚刚冒出土的嫩绿的草如同地毯，草地上蒲公英金灿灿地开了一地，星星点点，格外耀眼，进入谷中如同来到了“香格里拉”。

从山谷中再往上走，进入一片松树林，松树茂盛，遮天蔽日，阳光从树缝隙中泻下来，给林间增添了丝丝的光亮。旁边的溪水欢快地流过，河谷中各种形状的石头重重叠叠，溪水从石头上冲跃而过，全然是一幅“阳光松间照，清泉石上流”的画面。一阵山风吹来，耳中松涛阵阵，万壑松风，真如孟郊《游终南山》诗中所写“南山塞天地，日月石上生。高峰夜留景，深谷昼未明。山中人自正，路险心亦平。长风驱松柏，声拂万壑清。即此悔读书，朝朝近浮名”。

穿过松林，继续前行，山路开始蜿蜒，路在溪边，溪水在路下蜿蜒急流，不时发出响声。溪流的响声，脆脆地，时而长，时而短，时而有，时而无，时而高，时而低，溪水咚咚地响，令我有了无边的遐想。大山里，水是清澈的，风是质朴的，蜿蜒的山路，因为有了溪流声、虫儿、花儿、草儿，人的心情也变得更加鲜活起来。经过一长段的缓缓爬行，我们来在一个潭水边，水潭不大，但是清澈见底。一行人急切地奔向潭水边。潭水明净，潭底随处涌出亮晶晶的珠泡，一簇簇，一串串，大大小小，错错落落，争先恐后，闪闪发光，真是如泻万斛之珠。潭的上面是几块大石，溪流从石缝间涌出，形成一个小瀑布，下沉为一潭水。我们坐在潭水旁边的石头上，喝水、吃东西、休息和拍照。坐在山潭边，四面望去，在阳光下，远山就像洗过一样，历历在目，青翠欲滴，看上去好像离眼前近了许多，也陡峭了许多。鸟儿的歌声充斥在山谷间，唤醒郁郁苍苍的树，风拂过，沙拉拉地响，漾起无法抑制的快乐与满足。带着山野中自然的青草味道的空气，与蓝天白云相交映，构成一幅不用任何修饰的溪流喧哗、潭水沉静的画卷。在安静中，我想起了观音禅院果宣法师的诗《进终南》：“日进终南夜宿山，静闻松涛枕石眠。风语清石鸣不住，直裰一身不知寒。净花勿需清泉洗，一僧一石一蒲团。”

天色渐晚，我们休整后开始下山，出山谷，驱车走出终南。出了峪口，回望远山，我在想人生注定负重登山，攀高峰，陷低谷，处逆境，一波三折是必然。山穷水尽疑无路，柳明花暗又一村，忍着忍着就面对了，挺着挺着就承受了，走着走着就会豁然开朗了。终南渐渐已离我们越来越远，那片青山、那个山谷、那条溪水却留在深深的记忆里。

2018 年 5 月 1 日

循吏与清流

读《张居正传》，张居正把做官的人分了三类：一为贪官污吏，这些人是官场寄生虫，靠贪污过日子，无能之际，对社会有害。二是清流，他们行为端正，忠君爱民，但是沽名钓誉，做事不肯变通，有美誉，却不做实事。三是循吏，做事不拘形式，不拘小节，能改的改变，不能改变的遵循，力求把事情做成。张居正认为第一类人要除恶务尽，第二类人做言官尚可，但是不可重用。而循吏是既可以欣赏，又可以重用的。从历史长河来看，明代重用了清流加速了明朝的灭亡，而清朝重用了循吏，打击了清流，从而得以稳定。在本书中，循吏的代表是张居正本人，清流的代表是海瑞。

循吏是守法循理的官吏，他们做事谨慎有度，有知识、有方法，主张在复杂的环境下，找到解决问题的方法。是指那些勇于任事、不避险阻、政绩突出、心系朝廷，但是会在做事手段以及个人品德上有些瑕疵的官员。循吏是司马迁的首创，他在《史记》中第一次使用这个词，而且在《史记》中写了《循吏列传》。记叙了春秋战国时期五位贤良官吏的事迹。五人中，四位国相一位法官，都是位高权重的社稷之臣。其中，孙叔敖与子产，仁厚爱民，善施教化，以政宽得人和，国泰而民安；公仪休、石奢、李离，皆清廉自正，严守法纪，当公私利益发生尖锐冲突时，甚至甘愿以身殉法，维护君主和纲纪的尊严，《循吏列传》写出了司马迁倾心向往的理想的吏治蓝图。从司马迁的描述来看循吏是实干家，脚踏实地地做事，做正确的事，把事情做好。可以看出，循吏是中国古代社会的中坚力量和主导群体。

因为循吏的存在，数千年来老百姓才对政府充满敬仰、依附、归属之情；正是因为循吏的存在，才为后人积累了丰富的政治经验和厚重的历史积淀；正是因为循吏的存在，才使中国政界始终保持了勤政、廉政、善政、德政、惠政、实政的主流传统和正面典范。

清流本义是清澈的流水，喻指德行高洁，富有名望的士大夫，是指那些正直忠贞、性情耿介、学问一流、道德一等，但是浮于清议、不善解决实际问题、上不能为君解忧、下不能为民谋福的官员。清流源自东汉末年，盛于魏晋，在唐末、明末、清末皆有显著表现。清流的缺点是坐而论道，重监督，轻实事，常常流于形式，只会唱高调。

把张居正对两类官员的意见比较起来看，循吏就是把事功放在第一位，而不会有道德上的约束，如戚继光；清流是把道德放在第一位，说得多，办成的事儿少，如海瑞。循吏有丰富的工作经验，只要决策正确，他们可以按部就班地做好上面交代的工作。在政治格局中，往往是循吏挑起重担，力挽狂澜。而清流却是修身养性，唱高调，标榜高洁，不敢革故鼎新，空谈误国，难以有大的作为。“清流”只需在“对与错”“是与非”之间做选择就可以了，不必对结果负责。而“循吏”则不同，“循吏”不但需要把事情做对还需要把事情做好。也就是说，“循吏”不但要有知识，更要有方法，要有在风口浪尖上，审时度势，达成所愿的操控能力。所以张居正认为治世需用循吏，而勿用清流。

现代社会“循吏”与“清流”都存在，但是清流太多，实干的循吏太少，导致了很多问题。在学校中，一些教师和学生“清流习气”严重，自视较高、好发议论，爱唱高调，却往往缺乏解决实际问题的经验和能力。无论是一个国家，还是一个小单位，还是要提倡循吏精神，少一些清流习气。

2018 年 5 月 1 日

精神动力

马克斯·韦伯的代表作是《新教伦理与资本主义精神》，在这本书中他从新教伦理和资本主义精神的角度解释了资本主义的起源，认为资本主义起源于精神动力，我觉得这是一个有深刻见地的解释。不仅资本主义起源于精神动力，而且中国社会主义经济发展也取决于精神动力。

精神动力是指组织及其成员的理想、道德、信念、责任感、荣誉感和使命感等精神方面的追求所形成的动力。从精神动力的作用来看，精神动力包括：精神创造力、精神凝聚力、精神约束力。精神创造力是精神在创造性地反映和改造客观世界的过程中所形成的巨大力量，没有创新的思想、意识、观念等精神形态的愿望，创新无论如何是不可能发生的。精神凝聚力能够把分散的、不同的、甚至互相排斥的精神力量通过凝结聚合而形成的集中的、共同的、统一的精神力量，它是凝聚各种不同的目的、意志与情感所产生的精神吸引力、向心力、亲和力。在市场经济中人们处于自我的动机，思想、意识、观念都是分散的，需要通过伦理道德把分散的思想意识集中起来，形成总社会秩序。精神约束力是人们精神自我控制、自我调节、自我约束以及约束社会实践主体的行为所产生的一种重要精神力量。在社会发展中，需要法规规范的他律，更需要人们自我控制的自律。没有自我控制精神，就会用社会赋予的权力去贪污、有权的会把权力当成自家的，管钱的会将钱变成自己的。

当代社会发展的突出问题在于缺乏精神动力，重视物质动力，忽视精神动力。因此造成了重物质、轻精神，重实用、轻大用，重功利、轻意义，重工具理性、轻价值理性的偏向。实际上精神力量是社会发展的持久动力。清华大学副校长杨斌教授提出了人文红利，认为人文精神也可以创造红利，新时代更要重视人文红利，其实人文红利就是精神力量。精神力量包括思想、文化、信念、志向、气魄等诸要素，它与物质力量既紧密联系，又互相区别。黑格尔认为世界上的一切都是绝对精神的外在表现。

精神的力量来自信仰和理想。信仰和理想所产生的精神力量是最大的力量。缺乏信仰和理想就没有信心和希望。信仰和理想给人注入的精神力量是强大的，当人们内心装着信仰和理想的时候，无论做什么事都有一股强大的力量。无论面对多大的困难都会信心百倍，绝不气馁与绝望。当人们只限于追求物质时，社会就流行浮躁之风气，人们做事就急功近利。

精神力量的形成在于：一是坚持。做任何事都要有坚定不移的力量，这是让你能够在生活道路上遭遇困难、挫折，都不会轻言放弃的一种精神支撑。二是毅力。要完成一项艰巨的任务需要有足够的毅力，毅力让你有源源不断的力气去抵达想去的顶峰。三是勇气。要有敢为人先的胆量。做很多事都需要勇气，需要有内心的勇敢力量指引着自己去挑战自我、战胜自我。四是协作。许多事情需要很多人去共同完成，一个人的力量是有限的，需要团结协作的力量。

精神力量是未来中国经济发展的长期动力，过去我们依靠质量推动了改革开放 40 余年的经济发展，当推动前几十年经济发展的资源红利、体制红利都在消退的情况下，需要向创新要红利。而创新红利需要来自精神的力量，没有创新精神、创新意识、创新观念，创新是难以形成的。这就需要我们走出科学主义的谬误，在重视自然科学的同时，要高度重视人文社会科学。人文社会科学是关于人的，特别是人的精神。人文、哲学、艺术会给科学进步、社会发展提供智慧和灵气。钱学森之问的答案就是忽视文学、哲学、艺术等人文社会学科，才导致我们的大学培养不出来创新人才。

2018 年 5 月 6 日

最中国的一座山

同事送我一本贾平凹签名的新书《山本》。读过此书，感觉这是贾平凹的小说中最为深沉、最具有历史性的一部小说。这是一部写秦岭的小说。后记中有一段写得特别好：

“秦岭，一道龙脉，横亘在那里，提携着黄河长江，统领了北方南方，它是中国最伟大的一座山，当然它更是最中国的一座山。”

贾平凹说“秦岭是最中国的一座山”，过去人们说黄河是中华民族的母亲河，秦岭是中华民族的父亲山，是因为秦岭是中国南北水系的分水岭。它横贯中国中部的东西走向，西起甘肃省临潭县北部的白石山，向东经天水南部的麦积山进入陕西。为黄河支流渭河与长江支流嘉陵江、汉水的分水岭。贾平凹说它是“最中国的山”，我想有以下几种含义：

秦岭是具有气候分界岭意义的中国山。秦岭不仅是长江和黄河流域的分水岭，而且是气候的分界岭。秦岭以南属亚热带气候，自然条件为南方型，以北属暖温带气候，自然条件为北方型。因此人们把秦岭看作是中国“南方”和“北方”的地理和气候分界线。秦岭以南河流不冻，植被以常绿阔叶林为主，土壤多酸性。秦岭以北为著名黄土高原，河流冻结，植物以落叶阔叶树为主，土壤富钙质。

秦岭是最具灵性的中国山。秦岭动植物资源丰富，是全国有名的“天然药库”。中草药种类1119种，列入国家“中草药资源调查表”的达286种。植物中约有木本植物70科、210属、1000多种，其中常绿阔叶木本植物占 38 科、70 属、177 种。动物中有大熊猫、金丝猴、羚牛等珍贵品种，鸟类有国家一类保护对象朱鹮和黑鹳。在秦岭里还藏着数不清的哺乳动物，堪称世上最丰富的雉鸡类族群。由于动植物资源丰富，因而秦岭是中国最具有灵性的山。

秦岭是最有人文色彩的中国山，也是中国儒释道三教的集中地。终南山为道教发祥地之一，也是道教主流全真派的圣地，是秦岭山脉的一段，有“仙都”“洞天之冠”和“天下第一福地”的美称，名扬天下的“八仙”大都在终南山修道。中国佛教八大宗派中五大宗派的祖庭在终南山，即三论宗祖庭草堂寺，净土宗祖庭香积寺和悟真寺，华严宗祖庭至相寺、华严寺和圭峰寺，律宗祖庭净业寺和丰德寺，唯识宗祖庭兴教寺。中国最早官方钦定的观音道场在南五台，最早为观音菩萨修建的塔仍存放于圣寿寺，全国规模最大的佛教泥塑群在水陆庵。从儒家来说，东汉大儒马融少时即在终南山师从著名学者挚恂研习儒家经典，后来在关中传播儒家思想，随从弟子达 400 多人；著名儒家大师郑玄也是通过这里的学习而奠定了其在儒家历史上的地位；宋代的张载在终南山麓聚徒倡儒，成为一代理学大师，为中国儒学思想增添了灿烂的一页。

秦岭是最具诗意的中国山。由于秦岭自然风光秀丽，人文历史厚重，历代诗人多有吟咏。白居易的诗这样写秦岭，“草草辞家忧后事，迟迟去国问前途。望秦岭上回头立，无限秋风吹白须”。孟浩然这样写秦岭“试登秦岭望秦川，遥忆青门春可怜。仲月送君从此去，瓜时须及邵平田”，韩愈又这样写秦岭“云横秦岭家何在，雪拥蓝关马不前”，司空图也写了秦岭“南登秦岭头，回首始堪忧。汉阙青门远，商山蓝水流。三湘迁客去，九陌故人游。从此辞乡泪，双垂不复收”。秦岭是“最中国的山”，长期的历史积淀造就了秦岭丰富的历史、地理、宗教、人文内涵，这是被人类不断涉足和充分开发的地区，历史上帝王将相把这里作为避暑狩猎之地，文人墨客把这里作为寻幽咏怀之处，僧侣隐士把这里作为修身养性之所。秦岭是“最中国的山”，风景优美、物产丰富，是一个天然的屏障。仰视秦岭，我突然觉得山像一个巨人似的在你面前。那一座座大山，从远处瞧去，巍峨雄壮，历史在变迁，人事在变幻，但是秦岭依然山高水长、莽莽苍苍。所以贾平凹说：

“当这一切成为历史，灿烂早已萧瑟，躁动归于沉寂，回头看去，巨大的灾难，一场荒唐，秦岭什么也没改变，依然山高水长，苍苍莽莽，没改变的还有情感，无论在山头或河畔，即使是在石头缝里和牛粪堆上，爱的花朵仍然在开，不禁慨叹万千。”

2018 年 6 月 9 日

人心惟危　道心惟微

“人心惟危，道心惟微，惟精惟一，允执厥中”，是中国传统治国十六字心传。这十六个字出自《尚书·大禹谟》，是帝舜传给大禹的十六个字。南怀瑾先生认为这是佛学进入中国之前的一千多年，儒道两家还没有分开时的思想。

关于人心惟危有不同的解释。有人解释为人的嗜欲之心是危险的，这显然是望文生义。还有人解释为人心都是趋向利益，各怀鬼胎，钩心斗角，这似乎也比较牵强附会。朱熹认为“十六字心传”的核心是讲人心与道心之异，人心是“危殆而不安”的，道心是“微妙而难见”的。关键是学人当治人心，并归于道心，使天理战胜人欲，实现“危者安、微者著”。人心惟危中的“危”是“诡”的通假字，不是人心叵测，充斥诸般欲壑，而是讲修心戒惧自省，把人微妙的恶念转化成善念，成就大道精妙无为。

“人心惟危”是说人的心思变化多端，往往恶念多于善念。中国哲学认为人有三心：一是道心，二是人心，三是血肉心。道心是良心、元神、自性、佛性，是人的自然属性，先天而存，无形无相，永恒不灭、清静无为，纯洁妙明，不易发现。人心也叫妄心、识神、禀性，是社会属性，后来而有，思善思恶，躁动不安，人喻“心猿意马”。心脏是物质体，是人体造血器官和血液循环的动力泵。人心对声色货利的欲望追求而产生贪嗔痴爱的念头，极大地危害着至善道心，昧天良于昏暗不明之中，使妙明道心的明度逐渐微小。这就需要把恶念变成善念，把邪念转成正念，把坏的念头转成好的念头。而这些转变需要观察反省，使“人心”变成“道心”。如果能够不断反省，就能成就圣贤学问之道，成就为人之道。

“道心惟微”意思是“道心”乃天地自然之心，道心的特色在于微妙、难明，也由于道心微妙，所以才不容易被发现和证得。由于道心的微妙，所以《道德经》中说，“道之为物，惟恍惟惚。惚兮恍兮，其中有象；恍兮惚兮，其中有物。窈兮冥兮，其中有精。其精甚精，其中有信”。由于道心的微妙，不易得道，所以就需要观察反省，“以心观心”，以实现心性融合惟精惟一的境地。李二曲写出了道心惟微的体验：“胸次悠然，一味养虚，以心观心，务使一念不生。久之，自虚室生白，天趣流盎，彻首彻尾，涣然莹然，性如朗月，心若澄水，身体轻松，浑是虚灵。秦镜朗月，不足以喻其明；江汉秋阳，不足以拟其皓。行且微尘六合，瞬息千古。区区语言文字，曾何足云。即有时不得不言，或见之语言文字，则流于既溢，发于自然；不烦苦思，不费安排，言言天机，字字性灵，融透爽快，人已咸惬矣。”

“惟精惟一”意思是思想集中养精神，守先天道心。老子叫抱元守一，一是理性，元是精神。

“允执厥中”意思是平心静气、静观执守，不离自性。死守天性的所在地、精神的集中点。守性不移，守死善道，如如不动，不上不下，不左不右，不迁不移，不偏不离。就是老子说的有欲观窍，无欲观妙，抱元守一。《心经》说的观自在菩萨和修“戒、定、慧”“一心不乱”，《黄帝内经》说的恬淡虚无，精神内守。

通过十六字心法“人心惟危，道心惟微，惟精惟一，允执厥中”以达到“正心、诚意、修身、齐家、治国、平天下”的效果。

2018 年 6 月 9 日

指鹿为马

《史记·秦始皇本纪》有一则典故叫“指鹿为马”，原文是：“秦二世之时，赵高驾鹿而从行。王曰：‘丞相何为驾鹿？’高曰：‘马也。’王曰：‘丞相误也，以鹿为马。’高曰：‘陛下以臣言不然，愿问群臣。’臣半言鹿，半言马。当此之时秦王不能自信自而从邪臣之说。”这段话的意思是秦二世的时候，赵高驾着一头鹿随从二世出行，二世问他说：“丞相为什么驾着一头鹿呢？”赵高说：“这是一匹马啊！”二世说：“丞相错了，把鹿当做马了。”赵高说：“这确实是一匹马啊！（如果）陛下认为我的话不对，希望（陛下允许我）问一问群臣。”群臣之中一半说是鹿，一半说是马。这时秦王已不相信自己，而开始相信奸臣的话了。

指鹿为马是指着鹿说是马，比喻是非不分，颠倒黑白，混淆是非，否认事物的本质以及发展规律。这个成语与“顺我者昌，逆我者亡”的含义更相近，即顺从我的就可以存在和发展，违抗我的就叫你灭亡，形容剥削阶级的独裁统治。我们在平常的生活当中，经常会看到别人将本就不存在的东西，强加到另外一个事物上面，颠倒黑白。此时，我们就会说这是在指鹿为马。因此，指鹿为马就比喻故意扭曲事物的本质，混淆是非。从典故的全过程来看，指鹿为马之所以能取得成功，是因为专治和暴政，聪明的人支持指鹿为马，有智慧的人采取聪明式沉默。但是指鹿为马者的结果却不是很好：秦二世被废，赵高后来也被除掉。最为悲惨的是导致了大秦帝国的灭亡。

指鹿为马这个典故给我们以重大启示，首先是不可以颠倒黑白，也就是不可以指鹿为马。即使取得了一时的成功，但是终究也逃不过事实的评判。虽然赵高在朝堂之上得到很多官员的赞同，但这些官员却是被权力逼迫所致。在赵高失去权力之后，那些曾经认同他指鹿为马说法的官员便不再支持他。其次是为了一己私欲，颠倒是非黑白是会遭到报应的。只要是知道赵高的结局的人都可以理解。赵高在害死了秦二世胡亥之后，正准备登上皇位，但是文武百官却不再支持他，使得赵高只得将皇位传给子婴。最后子婴使用计谋将赵高骗到宫中，令宦官韩谈一刀杀了赵高。子婴登上皇位之后，当着文武百官的面列出赵高的种种罪名，令赵高遗臭万年。再次是要实事求是。指鹿为马的反义词是实事求是。实事求是出自《汉书·河间献王刘德传》，“修学好古，实事求是”，告诫后人要实事求是，千万不可以颠倒是非黑白。而实事求是的意思就是指我们在看待事物和做事的时候，一定要了解事物的本质，并且承认事物的本质，一切从实际出发。如果不承认事物的本质，就无法根据事物的客观规律进行办事，自然也就无法取得成功。

2018 年 6 月 9 日

人间净土喀纳斯

暑假时去新疆参加社科院数量经济与技术经济研究所的系统工程学会的会议，我们计划在这个会议之后再办一个会议，两个会议中间正好有两天空闲时间，就去了一趟喀纳斯。

去喀纳斯之前，朋友介绍这个地方是人间净土，是神的后花园，但这只是一个感性的认识，没有具体的感觉。从乌鲁木齐乘飞机到喀纳斯机场，坐上接机的汽车，一路沿着山间公路前行，无边的牧场、广阔的山野、成片的原始森林，使人感到新疆的与众不同。两个小时之后，我们来到了贾登峪，这是进入喀纳斯的山口位置。由于天色已经晚了，来不及进入喀纳斯，需要在这里住一个晚上。贾登峪是进入喀纳斯的一个必经峪口，这里有市场和各式各样的酒店。我们居住的酒店是一间小木屋，房子中的墙壁、床、桌子等都是松木做成的，房间里散发着松木的清香。吃过晚饭，天色暗下来了，但是美丽的星空却出现了。喀纳斯有着最美丽的星空，洁白的明月挂在当空，光辉洒满地面，地上好似结了霜一样。天空中繁星密布，银河系如同在眼前，北斗七星近在眼前，似乎伸手可得。泡上一杯茶，坐在院子里数星星也是非常惬意的。

第二天吃过早饭，我们就去景区管理处买票，乘坐景区区间车进入喀纳斯。进入喀纳斯河谷，给人的感觉是一幅长长的画卷徐徐展开，人好像在画面里飞行，无数的美景扑面而来。首先吸引你的是河谷底部蜿蜒的喀纳斯河，晶莹碧绿，流泻如绸，忽儿没入林莽，忽儿闪出山嘴，一到滩头雪浪飞溅。进入景区，区间车在山间蜿蜒行进，蓝天、白云、冰峰、雪岭、森林、草甸、河流与喀纳斯湖交相辉映，湖光山色融为一体，既具有北国风光之雄浑，又具江南山水之娇秀，一下子使人兴奋不已。喀纳斯是蒙古语，含义是美丽富庶、神秘莫测。整个景区包括喀纳斯湖、驼颈湾、变色湖、卧龙湾、观鱼台等主要景点。我们按照接待方的安排，先去喀纳斯湖，再上观鱼台，最后返回时依次去三道湾。

喀纳斯湖是喀纳斯景区最美的地方。在神秘的湖畔，是一片尖顶的小木屋，那种纯木结构的小木屋，似乎只出现在童话里，映衬着蓝天白云、茵茵绿草。湖边长着茂密的西伯利亚云杉，高大挺拔，据说每一棵都有300年的树龄。喀纳斯湖从远处看绿得像一块碧玉，从近处看清澈见底，像一面镜子。到了湖边，我们去坐了游艇，在游艇上我看到的水是碧绿色的，两边的山上全是石头，一排排既高大、笔直，又茂密、葱郁的松树，把山上装扮得绿油油的，仿佛那是一块无瑕的翡翠嵌在上面。游船从湖面上慢慢驶过时，泛起层层波浪，十分好看。游船的突突声打破了喀纳斯的千年寂静，惊飞的水鸟扑楞楞掠过倾斜的水面。船头犁开波浪，点点碎玉溅到脸上，凉凉的如小虫啄咬。清风拂面，碧波翻卷，湖光闪烁，清凉的湖风撩动着头发与心绪。

从湖上出来，我们去爬观鱼台。搭旅游车到达半山腰，然后踏着1068级木质台阶朝着峰顶的观鱼亭拾级而上。上到观鱼台，极目四望，眼前的美景让我惊呆了！天空湛蓝深远，远处雪峰白雪皑皑，山上绿树林立，山腰中云雾缭绕，山脚下绿草茵茵。再看喀纳斯湖碧蓝而平静，湖面像一块光滑的美玉。在夏日太阳的照耀下闪烁着银光。置身这青山绿水之间，简直就像是在画中一样，让人流连忘返，迟迟不肯归去。

归途中，我们依次经过了神仙湾、卧龙湾和月亮湾。首先经过的是神仙湾，神仙湾波光粼粼，传说有一颗大珍珠从天上掉了下来，砸碎在这片水面上，变成了许许多多的小珍珠。神仙湾的水在阳光的照射下总是波光粼粼的，像许多璀璨夺目的珍珠在湾中散发出熠熠的光彩。过了神仙湾，就是有名的月亮湾了。月亮湾传说是嫦娥奔月时留下的一双脚印，也有传说这个脚印是当年成吉思汗追击敌人时留下的。月亮湾旁还有个圣泉，我们不仅洗了手，沾了灵气，而且专门买了大瓶矿泉水，倒掉了水，在圣泉中装满水，准备晚上回到住处烧茶喝。最后，我们来到了卧龙湾。卧龙湾好像在水平如镜的喀纳斯湖中趴着一条酣睡的“恐龙”，全身是绿色的，头向上仰，嘴巴张开，前爪向下垂，后爪向上翘，长长的尾巴伸得直直的，栩栩如生。其实这是喀纳斯湖上的一个小岛，样子像恐龙而得名。

夕阳西下时，我们坐区间车离开喀纳斯。回望美丽的喀纳斯河谷，望着那奔流不息的喀纳斯河，我真想让生命化作那一朵浪花，把功名利禄都放下。

2018 年 10 月 7 日

秦商的衰落

《西安晚报》讨论关于陕西中华老字号振兴问题。查阅资料，才知道秦商成帮比较早，是中国按地域亲缘关系最早出现的商帮，但是衰落的也比较快。总结秦商衰落的原因，可以归结为以下几点：

第一，小农思想是秦商致命的缺陷。在全国的徽商、晋商、秦商中，各个商帮都是比较有特色的。徽商的特色是既商且儒，富而好儒，他们广修书院、学堂，在当地形成一股儒商之风，当了官的商人会扶持其他商人，这样一来便形成了既商且儒的徽商。晋商不喜做官，其优秀的子弟多去继承祖业经商，其次做胥使，中材以下的子弟才去读书应试，其中还有中了进士回去经商的，这也让晋商的实力得到提升，形成一个精明的商业团队。南方几大商帮比陕商成帮晚，却早早地嫁接西方工商文化、接纳了现代市场文明，逐步经历了向现代工商业发展模式的转变。而秦商，相当一部分出身农家，他们在取得商业利润后并不是扩大经营规模，而是购田置地，修建住宅，这种人在今天简称“土豪”。这样的模式在农业经济上当然可以，但是一旦碰到社会变革，进入市场经济，“小农思想”便成为其致命的弱点和缺陷。

第二，曾经的优势产业被严重赶超。盐业方面，在两淮盐场，由于不能和徽商竞争而陆续退出，陕西本土市场则被晋商占领，四川的盐井业也由于战乱导致资本不够，市场迅速萎缩。茶业方面，茶商由于当时的陕甘总督左宗棠推行西北茶制改革，扶持以湘军为基础的官僚资本，陕西茶叶大不如前。布业方面，陕西布商在外国洋布洋纱的打击下被排挤出市场，迅速死亡。在明清之际贩运江南或楚豫土布到西北各省是陕西商人大宗贸易的主要业务，但到清末后，土布市场受到外国洋布洋纱的排挤而迅速衰落，经营土布的陕西布商在洋布的打击下纷纷破产歇业，清末已是“陕西土布行，家家倒闭，每岁百万之利益为外人夺去”。在烟业方面，陕西烟商在外国机制卷烟打击下纷纷破产，只有在市场投机中惨淡经营，从原先最盛时的大小烟庄 130 余家，锐减到只剩十数家的悲惨境地，兴旺发达了百年以上的陕西兰州水烟从此飘零散落。

第三，发展方式没有及时转变。近代以来商业模式发生了翻天覆地的变化，传统的商业集散中心模式逐渐让位于新兴的工业基地。宁波、广东等地的商人们开始了艰难转型，他们涉足航运业、机器制造业、房地产业和金融业，从而取得了新的发展，而秦商对此反应相对迟钝，发展方式没有及时转变，随着洋货的大量涌入，秦商主营商品中除中药材外几乎全部被洋货“攻陷”。在商业经营上就是对传统方式的固守和对新事物反应不够敏感。在近代工业化变革中，许多秦商对机器化大生产持反对态度，发展方式转变滞后，没有及时转型。

秦商的衰落，原因是多方面的。但是内因是关键，时代巨变之下需要因势转型，秦商受客观条件的制约和自身的局限未能完成这场转型，这才是导致其逐渐没落的核心。总结历史经验是为了今天更好的发展，2017 年中国企业 500 强榜单显示，北京上榜企业最多有 98 家，上海 31 家，再看十大商帮情况：广东（粤商）53 家，山东（鲁商）48 家，江苏（苏商）45 家，浙江（浙商）42 家，安徽（徽商）14 家，福建（闽南商帮和闽东商帮）7 家，江西（赣商）6 家，山西（晋商）8 家，曾经叱咤风云的秦商上榜企业仅 6 家。今天经济的发展一定要借鉴历史的经验教训，及时做好转型。

2018 年 10 月 8 日

宁静以致远

很多人写书法都喜欢写“淡泊以明志，宁静以致远”，这句话的意思是不追求名利才能保持志趣高洁、平稳静谧心态，不为杂念所左右，静思反省，才能树立远大的目标。

这句话的原文应为“非淡泊无以明志，非宁静无以致远”，出自三国时期政治家诸葛亮临终前写给儿子诸葛瞻的一封家书《诫子书》，全文如下：“夫君子之行，静以修身，俭以养德。非淡泊无以明志，非宁静无以致远。夫学须静也，才须学也，非学无以广才，非志无以成学。淫慢则不能励精，险躁则不能治性。年与时驰，意与日去，遂成枯落，多不接世，悲守穷庐，将复何及！”这段话的意思是：君子的行为操守，以宁静来提高自身的修养，以节俭来培养自己的品德。不恬静寡欲无法明确志向，不排除外来干扰无法达到远大目标。学习必须静心专一，而才干来自学习。所以不学习就无法增长才干，没有志向就无法使学习有所成就。放纵懒散就无法振奋精神，急躁冒险就不能陶冶性情。年华随时光而飞驰，意志随岁月而流逝。最终枯败零落，大多不接触世事、不为社会所用，只能悲哀地坐守着那穷困的居舍，那时候再悔恨又怎么来得及？

中国哲学一直主张“静”，《大学》中讲，“知止而后有定，定而后能静”。意思是要想获得内心的静，源于心有所定、心有所属、心有所志；而“心定”的前提就是首先树立一个远大的理想，和愿意为之奋斗终身的人生目标，这就是“知止”，即孔子所说的“志于道”。《大学》接着讲，“静而后能安，安而后能虑，虑而后能得”，只有内心宁静，才能够实现心安理得、心态安宁，才能够进行缜密的思虑、周详的谋划。只有通过缜密思虑，周详谋划，事业才有可能获得成功。

“静以修身”是一种精神境界，“静”是一种修养，静不仅可以思考，也可以养性、养心。纵观历史，大部分有成就的人都是以静制动。在静思的过程中，对人生重大问题的思考可能会上一个台阶。在日常生活中人们主张百动不如一静，百言不如一默，学会独处，享受孤独，安住当下。

现在难得清静一隅。这世界，聒噪的声音太杂，难免令人浮躁，不妨躲在一个幽处，宁静以致远，观行云流水，品草木之味，读万物之趣。佛家说修行就是静中求动，动中求静而已。寂而照，照而寂就是佛，寂就是智慧，照就是慈悲。悲智双运就是佛。静中求动是为照，动中求静是为寂。静就是定，动就是慧。

2018年10月17日

优秀学者的三种能力

学术事业需要薪火相传。学者是学术研究者，同时还应该是学术组织者和学术领导者，因此一个优秀的学者必须具备三种能力。

第一种能力是学术研究能力。学术研究是一种探索真理的社会实践活动及其成果，学术的动机是为了真理。学术能力是从事学术研究的相关素质。学术能力包括发现问题、分析问题、解决问题的能力等等。学术能力首要的是提出问题和发现问题的能力，问题是思维的起点，如果没有问题，任何学术活动都将无从下手。问题意识体现了学者的学术敏感性，在学术史上，富有造诣的学者都具有特别好的问题意识。其次是方法论意识。方法论意识和方法论是学术研究的核心要素，学术研究能不能有创新，关键在于研究中所采用的思维模式与研究的方法是否对该研究有所助益。方法论的优劣与否，能够直接决定一项学术研究的质量甚至是成败。缺乏方法论或者方法论选择不当，都会对学术研究产生消极的影响。最后是学术构建能力，就是对收集占有的资料进行加工整理、提炼，生成学术概念、生成学术命题、构建学术体系的能力。

第二种能力是学术组织能力。学术研究具有理性特征，学术研究者需要理性，学者需要在前人研究的基础上，大胆构想，严谨实验，得到有价值的研究发现或结论。为了得到学术界和社会的广泛认可，让社会成员分享到学术研究的新知识，学术传播十分重要，这也是学术研究的重要使命之一。要实现学术传播，就必须具有学术组织能力，这包括：一是组织学术会议。学术会议有着促进科学发展、学术交流、确认学术发现优先权等方面的学术目的与学术需求，是新成果新发现的集中传播场地，组织学术会议可以有效地、及时地把自己的研究成果发布到同行中或者社会上，得到同行或者社会的认可。二是学术论文的发表能力。论文发表是学术交流的印刷本平台，论文发表成为衡量学者工作量和工作质量的考察依据，论文如果不能及时发表可能会将新成果等成了旧理论，就会丧失学术发现的优先权。三是学术转化能力。就是让自己的学术研究成果在学术界、社会及时转化，在学术共同体中得到认可。在此基础上，影响政策，转化为生产力，对社会经济发展产生重要影响。

第三种能力是学术领导能力。学术领导是学术工作中所特有的一种领导方式。它主要强调应深入学术之中，实施对学科发展方向、科研布局和选题、科研机构的设置、科研人员的使用以及学术思想等方面的领导和协调。学术领导的作用是把科学本身的发展规律同科研活动协调起来，努力使研究工作符合科学本身的结构和规律。一般意义上的领导能力是组织中的领导者所具有的一种影响力，学术领导能力既具有一般意义上的指导、率领的含义，也具有学术性特点。具有强大的学术领导能力才能培育出强大的学术创新力，具有学术能力的学者是学术领袖，缺乏学术领袖只能是乌合之众。学术领导能力作为一种被遮蔽的“缄默力量”，内隐于大学的教学、管理与服务的全过程，外化于高校学术研究、行政管理和社会服务的方方面面。一个优秀学者的学术领导能力蕴含教育教学力、科学研究力、学术创新力和学术合作力，这四种力量的协同作用能促使学术事业的发展。

2018 年 11 月 14 日

飓风过岗　伏草惟存

《大秦帝国》中老太师甘龙常讲一句话，“飓风过岗，伏草惟存”，这句话深深地印在了我的脑子中。在《大秦帝国》中甘龙经常讲“天之将明，其黑尤烈；飓风过岗，伏草惟存；孤石万仞，自有草木依附”，“飓风过岗，万木蛰伏，不摧不折，悠悠可期”，这是甘龙的“柔弱盛刚强”之术。其实这句话出自老子《道德经》，意思是大风吹过，挺拔高大的树被连根拔起，只有伏在一旁的小草却安然无恙，唯有小草存活下来。这句话体现了以柔克刚、以弱胜强的道家思想。

在《大秦帝国》中，甘龙在求变图存的战略上是跟秦孝公嬴渠梁一样的。只是他主张有限度的变法，即秦公所说的“新政”，商鞅主张彻底变法，这是政见上的不合；甘龙新政目的是通过巩固老世族强国，商鞅变法是要重新分配利益激励国人，这是利益的敌对。甘龙带领老世族齐心反对新法，确定了商鞅是老世族的公敌。在嬴渠梁、老太后、嬴虔的力挺之下，甘龙意识到凭借自己聚拢的老世族远远不是变法派的对手，便开始“蛰伏”。商鞅变法中，甘龙试图颠覆新法。商鞅实力强大，甘龙虽然没有颠覆新法，却为商鞅变法树立了劲敌。有秦公嬴渠梁等人的撑腰，甘龙撼动不了商鞅，只能守法自保，等待时机以作图谋，他又开始蛰伏。

甘龙蛰伏的结果是甘龙用时间熬死了压制自己新政最大的敌人——秦孝公嬴渠梁，他因身体力竭而死；用心智熬死了自己最大的政敌——商鞅，他被车裂而死。虽然甘龙是变法守旧势力的绝对代表，但是甘龙历经秦国三朝而挺立朝廷。甘龙的蛰伏告诉了我们一个道理，只要卧薪尝胆就是王者。此所谓“飓风过岗，伏草惟存。身段愈软，其志愈坚。”

“飓风过岗，伏草惟存”体现了中国人民的传统智慧，和韬光养晦有同样的异曲同工之处。就是要把锋芒掩盖起来，暗地里养精蓄锐，隐藏自己的光芒，处在一个相对不显眼的位置。当一个人的形势处于弱势，或者不利的情况下，生存是第一要务，暗中保存自己的势力。如同沉默一样，沉默是一把双刃剑。对于弱者，沉默只会使他失去信心，看不到光明，永远消沉，直至走向死亡；对于强者，沉默是能是韬光养晦的过程，只会使他变得更加强大。

2018 年 12 月 15 日

谁知五柳孤松客　却住三坊七巷间

福州是一个有福的城市。开学术会议之际来福州，虽然来此地的机会不多，但是每次留下的记忆却非常深刻，而留下记忆最深刻的是福州的三坊七巷。

三坊七巷是福州明清时期古建筑，它是福州这座千年古城历史和文化的精髓所在。被誉为“中国城市里坊制度活化石”和“中国明清建筑博物馆”。据介绍，三坊七巷占地约40公顷，由三个坊、七条巷和一条中轴街道组成，分别是衣锦坊、文儒坊、光禄坊；杨桥巷、郎官巷、塔巷、黄巷、安民巷、宫巷、吉庇巷和南后街。

由于开会的原因，赶到三坊七巷已经是夜幕降临、华灯初上，漫步在三坊七巷熙熙攘攘的人群中，各种暖色的灯光映衬着那些古老的建筑，恍惚中好像回到了旧时光中。沿街两旁全是店铺，有卖茶叶的、有卖工艺品的，还有当地的特色小吃。在三坊七巷的街上，开的最多的是寿山石商铺，寿山石是中华瑰宝，也是中国传统“四大印章石”之一，是福建的特产。我们去了好几个寿山石商铺，琳琅满目，美不胜收。其材质优良，柔而易攻，通灵剔透，完美体现了雕刻石应有的细、洁、润、腻、温、凝的品质。转了好几个店，寿山石雕刻的工艺品、印章都非常好，但是由于太贵，一个都没有卖。漫步在于古街的青石板路上，突然一个店铺的货架上的漆盘吸引住了我，这是大漆的漆盘。进入店内，是一个售卖漆器的小店，架子上摆满了各色各样的漆器工艺品，有漆盘、花瓶、首饰盒等。脱胎漆器是福州又一大特产，也是中国国家地理标志产品。我国的漆器主要分布在扬州、福州、北京、山西平遥、甘肃天水和成都等地。而福州主要是脱胎漆器，其特点是光亮美观、不怕水浸、不变形、不褪色、坚固、耐温、耐酸碱腐蚀。这几年我也收集了各种各样的漆器工艺品，我对同行者不断地推荐介绍漆器。转店铺的时候我也买了两只漆器小碗，非常的漂亮精致。同行者也有人买了漆器葫芦和首饰盒。

来三坊七巷之前，我在网上做了功课，知道这里最有名的小吃是鱼丸和肉燕。中午在福建师大旁边吃了福州有名的山茶面，走饿了大家决定去吃鱼丸和肉燕。福州鱼丸汤非常香甜可口，甜甜的汤，我觉得很美味。福州鱼丸很大个，白白的就像一个雪球一样白，圆圆的就像一个小皮球一样，咬开一口里面的浓汤流出来，香香的，里面的肉鲜香味道引人入胜。肉燕也是福州人不可或缺的一份小吃，看起来虽然与馄饨和扁肉相似，口感却与众不同。问过店家才知道，肉燕的皮不是普通的面皮，而是由猪后腿精肉锤打，加入薯粉以特定的比例，通过精细复杂的工序手工打制而成，薄如白纸，其色如玉，口感软嫩，韧而有劲。

晚上从三坊七巷回到宾馆，我们仍然感到意犹未尽，大家商议去看看白天的三坊七巷。第二天开完会，中午就溜出去逛三坊七巷。白天的三坊七巷与夜晚截然不同，走在街上，清楚的看到白墙青瓦，结构严谨，房屋精致，匠艺奇巧，集中体现了闽越古城的民居特色，精美异常。徜徉在暖阳下的古街上，整个街区坊巷纵横，石板铺地，白墙瓦屋，曲线山墙。街区房屋布局严谨，匠艺奇巧；不少还缀以亭、台、楼、阁、花草、假山等，融人文、自然景观于一体，整个一个古建筑的活化石。走在古街上，这里的建筑的装饰雕刻非常有细节的美感，这里的步行街是由石头铺设而成，我们可以在这里的悠闲地走着，静静地看着这里的人群来来往往。这里古香古色的古代名人故居建筑也很多，在这里我们可以沾染一些文化气息，在这浸染这种特色的熏陶，让我们有了别样的感觉。

从福州回来很长时间了，三坊七巷仍然萦绕心头，石板的古街、白墙黛瓦、小桥流水，还有那些肉燕、鱼丸、福鼎白茶，以及我记住的一个古宅院门上的对联“谁知五柳孤松客，却住三坊七巷间”。

2018 年 12 月 15 日

造极于赵宋之世

最近连买几本书都是写宋朝的，陈胜利写的《弱宋造极之世》和贾冬婷的《我们为什么爱宋朝》，造极之世的提法来自于陈寅恪先生，先生曾经说“华夏民族之文化，历数千载之演进，造极于赵宋之世。后渐衰微，终必复振”。“弱宋”一直是历史的定论，但是阅读《弱宋造极之世》一书后改变了我对宋朝的认识，秦统一六国后很强，但是只有 15 年。隋朝很强，但是也只延续了 37 年，元朝征服了欧亚两个大陆，却只存在了 98 年，而两宋虽弱，却一直绵延 319 年，以文治立国，在国家治理、制度文化、科技发明、文学艺术等领域取得了辉煌成就，创造了中国古代政治文明的高峰。而且宋代名士辈出，将星闪耀，士人风骨最盛，成就了我们民族精神发展史上史诗般的记忆。

宋家天子的有为成就了造极时代。北宋皇帝大都是有作之君，三度推行变法，王安石变法影响尤为深远。与中国大多数封建王朝亡于农民起义不同，两宋均亡于外患。两宋虽少有太祖赵匡胤这样的雄主，南宋诸帝治国能力尤其不足，但亦未出现暴虐无道之君，这或许是她国运绵长的重要原因。更为重要的是宋家天子提倡民主政治，与臣子共天下。尊重知识，尊重人才，造就了经济发达、社会昌盛，文化繁荣的社会面貌。

宋代政治制度创造了文职的巅峰时代。宋朝自立国后，倡行文人政治，重用文人士大夫，发挥台谏作用，以“祖宗家法”固化制度建设的成果，令唐末、五代以来武人擅权的痼疾彻底丧失了生存土壤，奠定了宋朝长治久安的基石。两宋文人政治的发展，反映了中国古代政治文明、政治制度的高度成熟。

宋代造就了士大夫精神的巅峰时代。立宋之初，太祖赵匡胤大力表彰韩通、卫融，“勒石三戒”，将“不杀士人及上书言事者”列为祖宗家法。“宋之立国，元气在台谏”，直言敢谏的台谏官员不仅不会因言获罪，而且受到朝廷的庇护。这些因素对提振士人精神或者说士大夫精神起到了极大的鼓舞作用。程朱理学将传统纲常学说理论化和通俗化，既有强化封建主义思想的消极一面，也有培育士人忠节意识的积极一面，对宋代士人精神产生了更为持久和根本的影响。在崇尚气节的时代，才会形成这种以正直敢言为标准的人才观。寇准、包拯、韩琦的个人才华其实在众多进士中并不突出，却以正直敢言的品行脱颖而出，受到普遍赞誉，官至宰执。

宋代造就了文化艺术大繁荣的时代。宋代繁华的城市经济出现了勾栏瓦肆这种供普通市民休闲娱乐的场所，其间的表演节目自然离不开通俗文艺创作的支持，也反过来促使通俗文艺更加繁荣。宋代的诗、词、散文、小说、戏曲、书画、金石、收藏等艺术形式都得到极大发展，其中最具代表性的应该还是与唐诗并称的宋词。同时宋代书法、雕刻、绘画等都达到了新的水平。佛教、道教有了新发展。书院的成型与发展，在中国教育史上占有重要的地位。

宋代造就了科技最发达的时代。宋代是中国历史上科技最发达的朝代。北宋是当时世界发明创造最多的国家，也是中国为世界贡献最大的时期。中国历史上的重要发明一半以上都出现在宋朝，那时，中国古代四大发明的三项出自宋代并得到大规模运用，例如，火药、指南针、印刷术、纸币、垂线纺织、瓷器工艺等。宋朝航海、造船、医药、工艺、农技等都达到了古代前所未有、后难企及的高度。李约瑟在《中国科学技术史》中写道：“每当人们在中国的文献中查找一种具体的科技史料时，往往会发现它的焦点在宋代，不管在应用科学方面，或纯粹科学方面，都是如此。”

读罢《弱宋造极之世》一书可知，宋其实是强宋。宋代重文抑武，军力虽弱，但文化发达。软实力强，皇帝能纳谏，臣子有气节，知识分子待遇高，干部能上能下，这是宋代造极之世的原因，令后世不能不慎思而慎察之。

2018 年 12 月 28 日

以戒为师

去咸阳中五台拜会贺信萍道长，在他的禅室中看到一个匾额，上书“以戒为师”。回来后，我查阅资料，得知“以戒为师”是佛教术语，是佛陀在临涅槃的时候，他的弟子问他：“佛陀在世间的时候，佛陀就是我们的导师。那么佛陀现在要圆寂了，不在这个世间了，我们去找谁做我们的老师呢？”佛陀就告诉大家，“以戒为师。”也就是在佛陀涅槃之后，要以戒律为师。

《华严经》说“戒为无上菩提本”。因此，佛教的根本精神即在于戒律的尊严，也就是在于佛教弟子们对于戒律的尊重与遵守。《楞严经》上说：“摄心为戒”。戒是从自心处入手，来规范自己的三业，而不是律他的。修学戒律，是用于反省自己，而不是用来找别人的缺点毛病。可以说以戒为师，渐趋菩提。以戒为师通俗地说就是以制度和规则为师，做到依法不依人。

以戒为师具有重要的意义，这句话说明不仅要抑制恶，而且要扬善。戒、定、慧三学是佛法的总纲，由戒生定，由定发慧，由慧护戒，三位一体，循环往复。戒的意义，从消极上来说是防止作恶，积极方面是作善，止持并行，“恶”要停止，“善”要奉持。戒的最高含义，行善而不做者，亦是犯戒。因此，要勤修戒定慧，息灭贪、嗔、痴。

以戒为师首先要遵守规则。人类社会需要规则，因为规则是社会得以维持的必要条件。遵法律、讲原则、守纪律，令行禁止，对于个人立身处世、乃至各级干部治国安邦至关重要。无论是工作还是生活，都应做到以戒为师，遵守规则。我们生活也需要去遵守规则，这样我们的人生才会更有秩序和色彩。同样我们工作也是一样的道理，也是有规则的。规则是这条路上最好的导师。我细细品味，其实很有道理，人活着就是在规则中度过。因为有了规则，我们才有了人性化的世界，才有了美好的将来。

以戒为师要有规则意识。规则意识是指人们发自内心的、以规则为自己行动准绳的意识。比如，遵守校规、遵守法律、遵守社会公德、遵守游戏规则等方面的意识。规则意识有三个层次：一是规则的知识；二是遵守规则的愿望和习惯；三是遵守规则成为人的内在需要。以戒为师，首先必须安心，以增强定力。心中有戒则行之有界。安心之道，在于以慧促定，慧悟明智，使心如明镜，即能辨是非、知善恶。

以戒为师还需要自律。自律是一种不可或缺的人格力量，没有自律，一切纪律都会变得形同虚设。真正的自律是一种信仰、一种自省、一种自警、一种素质、一种自爱、一种觉悟，它会让你发觉健康之美，感到幸福快乐、淡定从容、内心强大，永远充满积极向上的力量。自律是一个人最好的素养，也是一个人最宝贵的精神财富。古今中外凡是有所作为的人，都是有精神追求且自律的人，都是做到以戒为师的人。

规则存在于社会生活的方方面面，小到家庭，大到国家，有了规则，你才有迈步向前的道路；有了规则，你才有了前进的方向，因此要以戒为师。千万不要破坏规则，破坏底线。破坏规则，破坏底线一定会为此而付出代价。

2018 年 12 月 29 日

回首向来萧瑟处　也无风雨也无晴

去年圣诞节的时候，在复旦大学开会，在这里度过了一个暖冬，让人记忆犹新。今年又来上海开会，天气格外的冷，站在楼外，冷风似乎能将人吹透，今年的上海是一个冷冬。从窗户望去，暮色四合，华灯初上，心情顿时收紧了。回首一年，步履匆匆，感慨万千。

望着酒店窗外的夜色，我想到了苏轼的《定风波》，“莫听穿林打叶声，何妨吟啸且徐行，竹杖芒鞋轻胜马，谁怕？一蓑烟雨任平生。料峭春风吹酒醒，微冷，山头斜照却相迎，回首向来萧瑟处，归去，也无风雨也无晴。”其中“回首向来萧瑟处，归去，也无风雨也无晴”正和我的心情。

苏东坡《定风波》这首词的大意是：不必去理会那穿林打叶的雨声，不妨一边吟咏着、长啸着，一边悠然地行走。竹杖和草鞋轻捷得胜过骑马，有什么可怕！我披着一身蓑衣任凭风吹雨打。早春微寒的春风将我的酒意吹醒，寒意初上。山头初晴的斜阳却殷殷相迎。回头望一眼走过来的风雨萧瑟的地方，信步归去，风雨、天晴，我都无谓。最精彩之处在于其结拍“回首向来萧瑟处，归去，也无风雨也无晴。”这句词的意思就是说，事情过去之后，再回过头来反思，感觉都无所谓了，有都放下了的感觉。最后这句属点睛之笔。这饱含人生哲理意味的点睛之笔，道出了词人在大自然微妙的一瞬所获得的顿悟和启示：自然界的雨晴既属寻常，毫无差别，社会人生中的政治风云、荣辱得失又何足挂齿。我们仔细想想，光阴的起落，再丰盈的景色，也逃不过一夜冬凉。岁月本无多，这世间原本就没有永远的山河。朔风吹，吹不散悲欢过后的洗尽铅华；秋水望穿，便会行成一份淡泊和清远。

“回首向来萧瑟处，归去，也无风雨也无晴。”的确人生如梦，转眼即逝。凡事皆会过去，再努力回忆也无济于事，谁都无法避免。坏好都会过去，什么也留不住，明白了这一点，便是觉悟的开始。一个人有了“一蓑烟雨任平生”的洒脱，有了舍弃名利的觉悟，此生无论是怎样的境遇都不那么重要了，无论是回首往事还是展望未来都是“也无风雨也无晴”。

“回首向来萧瑟处，归去，也无风雨也无晴。”所有的擦肩而过，已经成为曾经，忘记该忘记的，铭记该记住的，心才会通透敞亮。岁月静好，只是内心的美丽期许。疾风，骤雨，霜雪，阴霾，在四季的轮回里交替上演，除了坦然乐观接受，别无选择。微笑着迎来每一个日出，送走每一个日落，以“回首向来萧瑟处，也无风雨也无晴”的心态信步红尘。放下所有的痴念和烦扰，觅得一隅清幽，用心绣一段恬淡温馨的光阴，点一柱心香，煮一杯热茶，用文字雕琢一朵云淡风轻的心情。其实我们每个人都明白，人生既没有绝对的高峰，也没有绝对的低谷。既然我们都是过客，就该携一颗从容淡泊的心，走过山重水复的流年，笑看风尘起落的人间。

又是一年岁末，所有缓和的情绪都伴随着时间流逝而变得紧张起来。岁末意味着一年即将结束，又一年重新开始，意味着这一整年的过往都将成为未来某个时刻的回忆。人生苦短，时光匆匆，做一个淡然的人吧，“回首向来萧瑟处，归去，也无风雨也无晴”。

2018 年 12 月 29 日

科学始于哲学

《哲学的故事》一书是2013年5月新星出版社出版的图书，作者是美国作家威尔·杜兰特。本书着重描述了人类史上数十位著名哲学家的境遇、情感与生平。因此，它并不该被看做是一部哲学史，而是一部关于哲学家的故事。作者威尔·杜兰特终生致力于将哲学从学术象牙塔中解放出来，让它进入普通人的生活当中。《哲学的故事》一书出版后，第一年连续再版22次，而后译成18种语言，掀起了世界范围的哲学热潮。作为一个哲学家和历史学家，威尔·杜兰特终生致力于将学术平民化，他希望打破知识和需求之间的隔阂，打破知识和人生之间的鸿沟，把专业领域内的思想，转化为普通人熟知的语言。他希望揭开哲学神秘莫测的面纱，把朴素而深刻的哲学归还给普通人。该书以讲故事的形式，介绍了柏拉图、亚里士多德、培根、伏尔泰、康德、叔本华、尼采、罗素等人的哲学思想和人生经历，作者以说书人的风格和生动晓畅的笔调，讲述了他们深邃的思想以及丰富的人生。因此，该书被称为一部任性的哲学史。

除过本书的这些特点以外，本书讨论了"哲学有什么用"这一问题，同时提出了一个命题"科学始于哲学"。本书认为科学始于哲学，而止于艺术，始于猜测与设想，止于完美的成就。哲学是母亲，而众科学是哲学的儿女。哲学是对未知的臆想式诠释，而科学是被攻占的城池，是知识与艺术共建的精彩世界。科学始于哲学是因为：

第一，科学是分析式描述，而哲学是综合式诠释。科学将整体分解为局部，将有机整体分解为器官，将不可知转化为知识。不重视事物的价值与理想状态，也不关心他们的终极目标。哲学则不满足于描述，将事实与经历结合起来，得出意义与价值。通过诠释性综合建立事物之间的联系，将被科学肢解的宇宙组合。

第二，科学给予知识，而哲学给予智慧。没有哲学指导的科学是缺乏眼光和价值的。科学教会我们智慧与杀戮，而在全部经验和协调下的哲学教会我们在什么时间救而在什么时间杀。改革成千上万，世界依然堕落。因为每一次成功的改革都会建立一个新的制度，而新版制度又会有新的弊端，如果没有哲学指导弊端会更大。

第三，科学是对过程的观察和方法的构建，哲学是对目的的批判与协调。当前由于在过程的观察和方法构建方面的成就超过了对理想和目标的诠释和综合，我们的生活才会充斥着嘈杂和躁动，显得空洞和无聊。

我们这个时代，科学飞速进步，但是哲学缺乏，即使已有的哲学也如同羞涩的老处女般的缺乏智慧。缺乏具有智慧的哲学的指导，科学不仅没有眼光，而且也没有价值。没有哲学指导的数学，没有大的思想进展，而成为经济学和工程技术的伴舞者。物理学、生物学缺乏哲学的指导，物理世界和生物世界运作的原理难以得到深入的解释。经济学没有哲学的指导，缺乏对经济运行与发展的长远解释。历史学没有哲学的指导，探索不出人类历史变迁的规律。文学艺术没有哲学的指导，难以产生出传世之作。

《哲学的故事》一书告诉我们，哲学应该致力于用人类知识来决定社会矛盾和社会冲突，财富是哲学和艺术的准备。改革开放 40 多年以来我们国家取得了举世瞩目的发展成就，但是我们的内心是骚乱的，是惴惴不安和心神不定的，这是因为缺乏哲学指导，我们心智的发育赶不上身体的发育，文化发展赶不上物质的繁荣。解决了温饱之后，我们一定要学会哲学思考，当我们像尊重金钱和财富一样尊重哲学和自由时，我们也将迎来我们的文艺复兴。

2018 年 12 月 31 日

书法的形象与抽象

近日阅读《李泽厚散文集》，其中有一篇文章《略论书法》，文中在对书法的形象与抽象进行讨论的过程中，提出了一个书法美学的形象与抽象之辩，这个问题是书法美学中很重要的问题。李泽厚先生在文中认为应当首先明确概念，从基本概念上明确“形象”与“抽象”等词汇的含义。

按照李泽厚的认识，形象是指生活中各种现实存在的或者幻想变形的具体物象，例如，山水花鸟、人物故事、体验动作，等等。而抽象一般是指此类物象的形体状貌，主要是指一些确定的观念、意义、判断与推理。书法作品作为艺术作品的抽象蕴含了全部的意义、内容与自身。在书法的线条、旋律、形体和痕迹中，包含了非语言、非概念、非思辨、非符号所能传达的某种情感、观念、有意识和无意识的意味，这种意味是一种“无意识的形式”，这种意味是朦胧而丰富，宽广而不确定的。书法是这种非典型的“无意识的形式”的艺术，书法艺术是作者有意识和无意识的内心秩序的全部流露，他直接作用于人的身心，并且潜移默化的作用于人的心灵。

李泽厚先生认为中国书法的美是独立的，并不依赖于文字的内容与意义。但是中国的审美情趣是趋向综合的，人们不仅要观其字，而且要赏其文，品其意。从李泽厚先生对书法美学基本问题的认识来看，我觉得书法线条本身就具有抽象的品格。之所以说书法线条具有“最高抽象”的品格，是因为书法线条抽象得最彻底、最纯粹、最富于观念性。因为书法线条具有最高抽象性，那么它所蕴藏的内涵、形象、情感等就具有模糊性和间接性。书法线条由于其直曲、方圆、疾涩、长短、枯润等形态的不同，其情感内涵肯定有差别，作为一种最高抽象的线条，它只能为我们的想象指示一个笼统的、大体的、不完全确定的方向。书法线条的高度抽象性既为书家创作的自由提供了无限可能性，也为人们欣赏书法提供了无限的想象空间，书法线条的趣味和魅力正在于其所具有的抽象性。书法作品的抽象美是一种力量巨大的美，她来源于书家熟练的线条运动，来源于书家对自然之美的广博学识，来源于书家对美的领悟与创新之灵感。

中国书法艺术是书写汉文字的视觉艺术，因而又具有形象性。刘刚纪的《书法美学简论》一书认为书法是通过文字的点画和字形结构去反映现实事物的形态美和动态美，否定了书法是抽象艺术。在刘刚纪的认识基础上，有人又认为书法有文字，有字就有意义，所以书法是建立在具象基础上的抽象。所谓具象，是指一具体之物的原本形象。世上之物可分为两大类：一是自然物，如山河树木、飞禽走兽是也；二是人造物，如房屋器具、车船桥梁是也。汉字是人造物，它是人创造的定形之物。书法的“线”是书之“心”所寓之物，西汉学者杨雄认为“书者，心画也”，这个“心”，可谓抓住了书法形象特征的本质、本源。

总体来看，书法美学中关于抽象与形象各执一端的做法是不正确的，应正确把握两者之间的辩证关系。从抽象中看形象，从形象中读抽象，从无限中得有限，以有限展示无限，以无生命的工具材料（形象），做有生命的艺术创造（抽象）。以无情性的符号来表现有情性气格的主体，以物质形象表现精神，形象具体而抽象，内涵丰富而朦胧，这就是书法的意象追求，这才是书法的意象精神。

2019年1月13日

艺术的哲学思维

在旧书摊买了一本中国书画名家画语图解中的一本《潘天寿》。潘天寿先生是一位学者型的画家，既治绘画史，又治书法史。既研究艺术，又勤于作画。绘画作品精于写意花鸟和山水，墨形纵横交错，构图清新苍秀，气势磅礴，雄浑奇崛。画面灵动，引人入胜。学术界认为潘天寿先生是继吴昌硕、黄宾虹之后又一个新的绘画高峰。特别是在画论的哲学研究方面有许多独到的见解，使绘画艺术上升到哲学高度。

潘天寿先生吸收了中国古代传统哲学中儒道两家的主导思想，形成了建立在监事哲学基础上的画论。潘天寿先生把《论语》中的“志于道，据于德，依于人，游于艺”看作是做人的根本宗旨。道是艺术的规律，德是艺术的文化修养，仁是宽厚仁慈的胸怀，艺是文化艺术。潘天寿先生认为这四个方面是真正艺术家所必须身体力行的，主张画品与人品并存。

潘天寿先生认为“无为有之本，有为无之成，有其本，则有其成，此天道人事之大成也”，从这认识出发，先生认为“画事在有法与无法之间”，完全否定成法是错误的，而死守成法是有害的。这种人事体现了潘先生有法与无法的辩证法，形与神的辩证法，心与物、古与今、真善美的辩证法，潘先生站在哲学的高度认为艺术是人类的精神食粮。他指出“艺术为人类的精神食粮，即人类精神的营养品。画事，精神之食粮也，无人所共享。”其实质是艺术，是人类精神之结晶，又是人类的精神食粮。音乐养耳、绘画养目、美味养口，而养耳、养目、养口实际是养心也。《荀子·致仕》

中有一句话“美意延年”，意思是快乐的心境，可以益寿延年。潘天寿曾说过：“艺术为人类精神食粮，即人民精神之营养品。物质食粮之生产，农民也；精神食粮之生产，文艺工作者也。”艺术是人的精神产品，反过来又提高人的精神境界。他认为艺术原来是安慰人类精神的制剂，其程度越高，意义越深，其效能越大。艺术以最纯净美的情趣引导人类的品格达到最高点。

潘天寿先生的艺术哲学具有非常独到的见解。他的艺术哲学告诉我们画家与书法家除了要有敏感的感觉外，对艺术还要具有一种理论思维。否则只能是画匠，而不能成为一代宗师，即使有当时看来是好的作品，也难以传世。先生认为“画为心物溶冶之结晶”，主张画事要把握三个方面，即“外师造化”“中得心源”“上法古人”，主张绘画的人不仅仅局限画画，对诗文、书法、画论、画史等方面要做研究，主张认真读书，认为绘画的人要三分读书、一分写字、五分画画、一分其他。读书才能去掉俗气和小气，才能成就较高，而不落小家子门径。

潘天寿先生认为艺术必须有独特的风格，否则最终将沦为平庸之辈。主张画事须有高尚之品德，宏远之抱负，超越之见识，厚重渊博之学问，广阔深入之生活，然后能登峰造极。总的来说潘天寿先生志向高远，识见超人。他的艺术成就，首先建立在“高峰意识”上，建立在他的艺术哲学思维上。他的艺术哲学中的那种过人的识见、高超的格局和谨严宽宏的治学态度，感人至深。

2019 年 1 月 13 日

常有敬畏之心

常有敬畏之心是中国传统哲学的重要思想，“畏天”的传统曾延续数千年，中国历朝历代的帝王都会按时祭天，丝毫不敢倦怠。敬畏之心就是对人对事心里面存着敬仰畏惧的情怀。敬畏是一种态度，一种素养，一种信念，是做人做事严肃、认真、谨慎、不懈怠的行为体现。

中国传统文化历来重视敬畏心，但是这种敬畏之心不是畏首畏尾，而是对自己、对世界、对自然天地万物的清醒认识，以保持自己谦虚求实的态度。孔子说：“君子有三畏：畏天命，畏大人，畏圣人之言”，这个“畏”就是我们通常所说的敬畏之心。朱熹在《中庸注》中说：“君子之心，常存敬畏。”朱熹认为敬畏之心是对世间事物心怀尊重的态度，以最起码的道德底线规范自己、引导自己的行为，使自我心灵宁静、满足，同时也使世界逐渐失去丑陋的一面。《菜根谭》一书里说：“自天子以至于庶人，未有无所畏惧而不亡者也。天子者上畏天，下畏民，畏言官于一时，畏史官于后世。”敬就是尊重，畏就是害怕。表现在内心就是不存邪念，表现在外就是持身端庄严肃有威仪。曾国藩认为身处官场必须懂得敬畏，他在给儿子的家书中写道：“敬则无骄气，无怠惰之气”。曾国藩认为只有心存敬畏才能有如履薄冰的谨慎态度，才能有战战兢兢的戒惧意念，才能不为个人名利所累、保持内心的执着和清静、恪守心灵的从容和淡定。曾国潘在《诫子书》中写道：“慎独则心安，主敬则身强，求仁则人悦，习劳则神钦。”只有心怀敬畏之心，才能知方圆、守规矩，踏踏实实干事、干干净净做人。

常有敬畏之心包括：一是对自然要常有敬畏之心。充分认识自然的伟大，认识自然界的一切都有存在的意义。我们应该从根本上转变理念，不要宣称什么“征服自然、改造自然”，不要把人与自然对立起来，应该敬畏自然，爱护自然，求得人与自然的和谐发展。二是对法律法规、道德准则、行为规范的敬畏之心。敬畏法律是每个人的行为准则，必须自觉接受纪律和法律的约束。敬畏法律是建设法治国家、法治政府、法治社会的客观要求，是实行依法治国、依法执政、依法行政的现实需要。三是对规律的敬畏之心。规律是一种确定不移的趋势，尊重规律、敬畏规律，按规律办事才会取得成功。违背规律，必然会受到规律的惩罚。四是对道德规范的敬畏之心。敬畏道德规范，始终做到在道德规范的框架内做人做事，守住自己的道德底线。西方哲学家康德说“世界上唯有两样东西能让我们的内心受到深深的震撼，一是我们头顶上灿烂的星空，一是我们内心崇高的道德法则”。

常有敬畏之心是非常重要的，没有了敬畏，也就没有了底线，做起事来比较随意。一个随意的人什么都不在乎，也不可能真正在乎自己；一个什么都不怕的人，最后就什么都不是；而一个民族如果什么都不敬畏，那就难有长进。因此，易中天在《春来不是读书天》一文中说，“读书原本出于恐惧，对未知世界和陌生世界的恐惧。这恐惧只有敬畏才能战胜。先是对鬼魂的敬畏，后来是对神灵的敬畏，最后是对真理的敬畏。对真理为什么要心存敬畏呢？因为真理是天下之公器。它不是哪个人发现的，不是哪个人的私有财产，也不掌握在哪个人手里，只存在于一代又一代人不懈的追求中，而且永远没有穷尽。心存敬畏，就是要明白，任何人都不是真理的化身，已知也不等于全知。和未知领域相比，我们其实知之甚少，没什么可狂妄的。”

2019 年 1 月 13 日

游刃有余

在中国的传统经典中，我对儒佛经典接触的较多，而对道家经典接触甚少。在道家经典中，因练习书法的原因抄写过老子的《道德经》，但是没有仔细研究过。假期中偶然翻出了王蒙的《游刃有余》这本书。

《游刃有余》本书是著名作家、学者王蒙先生全新力作，对道家经典《老子》《庄子》进行了精彩绝伦、睿智深刻的“解释”与“评点”。既有作者的解释转述，又含有作者的读书心得。同时又通过评点方式，将《老子》《庄子》的精华元素与启迪内涵扩大化，进行了贴近人生与社会的阅读、理解和发挥。

全书分为老子部分和庄子部分。老子部分共13章，讲了作者读老子的体会。包括：你为什么需要一个大道。人法地，地法天，天法道，道法自然。夫唯弗居，是以不去，无为是关键。谁能做到宠辱无惊。力挽狂澜，治大国若烹小鲜。老子的养生之道。不见而明，不为而成。人生路上的得与。我独昏昏，得道者的风度。大仁若伪，大智若妖。知白守黑。小国寡民的乌托邦。老子智慧的快乐与烦恼。庄子部分写的最多，分15章来阐释庄子。包括突破自我，神旺九万里。无用之用，大于有用之用。自由、自主、自如，无待始能无忧。不要追求虚名。就是需要精神胜利。人生的程序困惑与程序花招。天下第一梦的启示。上善若水，顺水而行。虚室生白，吉祥止止。螳臂当车，是悲怆还是滑稽。相濡以沫，不如相忘于江湖。盗亦有道，道亦有盗。混沌与神全。

本书虽然具有读书体会的性质，但是评点性更强，对老庄哲学的深层次问题进行了的阐释。例如，第 10 章大仁若伪，大智若妖中作者分析了为什么老子喜欢反着说话？作者发现，人们看《老子》的时候，会发现老子喜欢用相反的概念来说明要达到的目的。例如，大成若缺、大直若曲、大盈若冲、大巧若拙、大辩若讷。又例如，“曲则全”，弯曲了就能够成全。“枉则直”，弄得弯了，它反倒是一条直路。“洼则盈”，比较低洼的地方反倒容易满。“敝则新”，旧的东西实际上最新。“少则得”，你占有的越少得到的就会越多。“多则惑”，多了反倒麻烦了，等等。作者认为这是老子智慧中悖论的分析，认为悖论分析有四类：一是结构性悖论，其表述中既包含着正面的因素，也包含着反面的因素。二是发展性的悖论，就是每一件东西，它都有可能向着它的反面发展。三是价值性的悖论，就是从这个观点来看，是非常正面的有价值的。但是从另一个观点上来看，这个价值又是可疑的。四是社会的悖论，就是对于做人处事上面的一种选择，你自己对自己的要求是否被社会所承认。

再例如，第 24 章，作者解释了“相濡以沫，不如相忘于江湖”，意思是泉水干了，鱼吐沫互相润湿，何不各自到大江大湖里去更自由。比喻一同在困难的处境里，用微薄的力量互相帮助；有时不妨放弃执著以全新的自我迎接世界。王蒙解释为道德与幸福的选择，相濡以沫很道德、很动人，但是不如相忘于江湖幸福。庄子自始至终强调一个“忘”，忘更加舒服、更加美好、更加阔大。忘记的越多，内心越光明。

总体来看，《游刃有余》是一本很耐看的书，对理解经典、结合经典理解生活很有启迪意义。作者用“游刃有余”做书名也很有意义。游刃有余语出《庄子·养生主》“彼节者有间，而刀刃者无厚。以无厚入有间，恢恢乎其于游刃必有余地矣。”比喻技术熟练，经验丰富，解决问题丝毫不费力。可见王蒙先生用“游刃有余”做书名是有含义的。

2019 年 2 月 17 日

逍遥之乐

好的哲学就是要对人生提出智慧性见解。过了知天命之年，就需要换个角度看人生。年轻时需要儒家哲学，积极入世立言、立功和立德。而过了知天命之年，仅仅只有儒家哲学，就会发现生命的格局有限，需要换个角度看人生。我的目光逐渐转向了道家，开始关注道家的庄子哲学。

《逍遥之乐：傅佩荣谈庄子》正好阐释了庄子哲学，是知天命之年之后换个角度看人生的思想原典。傅佩荣是美国耶鲁大学哲学博士，台湾大学哲学系教授。长期以来，傅教授致力于中国传统文化的当代普及，引领听者解读中华经典，推广国学的现代诠释，站在中西文化的至高点上来诠释中国传统文化的现代意义，视野辽阔深远。他真诚的态度，幽默的语言，清晰的道理，使听者不倦。《逍遥之乐：傅佩荣谈庄子》使人感到逍遥自在的快乐。

道家经典中，《老子》只有五千言，而《庄子》分为“内篇”“外篇”“杂篇”三部分，共三十三篇。《庄子》以其深邃的思想内容和奇诡的创作手法，在先秦诸子散文中独树一帜，是一部洋溢着浪漫主义的散文集。司马迁在《史记·老子韩非列传》中说庄子“其学无所不窥”。傅佩荣《逍遥之乐：傅佩荣谈庄子》是关于研究庄子的专著，他认为《庄子》的深刻思想，是值得我们一生向往与时时品味的精神盛宴。

读傅佩荣《逍遥之乐：傅佩荣谈庄子》，我发现傅佩荣先生对庄子思想有许多独到的见解，例如，他强调人的心灵的关键。老子说：“道大，天大，地大，人亦大。”他认为“人亦大”值得仔细考虑，因为由形体大小而论，人怎能与“天、地”并称为大？因此，人的心灵成为关键。只有开发心灵能量，孕生独特的智慧，才可觉悟人之大。《庄子》第一篇的《逍遥游》，描写“鲲之大，不知其几千里也；化为鸟，其名为鹏。”他所表述的其实是：“人”的生命容量有无限大的潜能，可以转化提升，直到逍遥无待的境界。一个杯子有多大，要看它能装多少水。人的心灵有多大，要看他能否体悟“道”，他直接论断“精神生于道”。道是万物的来源与归宿，同时，道又遍及一切。

傅佩荣先生以四句话总结儒家：对自己要约，对别人要恕，对物质要俭，对神明要敬。对于《易经》他也用四句话描述：存自己以诚，待别人以谦，观万化以几，合天道以德。同样他对庄子的思想也用四句话概括：与自己要安，与别人要化，与自然要乐，与大道要游。一是与自己要“安”，就是对自己的命运要安心接受，不要抱怨，知其不可奈何而安之若命。二是与别人相处要“化”，与大家融为一体，保护自己，尊重别人。但是要注意外化而内不化。尊重外部规律，但不管外部成败得失，内心不受干扰。三是与自然相处要“乐”，天地大美，成物成理。自然有它的规律，投入一定有收获。大自然最特别的地方就是公平，感悟大自然可以得到很多快乐。四是与大道要“游”，自本自根之道无所不在，对万物和自己都可以逍遥自在。因此，做事不要有太强的目的性，要学习道家的“无为”，不是“无所作为”，而是要“无心而为”。

读完傅佩荣先生的《逍遥之乐：傅佩荣谈庄子》，我感觉到儒家让你活得自信，道家让你活得自在，独与天地精神往来。本书视野开阔，傅教授在对中西文明融会贯通的基础上，发前人所未发，阐述独特创见。正如傅佩荣先生所说，儒家主张人心向善，经过涵养身心使人安稳踏实、保持愉悦；道家倡导智慧觉悟，经过体道悟道使人消解苦楚、去除执着；《易经》教人居安思危、察微知几，观天道以安排人事。

2019 年 2 月 24 日

东瀛纪事之一：高松市的掠影

西北大学与日本香川大学开展学术交流很多年了，姚峰老师邀请过几次让我去该校访问，一直没有机会。今年初正好该校举办一个学术研讨会，我便有机会去日本，去香川大学。香川是日本的一个县，该县的首府在高松，香川大学就在高松市。我们从西安出发，到上海住一个晚上，然后从上海浦东机场乘飞机出发，经过两个小时航程，来到了高松市。

高松市比西安天气暖和，由于是岛国，空气比较湿润。来到高松市，日本城市的街貌逐渐显现，街道里到处是日文的广告牌，这是日本典型的街道景象。

姚峰老师接上了我们，他自己驾车带我们去吃香川的名吃——乌冬面。乌冬面是最具日本特色的面条之一，与日本的荞麦面、绿茶面并称日本三大面条，是日本料理店不可或缺的主角。根据香川县的口头传说，空海从唐朝带回面条的制法，拯救了赞岐当地的贫民，形成了香川的乌冬面。姚老师说，可能空海不仅从中国带来了面条的做法，而且还带来了小麦的种子，香川的小麦和西安的面条一样劲道，据说由于乌冬面比较有名，专门拍过一个关于乌冬面的电影，姚老师专门带我们去了这家拍过电影的乌冬面馆。这家乌冬面馆在路边，店面不大但是人比较多，经过排队、等候，等来了乌冬面。面条和筷子一样粗，加上葱花、调料和专门的高汤，就可以吃了。先吃一口，发现乌冬面的确比较劲道，而且爽滑。由于乌冬面没有放醋和辣椒，我觉得吃起来没有想象的那么好，也没有西安的面可口。

但是毕竟是日本的面条，还是比较有特色的。

吃了乌冬面，姚老师说要带我们去屋岛寺，由于来之前我给姚老师说过想看看日本的漆器。正好去屋岛寺的路上要经过一个漆器店，姚老师带我先去一下这家漆器店。盛唐时期，漆器工艺传到日本后备受推崇，并被日本人发扬光大。随着唐代漆器的没落，日本的漆器开始在世界上大行其道，据说日本的国名来自漆器。这家漆器店在香川大学旁边，店面不大，但是比较精致，小店里摆满了各式各样的漆器，但是漆器主要是日用品方面的，有日式漆器糖果盒、点心盒、天然漆器木筷子、金箔漆盘、托盘、奉茶盘、日式餐具、食盒、木胎漆器杯等，各色各样的漆器产品体现了日本漆器的精湛工艺。

从漆器店出来，姚老师直接带着我们去爬山，屋岛寺在山上。我们坐着车子出了市区，沿着山路盘旋而上。半个小时之后，来到了山上。由于其山顶平坦，远远望去像是屋顶而得名屋岛。经过停车场，就到了屋岛寺。屋岛寺位于日本四国岛的香川县，因其建于当地的屋岛山而得名，它是日本境内最古老的寺庙之一。据说这个屋岛寺是由中国唐朝高僧的鉴真修建的。屋岛寺地处屋岛山顶上，环境很是幽静，是一个修身养性的好地方。进入寺院，整个寺院的确是中国唐代的建筑风格，高大宽敞，一派盛唐气象。寺院的大殿旁边供奉着两个大大的石雕狐狸，这是屋岛狸。据说当年双目失明的鉴真和尚来这里时，屋岛狸给带过路，形成了屋岛狸崇拜，寺院里到处可以看到石头雕刻的狐狸，旁边的商店里也有买陶制的屋岛狸。从大殿前往下走，下了一排台阶，进入一个开阔的广场，树木已经落叶，草坪干枯，但是几多花灿烂的开着，十分的耀眼。姚老师告诉我，这是梅花。梅花树长得非常高大，虬劲的梅枝上梅花开得灿烂而鲜艳，在阴冷的冬天给人以希望和温暖。红色的梅花艳若桃李，灿如云霞，又如燃烧的火焰、舞动的红旗，极为绚丽，颇具感染力。观之使人受到鼓舞，感到振奋。虽然在异国他乡，但是心中腾起异样的激动。

穿过寺院，分别在屋岛顶上的“谈古岭”“狮子的灵岩”和“游鹤亭”三大展望台四处远望去，可以看到最壮观的景观，除了濑户内海国立公园和濑户内海外，高松市的街道和赞岐山脉也尽收眼底，也有一种一览众山小的感觉。

2019 年 2 月 24 日

东瀛纪事之二：香川的文化印象

到高松市的香川大学是为了开学术研讨会，香川大学经济学部所在的高松市不大，但是这个小城市非常安静。会议之余我们在市区散步，领略了香川的文化。

我们居住的地点距离校园不远。我们在酒店门前等车来接去学校开会的时候，车子还没有来。我们在楼下散步时，在酒店旁边发现了一个门上写着工艺品的商店，从窗子望进去发现这是一家古玩店，店里摆满了瓷器等瓶瓶罐罐的东西。我们几个人悄悄地推门进去，放的全是大大小小的瓷瓶、瓷罐。我惊喜的发现，这里还有漆器，有漆器碗、漆器的盘子。突然发现一套漆器的盖碗，非常的精美，才2100日元，折合人民币不到200元。一个瓷器的瓶子，产自日本的旧瓷器才3000日元，折合人民币基本就是200多元。我们似乎不相信自己的眼睛，问了店里一个年龄大的老者，价格果然如此。店主人把我带到了二楼，二楼上也是满满的商品，这里还有一些书画作品。店主人让我看用布包着的大匾，四周雕花，也是漆器的匾，上写“集翠居”，店主人说这就是他这个店的名字。由于匾很旧，店主人年龄也很大，我猜想这应该是一老店。正准备在这里选一样东西，同行者告诉我车子来了，匆匆下楼去开会。想着临走时间再来买，可后来几天每天开会，回到酒店，古玩店都关门了，一直没有在这里买上东西。

到了学校就开始开学术会。日本大学开学术研讨会，和国内完全不一样，没有繁琐的开幕式，是由经济学部的主人简单的欢迎词后，学术活动就开了起来。按照安排，汇报论文，然后围绕论文展开讨论。上午会议结束后，每人一个盒饭，坐在会议室里吃。下午的会议两点才开，吃过盒饭之后，还有一个半小时，我们走出校园，在校园旁边散散步，晒晒太阳。沿着校园的围墙走，不远处发现一个寺院，寺院小巧，干净、整洁、古雅而安静，完全和国内的寺院不一样。寺院完全是唐代的建筑风格，大顶带四周的台廊，如果去掉四周的门和墙，那就是一个大亭子。我很喜欢寺院里的松树，树枝遒劲，旁逸斜出，修剪得如此有精神，很是别致。继续往前走，我们又遇到一个同样式样的寺院，只是寺院的名称不同。后来问了姚老师，才知道城市里的寺院很多，有的很大，但是小的也非常的多。

继续往前走，突然发现马路对面有一个书法道具馆。过了马路，上了二楼，发现确实是一个书法用品店，有各式各样的毛笔、宣纸、砚台、印章石。纸和毛笔是日本产，而印章石则是浙江的青田石。同时还有日本出版的各种字帖，以及石门颂、多宝塔等中国名帖。看着时间差不多了，正要往出走，突然发现书法道具馆里面还有一间，走入里屋间，我发现里面才是好东西，有各种各样的日本瓷器、漆器、文玩用品。墙上挂满了各样的字画，我往里面走去，发现里面摆满了各式各样的古砚台，非常的精美，最好的没有价格，不准带出国，这可能已经在国家备案了，带不出关。还有一些好的砚台，基本就是800多万日元，人民币都在60万元，在手机上一查资料各个都是值钱宝贝。这样的旧砚台在店里放了几十个，我估摸着，这个店的主人一定是一个有钱人，不然如何收到这么多值钱的宝贝。

开完研讨会，招待晚宴在学校旁边的山顶上。我们和一起开会的同仁们以及香川大学的教师坐上中巴车，沿山盘旋而上，来到了山顶的酒店。酒店的包间很大，四面全是玻璃，外面还有一个露台，站在酒店的包间或外面的露天上，整个高松市尽收眼底，远处的岛屿、平静的海面、缓缓而行的船只，都看得清清楚楚。

香川市开会一天多，通过在周边散步，香川首府高松市给我留下的印象是安静，城市有文化、有历史，我很喜欢这座平静的城市。

2019年2月26日

东瀛纪事之三：别致的松树和梅花

在日本香川的各个公园、大阪的天守阁、京都的寺院和二条城，我发现日本的城市特别喜欢种植松树，而且松树如同盆景，精致而又有情趣。我的评价是挺拔、遒劲而又有曲线，旁逸斜出，个个都宛如黄山上的迎客松，美如水彩画。在各个公园、大阪的天守宫、京都的寺院以及二条城中，布局都是回游式的日式庭园。庭园山水结合，松树、奇石、绿水巧妙的融合，如同铺开一幅如梦如诗般的画卷，令人流连忘返。公园、天守宫、寺院以及二条城有上千棵松树，都经过精心修剪。可以说，日本的城市和景点除了湖泊和假山，最大的看点就是松树。

日本城市这些景点的松树很是别致，见到如此数量众多的松树时，一定会用叹为观止来形容的。大多数松树都有名字，用铜牌刻好挂在树身上。高松栗林公园有一颗露根五叶松，其形态能用错落有致来形容。这颗露根五叶松据说是 1833 年德川幕府第 11 代将军所赐的盆栽，经过 300 多年工匠的修剪，形成了今天的这副模样，枝叶繁盛、满身老皮如同龙鳞。五叶松现在已经长成了高达 8 米，树干周围达到 3.6 米的露根五叶松。300 多年历史积淀里有无数匠人的默默传承与奉献。

天守宫、二条城的松树也非常多，有的叫箱松、有的叫屏风松、有的叫龟鹤松。经过 300 多年修剪的箱松，在屏风松的映衬下显得整齐划一，走近细看就会发现经历百年的树身瘢痕点点，凹凸不平，难免令人惊叹松树生命力之旺盛。像仙鹤展翅一般向两边张开树枝的龟鹤松，还有历代到访的皇室成员在此栽下的一棵棵松树苗都已经长成了苍天大树。天守宫下有一排非常优美、各式各样的松树，而且我还发现一个奇异的美景，每一颗大松树下都长着一簇兰花，绿绿的兰花叶子，很是茂盛，簇簇绿叶中开放着淡黄的兰花。每棵树下都有兰花，有的是一簇，有的有两簇。苍劲的松树与幽兰相配，我是第一次见到，也真是别有情趣。

欣赏松树是有说法的，据说做到三点才算会欣赏松树，那就是一肌，二振，三姿。一看粗糙的树皮感受松树的顽强生命力，二看树枝伸长，三看树的姿态美。掌握了这三个欣赏要点，游玩天守宫、二条城将会变得格外有趣。与松树相映衬的是园内大大小小形状各异的奇石，随处可见的奇岩怪石也是不容错过的，湖光山色，小桥流水，松树互相映衬，使得这些园林成为浑然天成的风景画，使人流连忘返。

大阪的天守阁、京都的二条城除过别致的苍松，还有经霜傲雪的梅花。看松使人高，看梅使人古。大阪的天守宫在大阪城公园，进入大阪的天守宫护城河的城门，就看到指示牌上写的梅林。向左手方向拐过去，就看到了一个石碑——大阪城梅林。沿着指示牌走进去，好大一块梅林。梅林中央是一块空地，如同环岛，沿着环岛扇状分布着各色各样的梅花树，这些梅花树都是古梅树，树龄比较长，修剪的很是别致。同时梅花的品种也多，每一个梅树上挂一个牌子，牌子上写着梅花树的名字。据说大阪城天守阁护城河以东约 1.7 公顷的梅林，种植了约 1270 棵梅树。有绿萼、摩耶红、鸟宿、冬至、八重唐梅、杨贵妃、未开红、八重海棠、夫妇梅、重野梅、金狮子、香篆、淋子梅等。梅花是先开花，后长树叶，光秃秃的枝条上挂着星星点点的梅花。现在寒红梅、南高梅、绿萼梅、鸟宿梅已经盛开，园内香气四溢。绿萼花是白色的，开得很茂盛。寒红梅、南高梅是红色的，开的非常艳丽，惊艳了许多人的目光。大阪城天守阁的梅林修剪的好，梅花树都不高，观赏梅花不用仰视，穿梭在不同的人行道上，四处可以欣赏梅花。

樱花未到，不如赏梅，梅花最“色”在京都，每年 2 月底是日本梅花盛开的季节，去京东的二条城，也看到了梅花。进入二条城，沿着护城河游行进入一个高大的铁门，再沿着指示牌，就可以走到梅林。虽然都叫梅林，但是二条城的梅林无论是规模还是品种都不及大阪城天守阁的梅林。但是二条城的梅林树都比较高，而且树的年龄都特别长，许多梅树都有十几米高，直径30公分左右。树干曲折多姿，颇是好看。盛开的梅花，灿若云霞，很是壮观。那一片片新绿，一点点桃红，一抹粉白的梅花，搭配着背景的建筑、园林、街道，仿佛处处都能成诗入画。能在一个梅花初绽的日子游走京都，也是个不错的选择，给人以心旷神怡的感觉。

2019年2月26日

东瀛纪事之四：大阪城公园与二条城

从日本返回国内需要从大阪乘机，从高松坐大巴三个多小时来到大阪。大阪是日本的第二大都市，也是日本关西的中心，距离返回时间还有一天半时间，别人介绍我们去大阪城公园。

去之前我在想公园可能和国内的公园一样，无非是湖水、绿树、走廊，等等。去了之后我才知道大阪城是大阪的象征，是大阪最著名的旅游景点，又称“金城”或“锦城”，它位于大阪市区中央内，是一个古城堡改建的大型公园，非常有历史。丰臣秀吉统一日本列岛后修建大阪城，以显示自己的地位和权力，之后数次被毁，现存的是1931年重建的，距今有400多年的历史。

大阪城修建有两道护城河，护城河里面就是大阪城。两重护城河之间是园林，左手边是梅林，右手边是樱花大道。我们去的时候樱花还没有到开放的时间，而梅林的梅花已经开放，虽然没有完全开，但是旁逸斜出的古梅树枝，星星点点的红梅、白梅已经绽放，游人如织。护城河的湖光与古梅花树、苍松相互映衬，错落有致，很是壮观。

绕着护城河走了半圈，到达大门，可以进到大阪城了。过了两道护城河，进了高大的城门，就来到了内城。大阪城是由雄伟的石墙砌造而成，外围则是被大阪城的护城河所包围，令我最为惊讶和感叹的是大阪城的城墙由巨大的石条堆砌而成，我惊叹这些石条在那个时代是如何做成、如何运送以及如何垒起来的。中国的古城墙都是用砖砌的，而大阪城这是用巨大的石条堆砌的，整个一个石头城，很是雄伟壮观，我也是第一次见到这么巨大的石头城。

进入内城，拐进一个巨大的石门，就来到了天守阁。最具特色的大阪城天守阁是日本战国时期修建的大型城堡，在军事上有瞭望塔的作用，同时也是城主的居住之地。天守阁白色的墙面配以绿色的屋瓦，并在每个飞翘的檐端装饰着用金箔所塑造的老虎与龙头鱼身的金鯱的动物造型。天守阁是城堡的中心建筑，他不仅是坚固的军事防御设施，也是所在地大名或城主政治权利和地位的象征。天守阁为丰臣秀吉修建的古城堡，天守阁雄伟之处在于高大坚实的地山，地山使用大石条垒砌的，石条垒砌的地山相当于天守阁的底座部分。目前被改成为历史博物馆，总共有八层，各层都有史料展厅，有文书、浮世绘、文物，等等。

回国前最后一天，我们决定去一趟京都的二条城，二条城又名二条御所，位于日本京都，是幕府将军在京都的行辕。穿过二条城的大门，直奔被誉为日本国宝的二之丸御殿。御殿采用了我国唐门风格的装修，散发着深厚的盛唐文化气息。二之丸里面设有若干个房间，分为一之间、二之间、三之间、若松之间和敕使之间，是各地大名藩主和朝廷敕使等候征夷大将军之地。这里最引人注目的是二之间的屏风。屏风画着猛虎和豹，象征着将军家的威武。二之丸内还有供各地大名向将军家献上礼物的式台之间和黑书院、白书院。黑书院是将军和亲藩大名、谱代大名会见的场所，面积不太大，但装修很别致，是将军会见心腹诸侯的场所；白书院是将军的起居间和卧室，内部的装修和黑书院不同，主要以一些山水水墨画。二条城的中心建筑称为“本丸御殿”，正在维修中。我们绕出“本丸御殿”，来在护城河边。护城河边也有一个梅林，这里的梅林没有大阪城公园的面积大，但是也是古梅。梅花树比较大，但是梅花盛开，如云似霞，更是壮观。

大阪城公园与二条城都是古遗址，高大的石头城墙、宽阔的护城河，雄伟的城阁、壮观的梅林、别致的松树、深厚的文化遗存，让人惊叹。特别是古建筑及其环境的传统性在这里得到了最佳的维护和延续，中华文化对二条城和大阪城的建筑格局有很大的影响。

2019 年 2 月 28 日

天山观雪莲

新疆的天山是一个神秘的地方，过去对天山的理解是从梁羽生的《七剑下天山》中读到众英雄聚集天山的故事。李白的古诗《关山月》中写到“明月出天山，苍茫云海间。长风几万里，吹度玉门关。”陆游在《诉衷情·当年万里觅封侯》中写到“心在天山，身死沧州”。

去年的八月到新疆大学开会，会后友人带我去游天山大峡谷，留下了深刻的印象。今年又去开会，一行人又去了天山大峡谷。出了乌鲁木齐市，大约半个多小时路程，就开始向山里挺进，沿着河道逐渐进入到河谷之中。两岸山壁陡峭，但是挺拔的云杉却顽强地生长在山壁之间。山谷之中，拦河坝聚集起了一个大的水库，水库的水是那样的绿，注入水库的水因水坝的落差形成一个壮观的瀑布，吸引了许多的游人。下车行走在水库边上，山风吹来，凉风习习，是那种非常奇特的凉爽。向远处望去，蓝蓝的天空飘着白云，苍茫的山间分布着翠绿的云杉，碧绿的河水碧波荡漾。从来都没有见过的域外风光，让人流连忘返。

在水库边停留之后，我们坐上车子，顺着峡谷一直上行。由于友人是林业系统的，可以沿着峡谷自由地行走，走到风景绝妙之处，可以停车观赏。沿着山路，逐渐顺着峡谷蜿蜒而上，越往上走，山谷越狭窄，路也越陡峭。停车下来，顺山风一掠而过，让人打个冷战，山风是那种透心的凉。站在山谷中四面望去，我发现山谷的一面是茂密的云杉，或者是绿绿的草，而另一面则是光秃秃的什么都没有。友人告诉我，凡是有树或者有草的地方都是阴坡，没树没草的地方都是阳坡，阴坡有水就能生长树木和草，而阳坡没有水，不仅不长树，甚至连草都不长。友人说这里缺水干旱，气候寒冷，长成大树需要很多年，像脸盆粗的树的年龄基本都在300年左右。我惊叹水的重要性，我过去知道万物生长靠太阳，现在知道万物生活靠水。

绕过一个山峰，穿过一个山洼，来到去年来过的草原和湖边，去年游人如织，熙熙攘攘，今年明显人少了很多。友人突然说，最近是雪莲盛开的时间，带你们去一个没有去过的地方，去看看雪莲。关于雪莲，在梁羽生的《七剑下天山》上读到过，书中把雪莲写的如此神妙。我们沿着湖边向另外一个山谷开去，先上行，继而又下行到谷底，顺着谷底朝另一个方向蜿蜒而上，上到半坡上，友人将车速放慢，说对面的悬崖上有雪莲。我们停车，朝对面望去，悬崖陡壁上，长着几朵白色雪莲，星星点点分布于无法攀登的峭壁之上，在山谷的寒风中随风摇曳。在天山悬崖青凛凛的寒光中，挺立着一朵朵玉琢似的雪莲，远远望去，洁白晶莹，柔静多姿。花蕊大如莲蓬，花茎紫红，花瓣薄如绢纱，纯净洁白。友人说，雪莲是高寒雪山的奇花，在冰川、狂雪、暴风的逆境下生长、艳开。有人在《天山雪莲》中赞美雪莲写道“云岭冰峰素色寒，雪莲典雅峭崖欢。娉婷仙韵无尘染，蕙质冰肌献玉兰。”梁羽生在《七剑下天山》中有一首词《点绛唇·玉剑冰弹》写道“玉剑冰弹，端的是奇缘奇遇。雪莲鸳谱，冷香飞入诗句。纵有珠峰，难隔刘郎路。云深处，愿同偕隐，营屋冰川住。”

我在手机上查了，资料显示新疆雪莲花分布于新疆境内的天山山脉，生长在高寒山区，一般都在海拔3000米左右的雪线上，雪莲花从种子萌发到抽苔、开花需6~8年时间，最后一年六月到八月间开花。特殊的生长环境使其天然而稀有，并造就其独特神奇的药理作用。人们奉之为“百草之王”“药中极品”。能够在气候严寒的雪峰生长的新疆雪莲，有着极强的生命力。顺着山谷不断前行，山谷的峭壁上到处是盛开的雪莲，据说很多人很难碰到雪莲的开花。与友人感叹，我们不仅碰到，而且碰到许多盛开的雪莲，本身就是一种奇遇。

正在欣赏雪莲，大家纷纷掏出手机不断的照相时，突然一声惊雷，大雨倾盆而下，我们急忙上车，从山谷中急忙返回。回到山下，回望云雾缭绕的天山，如同仙境，那一朵朵雪莲看不见了，我想她是生长在仙境中的。晚上回到新疆大学，我将奇遇说给新疆大学的学界同行，同行们很惊叹，并告诉我这是奇遇，一定会有好事。

2019 年 8 月 4 日

历史的眼光

由陕西省档案局编写的，西北大学出版社出版的《雍兴实业股份有限公司档案史料选编》出版了。雍兴实业股份有限公司是抗日战争时期，为保存民族工业命脉，国民政府发起了工业西渐运动，动员和组织东部工矿企业内迁。西渐运动为西部工业的发展带来了不可多得的机遇，不但给西北带来了先进的技术、设备、人才以及管理经验，而且改变了中国民族工业发展的战略布局，填补了西北新型工业的空白。雍兴实业股份有限公司是在抗战时期民族工业西渐运动中成立的，是抗战时期中国大后方实体工业发展的典型代表，对于支持抗战发挥了不可替代的作用。

雍兴实业股份有限公司 1940 年设立于天水，后迁西安，为中国银行经营工矿企业的附属机构。抗日战争时期经营和参加投资的工矿企业共 18 个，除 3 个投资单位在四川外，其余均在陕甘两省的西安、咸阳、兰州、天水等地，行业包括纺织、制粉、机器、皮革、印刷、采煤等。陕西省档案局充分利用馆藏，从 2016 年 3 月到 2017 年 4 月共查阅“雍兴实业股份有限公司”档案 1718 卷、3940 册，历经材料收集、资料分析、初稿编撰等阶段，于 2016 年 12 月完成初稿，2018 年 11 月出版，全书上下两册，共计 150 万字。编纂《雍兴实业股份有限公司档案史料选编》一书，既为了更好的保留和开发陕西文化记忆，也为研究陕西近现代工业发展及其变迁规律提供可靠资料和经验参考，充分发挥出馆藏档案的社会历史价值。其书内容包括创设、架构与谢幕，基本章则，会议记录，发展报告，来往函件等，旨在通过这些档案史料的整理呈现，反映雍兴公司这一近代西北地区规模最大的工业企业十年发展的历程，以此折射中国近代经济、西北近代工业的发展情况。

该书出版以后，西北大学出版社召开出版座谈会，邀请我作为专家参与。事先给我送了一套，我在会议之前进行了仔细的阅读。阅读这套书，我发现这套书透视了一种历史的眼光。历史的眼光就是指要把问题放在一定的时代背景和具体环境中来分析。问题不是凭空产生的，也不是从来就有的，都是一定时代背景和具体环境的产物。每个时代都会面临每个时代的问题，不同时代则会面临不同的问题。有些问题会贯穿于不同的时代，但其表现形式和侧重点也会有不同。时代不同、社会环境不同，问题本身和产生的原因也不尽相同。阅读《雍兴实业股份有限公司档案史料选编》，我深深感到这本书是以历史的眼光记录了西北近代工业化发展的过程。

一是从宏观上记录了西北工矿业的近代发展。雍兴公司通过单独投资设厂经营、参加投资或代管中行主办厂矿等方式开展各项业务活动，它的经营区域集中于西北陕甘和西南川渝，又以陕西等地为主；经营范围涵盖纺织业、机器制造业、动力燃料业及其他，又以纺织工业为中心。雍兴公司是近代西北地区规模最大的工业企业，其在大陆的十年发展历程，书写了中国近代经济史，尤其是西北近代工业史的重要篇章。西北地区近代工业起步较晚，且发展缓慢。进入 20 世纪 30 年代，西北近代工业才开始初步发展，至全面抗战爆发后，出现了工矿业全面开发的高潮。西北地区在战时成为大后方，国民政府应抗战建国之需，加大西北开发力度，这是促成西北近代工业在这一时期获得较大发展的主要因素。

二是从微观上记录了雍兴实业股份有限公司的企业管理实践。雍兴实业股份有限公司的生产经营活动很大程度上满足了战时军需民用，有力支援了抗战，同时对改善西北工业布局、储备技术与管理人才、推动西北工业发展作出贡献，并为当代企业经营管理提供启示和借鉴。《雍兴实业股份有限公司档案史料选编》详细地收录了公司的会议记录、财务账目等。在公司创设部分，收录的内容有雍兴实业股份有限公司发起人会及创立会议事录、雍兴实业股份有限公司发起人姓名、经历、住址及认股数目清单、雍兴实业股份有限公司股东名簿、雍兴实业股份有限公司发起人选举董事监察人名单等。在公司架构部分，收录了雍兴实业股份有限公司组织大纲、雍兴实业股份有限公司组织系统图、雍兴实业股份有限公司组织概况表、雍兴实业股份有限公司及所属厂矿各部门代用号码表等。在基本章则部分收录的有雍兴实业股份有限公司厂务会议规则、雍兴实业股份有限公司职员待遇规则、雍兴实业股份有限公司职员任用规则、雍兴实业股份有限公司职员服务规则、雍兴实业股份有限公司练习生服务规则、雍兴实业股份有限公司职员请假规则、雍兴实业股份有限公司职员旅费规则、雍兴实业股份有限公司职员考绩规则等。从记录可以看出雍兴实业股份有限公司的管理不亚于我们今天的许多企业管理和学校管理，管理不仅细致，而且规范。

《雍兴实业股份有限公司档案史料选编》虽然是一个公司历史资料的汇编，但是也从历史的眼光揭示了工业西渐的重要意义。雍兴实业股份有限公司是工业西渐的产物，工业西渐实现了中国历史上最大的经济转移。旧中国的经济发展极不平衡，工业布局畸形集中在东南沿海，这是长期形成的历史问题。抗日战争时期因沿海工厂在西南、西北各地迅速建厂复工、扩建新厂，使后方工业出现了蓬勃发展的兴旺景象，中国经济板块发生了历史性变化。工业西渐促进了西部开发，战争迫使西部开发付诸实施，工业西渐则形成了西部工业的门类和发展框架，也带动了金融资本和政府财政及其投资的内移。陕西作为大后方，雍兴实业股份有限公司作为工业西渐运动的有生力量，在西北近代工业发展史上具有重大意义。

2019年8月4日

溪山胜境

去年11月去铜川的香山看红叶，由于去的时间晚了，红叶已经落尽。但是很为大香山的山川形胜所吸引，相约今年提前去铜川大香山赏红叶。今年的雨水天气比较多，树叶到时间了还不见红，我一直问铜川的消息。周四铜川的友人来电话，红叶已经见红，而且周六天气比较好，可以去赏红叶。

周六的早上，约好的几家人从南校区出发，经过绕城、向北进入西延高速，经过铜川北上，车子在曲曲折折的山间不断绕行，就来到了大香山。大香山位于耀县城西北的庙湾镇，雄踞梁山和乔山山脉之间，东、西、中三峰耸立，古称“三石山”。清嘉庆二十三年（1818年），重修寺院，更名香山。大香山的山势为东西走向，东峰、中峰、西峰三峰耸立，依次排列，非常像一个巨大的笔架，也像一个巨大的香炉，东峰、中峰、西峰犹如三根顶天香柱插入炉中。山的周围，万顷林海、红黄绿杂陈，崇山峻岭、云雾缭绕，东峰、中峰、西峰位于周围群峰的最高处，站在高处，四处景色尽收眼底，有一种君临天下的感觉。

到了大香山的中峰处，四面望去，树叶没有想象中的那么红，山底下已经有了红叶，而山顶上树叶依然是绿色的。来到东峰上，在东峰顶上的亭子周围有一些黄栌已经变红，但是由于雨水过多的原因，叶子红得没有那么鲜艳。向东望去，对面的山脚下，有一片树叶非常红，但是由于天气多云，也没有那么鲜艳。

来到西峰，这是大香山寺的最高处，沿着陡峭的台阶拾级而上，来到寺庙的最高处，微风清凉，天高云淡。向西望去，树叶也没有红，但是颜色不是绿的，已经变为红黄绿多种颜色，层层叠叠，层次非常分明。红叶不多，但是黄色似乎占据了大多数，四面望去漫山的红叶在风中摇曳，绚烂、多姿。一簇簇一堆堆的无色树叶，加上古朴幽境的庙宇，凝练而不张扬，鲜艳却不媚俗。四面的景色看出去非常不错，但是用手机或者照相机照出来就非常一般。虽然红叶没有想象中的那么好，但是却也享受到了清新的空气和闲散的心情。

中午吃完饭，本来说去薛家寨，当地友人介绍说去一下溪山胜境，我们便改变了主意，去溪山胜镜。照金溪山胜境旅游景区位于耀州区照金镇秀房沟内，紧邻红色景点薛家寨，是照金丹霞地貌的核心区，是一处瀑布奇观和丹霞地貌融为一体的全新自然风景区。这里峰峦叠嶂，山势雄阔，平均海拔1600米，森林覆盖率95%，“春有百花秋望月，夏有凉风冬听雪”，四季景色秀美，为北宋北方山水画派大家范宽传世名作《溪山行旅图》的实景地。

进入景区是一个广场，广场边是一个小湖，湖水四面是柳树围绕，湖水清净，树影倒映在湖水中，显得格外宁静。远处是峰峦叠嶂的薛家寨，近处是一潭秋水，远山近水，一派秋日的景象。在这里让人惊奇的是，铜川这个地方，竟然也有如同九寨沟的景色。景区刚刚修好，还没有对外开放，几乎没有游人。沿着谷底，山路蜿蜒，秋树多姿，走在宽阔步道，感受着丹霞地貌的美景，一边的山峰上层林尽染。未入深秋，早有红叶争相斗艳。另一边是蜿蜒曲折的河流，偶尔会有流水声入耳，为溪山增添灵动之气。看着层峦叠嶂的山峰，感觉此时的自己格外渺小。枯枝和绿叶交融，如同诉说着大自然的枯荣与重生。

走进溪山谷道，满目是水的清冽，充耳是水的潺湲。人在景中走，如在画中游。转过一个大弯，来到一处宽阔地，这里是即将建成投入使用的休闲商业街。这里有小木屋、小桥、流水，与已经遍布红叶的四座大山交相辉映，显得宁静而又舒适。一群人坐在溪水边写生，这里的景色画在纸上也是如此的美丽。站在这里，风吹林声，鸣声上下，这大概是整个溪山很有诗意之地。

再转过两道湾，同行者有人喊：快看，那是一道飞瀑。我循声望去，见道左边的崖顶，一条白练，腾喧舞动，飞流直下，酷似范宽《溪山行旅图》笔下的山水，令人叫绝。景区最里面以“一线天”最为壮观，巨大的山岩间有一道裂缝，就像被利斧劈开一样，宽不足一尺，长有上千米，从中漏进天光一线，宛若碧虹在天。

溪山胜境是一个别致的地方，确实是胜境。此处密林丛生，森林茂密，森林覆盖率很高，空气清新，漫步林中，神清气爽，让人心旷神怡。

2019 年 12 月 15 日

酒的中国地理

“古来圣贤皆寂寞，惟有饮者留其名”，经常喝酒，却不知道酒的地理分布。传统白酒的确跟自然地理条件，主要是跟气候和物产有关，气候又包括温度、湿度、降雨量等。西北大学出版社的编辑小褚，送我一本出版社刚刚出版的《酒的中国地理——寻访佳酿生成的时空奥秘》，据介绍作者李寻是一位自由学者，游于哲学、历史、自然科学；平生好酒，慷慨任性，以天地风云为友。为了写作本书，作者行走于各地酒厂、采访了许多酒类专家学者。本书探索了酒文化的地理分布与时空关系的基本规律，系统阐述了中国酒的起源、酿造技术的演变、地理分布格局的变迁等内容。该书在中国酒文化地理的研究方面具有里程碑的意义。书中作者介绍了白酒的地理部分及其决定因素。认为不同地方，水土有别、秉性各异，酿酒的方式不同，酒的风格也截然不同。作者认为酒的地理分布取决于以下因素：

一是作者认为酿酒业的兴衰与政治地理密切相关，其典型例证就是北京的酿酒业长盛不衰。由于北京是元明清三代的首都，军政要员和士大夫密集，加上人口的迅速增加，对酒的需求量大增，酿酒业自然会乘势而上，大量生产。四川省之所以成为酿酒大省，也是政治地理的变迁造成的。抗日战争时期，国民政府迁往重庆，大批军政人员、知识分子以及逃难的群众蜂拥而至，酒的需求量猛增，四川的酿酒业迅速壮大，乃至独霸一方，成为全国酿酒业最为集中的省份。

二是作者认为酿酒需要大量粮食，而酒水又必须销往四面八方，水陆交通方便就成为建设酒厂的必备条件。作者在实地考察中发现，中国酒产业的聚集带与水陆交通要道的关系十分密切，认为水陆交通运输网络线贯穿东西南北，既形成了中国的主要经济带，也成为中国酿酒业的密集区。它西起天水，东到连云港，沿运河及自然河流渭河、黄河等，形成白酒产业的密集带；北起北京，南经沧州、德州、济宁、淮河、扬州、苏州、杭州的京杭大运河沿岸也是白酒产业密集带。

三是酿酒业与经济地理的关系，作者认为主要表现在南北地区酿酒所使用的粮食有很大差别。因为北方盛产小麦、小米等，而南方则盛产大米、糯米等，为了就地取材方便，南北地区酿酒所使用的粮食就有所不同。本书揭示了中国酒产业布局的规律和演变轨迹，具有重要的学术意义。因为运粮、销酒都必须依靠方便的水陆交通，尤其是白酒的包装多为瓷器，既是重物，又易破碎，以走水路最为安全和省力。在中国历史上，南北主要的水陆交通线，除运河外，川陕通道也是秦晋酒商必经之途。作者把交通地理列入酿酒业的兴衰变迁中。

“晚来天欲雪，能饮一杯无”。本书是作者行走各地酒厂调研，采访酒类专家学者、深入研读酒类专业书籍的所悟所得，创造性地运用人文地理学的经典理念对中国酒进行了多维度、全方位、跨时空的系统研究。

2019 年 12 月 15 日

七度教学观

怀海特认为大学存在的理由在于，它联合青年人和老年人共同对学问进行富有想象的研究，以保持知识和火热的生活之间的联系。大学传授知识，但它是富有想象力地传授知识。这就是大学对社会应履行的职责。一所大学若做不到这一点，它就没有理由存在下去。想象与事实不能分离。想象是探明事实的一种方式，它的作用在于，引出适用于事实的一般原则。青年人是富于想象的，如果通过训练使想象力增强，这种想象的活力大都能保持终生，大学的任务就是要将想象力和经验融为一体。学者的职责是唤醒智慧和美的生活，一个进步的社会有赖于三个群体：学者、发现者和发明者。为此，大学的核心职责是教学、是人才培养，在教学中不仅仅是传授知识，而是在传授知识的基础上，培养学生的好奇心和想象力。基于这种认识，教学不仅仅是教授知识，关键是培养想象力。但问题是想象力如何培养呢？

北京师范大学李芒教授等人撰写的载于《中国电化教育》2019年第11期上的文章《“七度”教学观：大学金课的关键特征》中，将大学金课所应具有的七大关键特征概括为“七度”，即教学的难度、教学的深度、教学的广度、教学的高度、教学的强度、教学的精度以及教学的温度，并分别做了精辟的论述。

一是难度，这是教学的保障，当前国内大学课堂教学普遍存在“难度”严重不足的现象。大学课堂教学过程需要提出高质量的学术难题，使之产生激烈的认知冲突。要将学生置于学习困境之中，让学生接触超越他们经验的难题，通过学习和思考，重新找到方向。这种学术规训，能够最大限度地促进学生思考，从成就中肯定自己的能力。合理的难度会使课堂充满文化与智力的挑战，让每一个教学环节都成为挑战智力极限、技能极限和心态极限的过程。

二是深度，这是大学教学的本真。大学课堂教学的“深度”，意为“触及事物本质的程度”。大学教学之重要作用在于帮助学生努力发现真实的存在，提升思维的深刻性，探寻事物的本质与规律。具有深度的课堂教学强调帮助学生挖掘和理解更为深刻的要素。具体表现在深度理解和深度反思的学习行为之中。深度理解是指理解事物的本质、理解思想逻辑、理解要素关系等。深度反思即所谓的“反求诸己”，充分认识自我，进而实现自我锻造，形成完整独立的人格。具有深度的课堂教学能够提升学生的思想深邃性。教师的教学深度直接影响到学生是否能够进行有深度的思维，是否能够产生抽象与概括。

三是广度，这是教学的场域。具有广度的课堂教学能够帮助学生开拓视野，从不同层面全面综合地看待问题。教学的广度能够促进学生创造性思维的发展，提升学生旁征博引、触类旁通的思维能力。具有广度的教学，知识面不仅仅聚焦于某一学科的局部，应具有扩散式的外延性，它可以将新旧知识联结、可以跨越学科进行链接。大学课堂教学广度包括：一是教学内容的生活属性，课堂教学的广度应涉及人类多元化生活的方方面面。二是教学目的的完整性。大学课堂教学的所涉面应尽量广泛，帮助学生达到思维、身体、心灵的全面提升。

四是高度，这是教学的境界。大学课堂教学的高度是指课堂教学的高境界。高境界是大视野、大气魄和大气势，大学教学应该帮助学生提升思想觉悟和精神修养，帮助学生悟出大道理、形成大智慧。有高度的教学有利于帮助学生建立正确的世界观。有高度的教学目标不仅在于传授知识，解决具体问题，还在于帮助学生形成正确的思维方式，提出有创造性的问题。有高度的教学有利于培养学生的大局观，培养学生成为具有命为志存、高瞻远瞩，瞭望未来意识的人。

五是强度，这是教学的劲道。大学的教学强度是指教学的震撼力，震撼力是指学习任务量大而产生的力度，教学震撼力能最大限度地激发学生的无限潜能。目前，大学教学活动中存在着教师规劝和教诲力、讲解的冲击力以及提问的震撼力严重不足的现象。精神震撼是指学生所体验到的学习压力感和紧迫感。大学教学必须给予学生以深刻的、浩瀚的精神世界，使学生体验人类知识殿堂的宏伟及缺憾，既有永无止境之感，又有为之弥补缺憾、使之趋向完美的冲动。

六是精度，这是教学的中心目的。大学教学的精度是指“教”与“学”之间的耦合精准程度。大学教学的精度主要包括三个方面：个性化帮扶，教学目标的精准实现以及专业核心力的养成。从事大学教学的教师，不只是讲课者的角色，还有一层身份即导师。教师给予学生点拨、引导的精确性异常重要。大学教学目标的精准，并非是对静态的、预成性的知识点进行准确表达，而是对大学教学不确定性的明了与掌控。教学目标的精准实现，需要靠精选内容、精选策略、精炼语言、精辨是非、精思关键、精确未知，将专业核心要义精施于学生。

七是温度，这是教学的情感。大学教学的温度是指一切能够感动学生的教学要素的总和。有温度的教学能感动学生，而能够感动学生的教学一定能够触碰学生的心灵。教学感动的要素主要包含学术美感的感动、人格感动与灵魂感动。学术美感是指人们对学术美的感受或体会，是触及到学术美时所引起的感动。教师的人格魅力是能够吸引学生、促进学生发展的感动力量。能够产出独到精辟思想观点的教师定有人格魅力，真做学问，做真学问，且唯人类最前沿之内容研究。学术孤独是卓越教师独立人格特征。孤独能够使教师超凡脱俗、超越自我而卓尔不群，能够进入宁静而客观的思考境界，从而获得高度的精神自由和人格独立。

2020 年 2 月 9 日

为有暗香来

一年一度的政协会议既是一个学习的时间，也是很有规律的休息时间。会议地点丈八沟宾馆是一个好的去处，这是陕西乃至西北地区唯一的园林式国宾馆，坐落在唐代的一块避暑胜地上。宾馆楼台亭阁遍布，四时景色各异，同时远离市嚣，僻静于一隅，参树掩屋，异草拥径。早晚沿着湖边散步，锻炼身体，欣赏冬日丈八沟的景色，很是惬意。

会议报到结束后，吃过晚饭，我独自沿湖边散步。今年关中的冬天，很是萧索乏味。一个冬天，常常是灰沉沉的天，干燥的空气，挟尘的冷风。我裹紧大衣，围好围巾沿着灯火阑珊湖边急匆匆地行走。过了湖上的桥，走到湖对面，来到一群小别墅前面，这里曲径通幽，灯光闪烁，散步起来，没有打扰。忽然一股幽香飘然而至，循着香味走过去，原来是一片蜡梅。虽然看不见树上的蜡梅花，但是这种暗香却是诱人的。散步回来，我久久不能忘怀这蜡梅的暗香。

第二天一大早，吃过早饭，开会时间还早，急匆匆赶到昨晚有暗香的地方。穿过湖上的桥，绕过一片竹林，远远又闻到一股暗香飘然而至。抬眼望去，才发现这里是一大片盛开的蜡梅。蜡梅树的枝干虬劲，光秃秃的枝条布满了鹅黄色的花。花大而香浓，黄瓣黄心，蜡质清透，形似吊钟。黄的瓣，黄的蕊，中间还点染着红色的一抹晕，灵动可爱。也有含苞的，小小的一枚枚黄紧紧裹在一起，黄宝石一般的。枝干光秃秃的，就像一根根棍子，蜡梅似乎是从这些棍子里钻出来的。花朵不大，却分外耀眼，也很香。行走在树林间，那种直入肺腑的幽香，使人流连忘返。一阵风吹来，树上的小花在风中轻轻摇曳着，幽香四处传送，朵朵黄花挂在那布满疙瘩的树枝上，一朵一朵，一簇一簇，散发着暗香。正如王安石著名的诗所写：“墙角数枝梅，凌寒独自开。遥知不是雪，为有暗香来。”

蜡梅是瘦的。瘦是瘦了点，但是却很好看，也很有气质。蜡梅树的枝干也是精瘦的，没有一点多余的脂肪，苍劲中带着温柔，柔美中有股傲寒之气。蜡梅是有风骨的，百花种种，具有傲骨的蜡梅偏偏选在寒冬腊月开放。我不禁想起了卫俊秀先生的一首诗：“梅雪两无尘，严冬一树春。芳心绿杜曲，傲骨向黄昏。”

“梅破知春近”。蜡梅盛开大概是来递送春的消息吧。蜡梅又被称梅为寒客，花开春前，为百花之先，故人称早梅。蜡梅先花后叶，花与叶不相见，花开之时枝干枯瘦，又名干枝梅。又因蜡梅花入冬初放，冬尽而结实，伴着冬天，故又名冬梅。在会议的几天时间里，我常常在早晚时分来这片蜡梅树林散步，名为赏梅，实则是安心。每天看看这一株株蜡梅，闻闻暗香浮动，眼中的日月，清净安简，内心的世界，清澈透明。无论如何，心清明，则万事明清，只要内心不输于蜡梅的暗香，这就甚好。

2020年2月9日

读书的眼界

今年的寒假异乎寻常，疫情的严重超出了我的想象，从初四开始就再没有出小区的院子。行动不自由也不是坏事，照顾好父母以后，剩余的时间就是喝茶、读书，临帖和写作，这是近二十来来最自由放松的时间，最有规律的生活。在读书方面，精读了几本好书，思考了一堆问题，独自完成了一系列的文章。认真反思了过去，思考了未来。古人说："无事此静坐，有福方读书。"安安静静读书，定心读书，乃是有福人做的事。

严重的疫情尽管打破了过去奔波的生活方式，但是给我带来了福气。有福方能静心读书，这是一种很好的自修境界。本来读书就不是急功近利、狼吞虎咽的快食，而是从容不迫地坐下，自觉自愿的修行。虔诚雅静，浸染于智识的世界、德功的海洋。能浮生偷得闲日，做有福气的读书人，反躬内省。

有福读书，但是读书要有收获，学者们和大学的教师都在教学生读书，但是从读书中收获者并不多。古人有很多讲读书经验的，有人总结古人读书十二法，一是"思·问·习"读书法，是孔子主张的读书方法。二是"假物"读书法，是荀子所主张的，是说要利用一切有利条件来学习。三是"精至"读书法，这是王充提出的读书方法，也就是用心专一的读书法。四是"不求甚解"读书法，这是陶渊明提出来的读书法，要求读书时要抓住重点，去繁就简和独立思考。五是"提要钩玄"读书法，这是韩愈提倡的读书方法，旨在抓要点，明主旨。六是"计字日诵"读书法，这是欧阳修所提倡的，即统计应读的总字数，再分配为每天的页数作为当日读书的进度，并且长期坚持。七是“一意求之”读书法，这是苏轼提倡的。八是“体会·循序·精思”读书法，这是朱熹所提倡的。九是“五类四别”读书法，这是以唐彪为代表所提倡的读书法。十是“五要”读书法，这是蒲松龄从时、书、法三方面保证读书顺利进行的读书法。十一是“贵精”读书法，这是戴震为了获得专精知识而提倡的一种读书法。十二是“于无疑处求有疑”读书法，这是焦循的读书经验。

但是我最接受的是冯友兰先生的。冯先生的读书经验总结起来有四点：一精其选，二解其言，三知其意，四明其理。精其选是把书分为精读的、泛读的、仅供翻阅的三类。解其言是指在读书的时候，先要解其言，要懂得它的文字。知其意就是要知道一部书上所写的深意。明其理就是知道书中的客观道理。如果明其理了，把死书读活，能把书为我所用。

我自己的读书体会是“三维读书法”，就是读书要从知识、逻辑和眼界三个维度去读书，一要读书中的知识，掌握一本书中的新知识。二是要掌握一本书中的逻辑，也就是知识体系是如何形成的。三是看问题的眼界，也就是研究问题的视角。眼界决定了读书的目的归宿、方式方法以及兴趣效果。眼界是指目力所及的范围，眼界广者其成就必大，眼界狭者其作为必小。眼界决定境界，格局决定结局。很多时候，眼界和格局的高低，决定着你对事物认识的深浅。我特别推崇读书的眼界，读书可以培养一个人的眼界。但同时有着高眼界的读书人，一定会读那些更富价值的书籍。一个拥有高远眼界的读书人，还能够牢记使命，超越功利樊篱。他们将读书视为一件高雅而神圣之事，并从阅读之中、从对历史的理解之中，获得一种对自己时代使命的高度自信并笃行之。

2020 年 2 月 10 日

清流未必能砥柱

《张居正》一书获得第六届茅盾文学奖，该书塑造了张居正这一复杂的封建社会改革家形象，并深刻展示出其悲剧命运的必然性，是一部不可不读的好书。掩卷沉思，给人以很大的启发。

在中国的政治哲学中，将官员分为：清流、酷吏、循吏和能吏四种。清流官员是指那些在士大夫中负有声望，或在学术道德上享有较高声誉者，他们不愿与污浊的政治现象同流合污。酷吏用法主张严峻，穷追狠治，彻底审理，不留情面。循吏们做事谨慎有度，有知识、有方法，主张在复杂的环境下，找到解决问题的方法。他们勇于任事，也不乏灵活性，能与现实妥协，也还保有理想。能吏则娴于吏道，善于规避法令，善于解决棘手疑难问题，善于改革前进，谨慎又不失敏锐，很有政治智慧和能力。

张居正主张“宁为循吏，不做清流”，做清流容易，做循吏难。清流只需在“对与错”“是与非”之间做选择就可以了，不必对结果负责。而循吏则不同，循吏不但需要把事情做对还需要把事情做好。循吏不但要有知识，更要有方法，要有在风口浪尖上，审时度势，达成所愿的操控能力。清流官员洁身自好，以天下为己任，站在道德制高点，敢于直接弹劾权贵。循吏重在做事，清流重在做人。

在中国历朝历代，清流一直都是“误国误民”的代表，清流未必能做中流砥柱。清流表面上是正直不阿，但是过于清高，大而空、唱高调，会说不会做，不能结合实际，常常在重大国事上贻误时机。清流浮于清议、不善解决实际问题、上不能为君解忧、下不能为民谋福。清流只善高谈阔论，具体工作很难胜任。他们往往都是些理想主义者，除了一腔热血什么也没有。清流们常常只会之乎者也，看不到发展的大势，长于奏疏，在外交和军事上既无实战经验，也无真知灼见。

张居正在为政生涯中一直拒绝清流，任用循吏。张居正说的清流即冲虚淡薄、谦谦有礼、遇事三省其身、不肯与恶人沆瀣一气。但他们也墨守成规，遇事不敢革故鼎新、勇创新局，眼中第一要务是个人名气，其次才是江山社稷。会说不会做，会空谈不会实干。而循吏则是大瑜小庇，身上有这样那样的毛病，一揪一个准，但他们心存朝廷，做事不避祸咎，不阿谀奉上，不饰伪欺君的人。在大事上，往往是循吏挑起重担，力挽狂澜，而清流却是修身养性，标榜高洁，难以对社会有大的作为。

2020 年 2 月 10 日

卧读南华经

儒家和道家是两千年来对中国人影响至深的两大学术流派，中国文人往往是“仕则儒，退则道”。近年来学者们对传统文化解读主要是儒家、佛家，对道家解读的比较少，对庄子解读的更少了。《庄子》又名《南华经》，是战国中期庄子及其后学所著道家经文。到了汉代以后，尊庄子为南华真人，因此《庄子》亦称《南华经》。其书与《老子》《周易》合称“三玄”。《庄子》一书主要反映了庄子的批判哲学、艺术、美学、审美观等。其内容丰富，博大精深，涉及哲学、人生、政治、社会、艺术、宇宙生成论等诸多方面。

王蒙在《游刃有余》一书对道家经典《老子》《庄子》进行了精彩绝伦、睿智深刻的“王解”与“评点”。“王解”是作者以生动流畅的文学笔法，对原文进行了译解。而“评点”的追求是将经典的智慧展开，以具有现实感、贴近人生与社会的方式提供给大家。“王解”是作者的解释转述，含有作者的读书心得。而“评点”的追求是将《庄子》的精华与启迪内涵扩大化，目的是将道家经典作为一部活的、有针对性、有现实感、贴近人生与社会的书进行发挥，力求做到进行充满作者个性特点的与传统文化的深切互动。本书还将《老子》《庄子》全文打破原有段落，重新编辑组合排列，力图按其义理内容重新划分结构，并分别予以综合评述。

总结《游刃有余》中王蒙对庄子思想的解读，主要集中的观点是要尊重自然，尊重客观世界，不搞主观膨胀蛮干。同时乐观，才能无物不通，无事不明，无难不化，最终实现游刃有余。

在社会建设方面，要做到道法自然。他认为，“人法地、地法天、天法道，道法自然”这是老子思想最重要的组成部分。王蒙说，在春秋战国时期，各路诸侯互相争斗、急功近利，读书人多从现实和功利的角度，提出自己的政治理想。但老子却提出要天下社会归属于“本来的样子”，这本身就是别开生面的，同样也是非常有勇气的。王蒙说，“道法自然”，揭示了一个自己的存在，自己成为自己，尊重自然，尊重客观规律的道理。从古至今，尊重自然发展的客观规律，都是行事的重要准则，社会建设是这样，社会管理也是这样。以自然之法则行事，老子设定的最终追求的社会状态就是不知道当政者是谁，人们都能安稳于生活。王蒙说，这在现实社会的意义便是为政不扰民、不折腾，处理各种问题，有令人变得更加豁达的一面，“治大国若烹小鲜”的游刃有余，这才是为政者与社会追求的状态。

在个人修养方面，做“无用”之人。“无用之用”是老子和庄子思想的另一重要组成部分。在庄子心目中，由于人们不知道“无用之用”的价值，而只局限于急功近利的“有用之用”，因此许多美好的东西都将远离人类而去。“‘无用之用’最重要的现实意义，就是要求社会不能无休止地竞争。”王蒙认为，竞争使人向上，但社会无节制的竞争，特别是在道德方面的竞争，应该有所限制。《道德经》说：“天下皆知美之为美，斯恶已。皆知善之为善，斯不善已。故有无相生，难易相成，长短相形，高下相倾，音声相和，前后相随。”这是最早的朴素辩证思想，这种辩证思想里道出了人类的一种精神困境。王蒙说，从老、庄的思想看来，社会应该倡导的是一种普遍的游刃有余状态。王蒙说，过度追求“有用”只会增加社会的血性，将使社会失去理性发展的基石。

总体来看，王蒙认为庄子思想的核心就是游刃有余，为什么可以有游刃有余，王蒙认为庄子强调“通”，老子和庄子喜欢从哲学上总结，孔孟喜欢从道德伦理上总结。传统文化总体归结为“道通为一”，说大千世界、林林总总从根本的存在上、本质上看都是相通为一的，都是整体的大道、天道的一部分。也就是中国的思想理论是要想办法走“通”，庄子更是主张以退为进，以弱胜强，以无胜有。

2020年2月10日

过度市场化的灾难

新冠病毒给全社会带来了巨大的影响，这场灾难之后我们需要反思许多问题，过度市场化也是我们需要反思的。截至2019年，存活着的公立医院1.19万家，而中外私立医院高达2.32万家，占据了医疗卫生系统的大半壁江山。然而，在这次关乎14亿人民健康的重大疫情应急处理中，它们的表现却不尽如人意。武汉疫情暴发后，全国各地的医生纷纷支援，但是去的医生都是公立医院的。10年消灭1300家公立医院，这次还有公立医院，下次靠谁？必须警惕过度市场化的问题。

改革40多年以来，我国在确立了社会主义市场经济，并加速推进市场化的过程中，一种泛市场化的思潮也随之而起，与泛市场化的思潮相伴随的是过度产业化现象。中国经济的转型是由计划经济体制向市场经济体制的转型，但是在向市场经济体制转型的过程中，忽视了市场的边界范围，把市场看成是万能的，在市场神话的推动下造成了过度的市场化和过度的产业化。诸如，教育产业化、文化产业化、学术的产业化、医疗服务产业化等。从过度产业化来看，人们对于产业化的理解存在着危险的认识误区，简单地将产业化等同于商业化。这种过度的产业化现象，滋生了一系列的不良风气，制约了市场经济的有序运行，引起了人们的普遍关注。

医疗卫生服务的市场化是过度市场化的典型表现。医疗卫生服务事关人民群众的身体健康，然而从20世纪90年代开始面对广大人民群众的医疗费用支出暴涨，因病致贫、无钱看病的事例从时有发生变成了普遍现象。由于医疗卫生的产业化，有关医疗产业利润丰厚的产品，引来了无数投机者进行“医疗产品开发”，导致了医疗机构中的大量商业贿赂，医院的医生和管理人员，在从事医疗服务和药械购进中收取生产商、销售商的提成、回扣。为了降低成本谋取最大利润，很多这样的投机者在连最起码的卫生条件都不具备的情况下盲目开工，造成“医疗市场化”的现象四处泛滥。

医疗卫生的市场化使人民群众的社会福利水平降低，加大了社会的不公平和不和谐。“医疗市场化”把“救死扶伤”和“人道主义”这一医学界的基本规则抛到了九霄云外，给医生这一崇高的职业笼罩上了阴影。医疗卫生的市场化使我国的医疗体系出现了极度的异化，给人民健康带来了巨大危害。市场化提高了正规医疗机构的门槛，于是各种江湖游医、不规范的个体诊所遍布大街小巷。再加上有关部门缺乏必要的监管，这些诊所多数变成了不具备起码的医疗条件和医疗知识，专事骗钱的机构，给人民生命健康带来了很大危害。

我们发展市场经济是要发挥市场机制在资源配置方面的有效作用，但是市场经济不是万能的，市场化和产业化是有边界范围的，与此相适应，不是所有领域都能按照市场化原则进行产业化，要从理论上搞清市场化的边界范围，在政策法律上明确产业化的边界。这次严重的疫情告诉我们，从全社会的利益出发，必须解决过度市场化问题。从医疗卫生行业来看，大力加强制度建设，把“医疗卫生市场化和产业化”转变为“医疗卫生事业化”，从制度上保证医疗卫生事业健康发展。要进一步深化医疗卫生体制改革，按照政事分开、管办分开、医药分开、营利性与非营利性分开的方向，坚持政府主导、社会参与、转换机制、加强监管的原则，建立符合国情的医疗卫生体制，为广大群众提供安全方便有效合理的公共卫生和基本医疗服务。国家必须调整与提升医药产业结构，提高制药业技术准入门槛，严格药品管理部门的评审、审批、资质认定，健全药品价格管理体制与监管。

2020 年 2 月 10 日

金石可镂

疫情期间许多事情都中断了，唯有读书、写文章和临帖始终没有中断。特别是临帖，我把章草的经典碑帖在这个阶段全部临了一遍。临帖的闲暇时间，我又把所有的图章整理一遍，装了整整一大盒子。实际上，过去很多年在临帖学习书法的同时，我也画国画，也篆刻，但是画画和篆刻费时间，没有坚持，唯有书法坚持了四十余年，几乎没有中断过，近二十年来用工尤勤。

早年我自己篆刻，书法用印都是自己治印。中学阶段，没有章料，从河边找出青白石，自己磨成图章样式，自己篆刻。20 世纪 80 年代末，大学期间我在跟随师大曹鸿远先生学书法的同时，见到曹老师自己治印刻图章，特别是他用钢锯条折断做刻刀治印，我也学着自己治印。买篆刻的图书、买材料，买钢锯条自制刻刀进行篆刻。给自己治印，也给同学朋友治印，给系里几位老师刻藏书章。去年几十年不见的老友，发来微信，把当年我给他刻的图章发给我，我很惊讶自己当年的功夫。但现在已经退化了。

后来陆续认识一些书法同好，同好者给我治过一系列的印章。进入 21 世纪后，我常去书院门购买章料、纸张等，因此结识了一个摆摊治印的，聊得很投缘，高兴之余特意给我刻了一对图章，一个巴林石的闲章，我用了很多年。特别是那枚闲章，内容是曹鸿远先生发明的词语“味书索是”，用九叠篆字所刻，我一直到现在还在用。2003 年左右，西大学报编辑部约我写一篇文章，相约给1500元稿费，文章发了，领了稿费。学报一位老师要求给我刻一方图章，他用雅安石刻的，字体为铁线篆，小巧精致，到现在也还在用，我给了他1200元。

2007年经济学基础人才培养基地建设工作会议在福建师大召开，当时我任经济系主任去参加会议，福建师范大学给每个人的礼物是一对寿山石的阴阳对章，刻好了每个人的姓名。由于福州是寿山石的产地，章料质地不错，但是刻工一般，这方图章我主要用于藏书用章。2011年我去银川上课，见到了EMBA首届班的赵满平，他是银川村镇银行的行长，我带他们去欧洲游过学，关系很好。他来看我，给我带来了两件礼物，一件事贺兰石砚台，一个是贺兰石的一方图章，图章很大，是一般图章的三倍，刻得也非常好，这方图章是我在写八尺或者六尺书法时用的。

西安市社科院科技处朱利民处长是我的老朋友，多年关系很熟，他也治印。2016年秋季，他帮我治了一套印，条件是写字来换。MBA学员王向平是我的学生，毕业以后多年不见，有了微信后，我见他常常在微信中发一些篆刻的图章，我问了情况，得知他爱好篆刻，近几年长进很大。忽一日打电话给我送来一套刻好的图章，刻的也非常好，但是章料一般。

2017年李丰庆介绍我认识了文博学院的张懋蓉先生，先生的父亲就是金石专家，张老师继承父业从事文字学的教学研究。李丰庆让张老师给我刻了一对图章作为生日礼物送给了我。张老师的图章让我爱不释手，现在一直在用。图章用金文大篆所刻，非常古朴，古意丛生，近年来写章草，用这方印特别好。今年我认识的收藏界的马骏先生，给我介绍认识了书院门一个刻图章的老狼师傅，他让这位师傅给我所管理的“西部经济发展研究院”刻了一个篆体的图章，非常细致。认识老狼师傅后，我让他给我也刻了一副对章。由于聊得投机，连料带工才收了200元。

把所有的图章汇集在一起，擦洗干净，整整装了一木盒，看着一大盒子各色各样、大大小小、各具特色的图章。我想起了一个成语“金石可镂”，语出《荀子·劝学》：“锲而舍之，朽木不折；锲而不舍，金石可镂。”

意思是只要坚持不停地用刀刻，就连金属和石头这样坚硬的东西也可以雕刻成花饰。篆刻的道理告诉我们，任何事情都需要坚持不懈的努力，有恒心，有毅力，才能把事情做成功。

2020 年 2 月 17 日

回归课堂教学的本真

现在本来已经到了开学时间，但因为新冠疫情，大中小学幼儿园都没法开学，于是一些学校，包括大学、中小学在内都纷纷通过网课、微课来实施教学。联想最近几年，随着网络技术的发展，慕课、微课、翻转课堂不断兴起，教学越来越失去了本与真，变得喧嚣浮躁、急功近利、行色匆匆，深深地打上了工业化生产的烙印，散发出“车间”的味道。有些课堂教学正在用越来越花哨的形式装扮着越来越贫弱的内容，疯狂猛烈地“崇洋风”和刮来刮去的“指挥风”，深刻地影响着舆论导向，甚至影响着教学改革的方向。课堂教学是教学的本真，慕课、微课、翻转课堂都只能是教学和教育的辅助形式。课堂教学之所以是教学的本真状态，是因为：

第一，课堂教学提供了知识传递、思维互动的环境和气氛。在课堂教学上，提供了以学生为主体，教师为主导的进行交流互动活动的过程。明确学生的主人翁地位，调动学生学习的积极性，营造热烈如火的课堂。课堂教学强化教学中的交流互动意识，提高学习效率，让课堂熠熠生辉。在课堂教学中以师生为对象，探讨课堂教学活动，促进课堂教学的动态生成，激发课堂教学的生命力，焕发课堂教学的本真色彩。

第二，课堂教学具有默会知识传递的机制。在教学中，教师让学生接受的知识有两种：一是显性知识，即，通过看书、网络传递就可以得到的知识。二是默会知识，也就是只可以意会，而不能言传的默会知识。在这两种知识中，显性知识可以通过网课、慕课、微课来传授，而默会知识只能通过课堂才能传授。上课前，教师要认真备课。在备课中吃透教材、理解知识点，形成教师的默会知识，通过课堂环境，通过师生互动传递给学生。学生通过课后思考、阅读和理解进行二次转化，形成学生自己理解了的默会知识，这样才算达到了教学效果。只有通过课堂教学，教师才能形成默会知识，学生也只有通过听讲、思考二次转化后才能形成默会知识。网课、慕课、微课是不能形成默会知识的。如果可以，全国每一门课程只需要一个教师就可以了，录成录像，大家坐在家里看录像不就可以了，何必花这么多人力物财力去办学校。

第三，课堂教学具有仪式感和庄严感。课堂利用或创设各种仪式来培养和增强学生的仪式感，改变学生学习的状态，进而强化学生学习的积极性和主动性。课堂教学是极具仪式感的教育教学形式，在课堂上伴随着教师一定程度的表情、动作，可以极大地调动学生的学习兴趣和学习的积极性、主动性。课堂教学的意义感、庄重感、认真感、紧张感、在场感和参与感等多种感觉元素激发了学生的思维，产生出教学效果，使学生在庄重、认真和紧张的教学活动中获得了学习的成功感。

课堂教学中的网课、慕课、微课只是课堂教学的辅助形式，它的好处是在课后能够再现课堂教学的情景，回顾和复习学习的内容，使得教学形式多样化。即使这种形式再方便，也不能代替课堂教学，不能改变教育的本质。

2020 年 2 月 17 日

如烟往事俱忘却

在网上看到一幅“如烟往事”章草书法作品，写得高古雅致，章草的味道十足，我便下载下来，临摹几遍。在这幅作品的落款处有两句诗“如烟往事俱忘却，心底无私天地宽”，并标注这是陶铸写给妻子曾志的诗。诗的全名是《赠曾志》，全文如下：

重上战场我亦难，感君情厚逼云端。
无情白发催寒暑，蒙垢余生抑苦酸。
病马也知嘶枥晚，枯葵更觉怯霜残。
如烟往事俱忘却，心底无私天地宽。

这首诗是陶铸在1967年至1969年两年多的圈禁中，写给夫人曾志的。诗的大意是：我想重新回到战场上去杀敌是很困难的事了，感受到大家对我的情谊真的是太深厚了。寒暑无情催白了我的头发，蒙受不白之冤的后半生压抑了心中的苦酸。生病的老马也感叹自己卧在马槽间，枯萎的葵花也更加害怕秋霜。往事如过眼云烟都已忘记了，心底无私才能感觉到天地宽广。

从这首诗中，我们要学习到陶铸的胸襟，更重要的是“俱忘却”，忘却对痛苦是解脱，对疲惫是宽慰，对境界是一种升华。在人生中如果我们把所有成败得失、功名利禄、恩恩怨怨都牢记在心中，让那些无聊事永远萦绕于脑际，那就等于背上了沉重的包袱，就会活得很苦很累。如果我们善于忘却，就会感受到心境的愉快和精神的轻松。正像陶铸所说：“往事如烟俱忘却，心底无私天地宽。”忘却成功，才能走向新的开始。忘却失败，才能勇迎新的挑战。忘记遗憾，才能活得更加潇洒快乐。

日本山下英子2009年出版过一本书《断舍离》，该书主要讲述了山下英子提出的新概念：断等于不买、不收取不需要的东西，舍等于处理掉堆放在家里没用的东西。离等于放弃对物质的迷恋，让自己处于宽敞舒适、自由自在的空间。叙述了“断舍离”的含义，让读者了解并做到“断离舍”。该书还记录了如何做到断舍离的具体过程——从断离舍的思考模式到领悟断离舍的思想到真正进行断舍离。断舍离是一种生活范式，是一种生活哲学，是生活的减法哲学，减去多余的物品，认清自我，磨砺感知的本能。断舍离是对过往的一种告别，也是当下的一次新的开始。断舍离的真正的快感是让我们超越世相，进入精神世界里的宁静和愉悦。这种断舍离实际上也就是忘却的过程。

严重的疫情让行动不自由，但是驻足的同时却让心住了下来，使人由外向内反思自己，修整自己的身心。过去的很多年我们好高骛远，心急赶路，等到时间匆匆流逝，现在静下来回头看过去发生的点点滴滴。殊不知我们丢掉了最为珍贵的当下。脚踏实地的我们才有资格仰望星空，去追求自己所喜欢的事情。

曾国藩曾经说，“既往不恋，当下不杂，未来不迎”。既往不恋就是对于已经过去的事，我们不要再留恋，因为这些事情已经无法改变。当下不杂是指当下的事情才是我们人生中最珍贵的，不要思前想后，要保持心绪平静不杂乱。未来不迎，是告诉我们未来的事情变化莫测，没有人可以预测，我们不要刻意去迎合它。

每天早上，坐于窗前，听着悠扬的古琴，喝着香味浓郁的茶，看着窗外灿烂的阳光，我在想多年来我们就像永无休止的陀螺，为了名利、为了生活、为了事业而奔波、劳碌。原始于内心深处的那些单纯、明快，也就在生活的快节奏、重压与琐碎中渐渐消失，取而代之的是麻木、冷漠、忧郁。疫情给了我们安静，这种安静是让心安的安静，心安即是归处。独坐窗前，当阳光洒在我身上，当风儿掠过天空，听窗外树上鸟儿明快的叫声，听着悠扬的音乐，品着淡淡的茶香，快乐不需要理由，让生活归于简单，让人心平平淡淡，这世界静寂而美好。正如张籍诗：“此处吟诗向山寺，知君忘却曲江春。”

2020 年 2 月 18 日

落日熔金　暮云合璧

静待家中隔离疫情，小区不能出去，院子里也不能自由闲转，唯有楼顶是一个好的去处。每日锻炼身体，只能从一楼爬到十八楼的楼顶透透气。下午读书、写文章很累，五点多从一楼一口气爬到十八楼，从楼顶的西门处，抬头望去，落日的景象吸引了我的目光。夕阳西下，落日的余晖射向白云之上，沿着白云的边缘散射出去，形成一块块火烧云，整片天空霎时明亮了起来，一块块火烧云层次分明，颜色由西向东逐渐变淡。落日的余晖与天边的晚霞相互辉映，很是壮观。

落日很美，一轮圆圆的红色的太阳挂于西边的天际，开始是金光闪闪，后来就像一团燃烧的火焰，慢慢地向西山下移去。太阳的边缘染上了一片金色的光辉，霞光四射，西边一幢幢的楼房就像披上了一层金色的纱，一片片金色云霞分外耀眼。夕阳西下，天空就像被抹上了一层橘红色的颜料一般，半个天空都是橘红色的，就像是一条美丽又轻柔的绸带。李商隐说，“夕阳无限好，只是近黄昏”，而叶剑英元帅却认为，“老夫喜作黄昏颂，满目青山夕照明”。

“万壑有声含晚籁，数峰无语立斜阳”，远处的秦岭好像披上了一层美丽的金色外衣。我站在楼顶的西边观赏着落日的景象，落日的颜色，一会儿是白加红，一会儿是金黄色，一会儿半红半黄，真是五彩缤纷。一时间无数句诗词涌上了我的心头：“落日熔金、暮云合璧，人在何处？”“大漠孤烟直，长河落日圆”“落日登楼，谁管领、倦游狂客”“落日澹芳草，烟际一鸥浮”“落日熔金万顷，晴岚洗剑双锋”……

站在楼顶向西南望去，红彤彤的落日、暮霭中的远山、村庄、楼房、树木相互辉映，这时候夕阳西下的世界就像一幅美丽的油画：在远山的尽头，渐渐地收敛了它的光辉，由银色变成金色，又慢慢地变成血红色，像一个圆圆的盘挂在西方的天际。“苍山如海，残阳如血。”夕阳把周围的云慢慢染成金黄色，然后是玫瑰色，接着变成了血红色，最后给世界镀上了金色。这时天变得高了，地变得阔了，光秃秃的树木也露出不屈的枝丫，平静地刺向苍穹；远处村子里淡淡的炊烟若有若无地给山川披上一袭紫色的纱衣。太阳也一寸寸地向远山沉去，露出一片玫瑰色，由远及近由亮变淡，变成一线。最后一抹晚霞已经融进冥冥的暮色之中，天色逐渐暗下来了，四周的群山，呈现出青黛色的轮廓，暮色渐浓，大地一片混沌迷茫，进入寂静的状态。

极目远眺，远处的一切都已经模糊了。我依然凝视着远处的天际，心还深深地陶醉在这落日中。“千嶂里，长烟落日孤城闭”，寒风骤起，夜幕逐渐降临，大路上的路灯逐渐亮起来，路上没有一个行人，但依然是灯火通明。

“谁念西风独自凉，萧萧黄叶闭疏窗，沉思往事立残阳”，落日来过，我也曾来过。太阳落了，明日又会升起，太阳每一天都是新的。在日出日落的循环中，我们所追求的得到后，终将归于平淡。逝去的终将悄悄逝去，或许在不经意间就披上了无奈，这也许是生活的哲学。

2020 年 2 月 18 日

法于阴阳　和于术数

疫情期间，中西医两派发生了争论，似乎中医发挥了更大的作用，实际上中医是中华文化的精粹，中医是治病救人的模式，西医是商业模式。中医衰微，西医泛滥，医疗机构的私有化和过度市场化也是近二十年来的事情。

中医被边缘化的思想根源在鲁迅，中医没有看好鲁迅父亲的病，鲁迅便把他父亲的死怪罪到了中医，批判中医不科学，自己跑到日本学西医，最后也没有学会。从理论基础上来说，中医衰微的原因是中国哲学被批判，中医的理论基础是中国哲学的阴阳五行学说，目前从事中医的人大多不懂或者不精通阴阳五行学说，中国古代的知识分子都懂中国哲学，凡是读书人都会看病，中国哲学认为“医为仁术”“医若判案”。所以刘力红先生在《思考中医》（广西师范大学出版社）一书中指出中国哲学认为医为通业，并非职业。张仲景认为作为读书人必须担负起“上以疗君亲之疾，下以救贫贱之厄，中以保身长全，以养其生”。从行业基础来说，中医衰微的原因是药材质量下降、炮制技术丢失、人才传承缺失等。中医衰微的科学基础是所谓西方科学主义谬误流行的结果，认为中医没有科学基础，拿西方原子主义、分子主义、实用主义来评价中医。其实中医是有理论基础的，这个基础就是阴阳五行学说，基本原则是调和阴阳。用西方哲学思想来说就是系统论、整体论、系统耦合学说。

“调和阴阳”就是使阴阳有序，《汉书·贡禹传》：“调和阴阳，陶冶万物，化正天下，易於决流抑队。”“调和阴阳”指调整人体阴阳的偏盛或偏衰，恢复其相对平衡状态，如寒热温清、虚实补泻、解表攻里等。阴阳平衡则身体健康，失衡则身体不健康。阴阳平衡，身心安宁，阴阳失衡，疾病乃生。阴阳离决，生命乃决，这个是总则。

阴阳平衡包括：一是寒热的平衡。寒是伤阳的，热是伤阴的，我们需要很好地维持寒热的平衡。二是气血的平衡。气属于阳，血属于阴。气是构成人体最基本的物质，血则具有营养和滋润全身的作用。气虚可导致血虚，血虚无以载气。气血平衡对于身体健康尤为重要。三是燥湿平衡。住宿环境、饮食、运动等引起燥湿失衡导致身体不适。调和阴阳就是要教大家“法于阴阳，和于术数，饮食有节，起居有常，不妄作劳。”瘟疫也是阴阳失衡造成的，阴阳失位，寒暑错时，是故生疫。中医的最高境界是养生，养生的最高境界是阴阳平衡。调和阴阳就是顺应自然规律，调整人体阴阳的偏盛或偏衰，使二者协调合和，恢复其相对平衡。

《易经·系辞上》中指出：“一阴一阳之谓道，继之者善也，成之者性也。仁者见之谓之仁，知者见之谓之知，百姓日用而不知，故君子之道鲜矣。”《黄帝内经》中说：“阴阳者，天地之道也，万物之纲纪，变化之父母，生杀之本始，神明之府也。治病必求于本！”调和阴阳的思想不论是中医治病，还是社会治理，这种传统文化的基本思想是要传承的。文化自信是中华传统文化的自信，文化自信当从中医开始。

刘力红先生在《思考中医》中说：“上古圣人的教化，不是让我们去开医院，更不是把所有的二甲医院变为三甲医院，而是教会大家‘虚邪贼风，避之有时，恬淡虚无，真气从之，精神内守，病安从来？’。”这是很深刻的。

2020 年 2 月 19 日

昆明观鸥

春城昆明是一个令人留恋的地方，常去常新。这里气候适宜，四季花开，生活节奏慢，能够彻底放松心情。今年去昆明多一些，感受特别多，而特别有感受的地方是在昆明观赏海鸥。昆明观海鸥有两个去处，一是翠湖，二是滇池。

第一次去昆明开会，地点在老城区，第一天开会发完言后，第二天一大早就没有事情了。早上外出散步，门口问当地人翠湖的远近，当地人告诉我，只有 6 公里。于是我就打车直接去了翠湖。翠湖是清康熙年间云贵总督范承勋、巡抚王继文在湖中建了海心亭，形成翠湖基本格局，资料记载唐继尧时在湖中筑有东西堤和南北堤，把湖一分为四，湖中有海心亭，西侧有观鱼堂，东南有水月轩，被誉为“城中碧玉”。翠湖水光潋滟，绿树成荫，是一个好的去处，每次到昆明，我都会来翠湖。每年冬季来翠湖可以观鸥，每年的 11 月到第二年 3 月，雪白的红嘴鸥成群地从遥远的北方飞到这儿过冬，一年一度，从不间断。“翠湖观鸥”已成为昆明热门的景观之一。

此时的北方已是冰天雪地，但是翠湖中残荷犹在，湖边绿柳依依，银杏树黄得耀眼，空气湿润，很是惬意。翠湖上的海鸥特别多，天空中密密麻麻的红嘴鸥，飞起来时铺天盖地，很是壮观。银光闪闪的湖面上，水在晃动，海鸥在翻飞，它们在水中嬉戏，梳理着羽毛。湖边观鸥的人很多，家长带着孩子喂海鸥，我独自一人沿着翠湖边漫无目的地行走。湖边有卖鸟食的摊贩，买来面包样的鸟食可以诱惑海鸥到你手上来叼食。海鸥盘旋着在这里争抢着游人抛向空中的食物。当人们将面包抛向天空时，海鸥备起双翼，一拥而上，霎时间，湖面上宛如飘起一片片白色的流云。忽然一群海鸥翩然而落，落在湖边的栏杆上，周围仿佛下了一场白皑皑的雪。这些可爱的小精灵给翠湖冬日增添了别样的魅力！

第二次去昆明，会议地点在呈贡，这是昆明的新区，环境非常好，就是离翠湖太远。会议间隙，我问了云南大学的朋友，他们说这里离滇池比较近，也可以去滇池观海鸥。约好三人打出租车去滇池，很快就到了滇池边，冬季的滇池，虽然不冷，但是没有暖意。滇池与翠湖比，要开阔得多，西山如黛，滇池浩渺。看着浩瀚的滇池，我不由得想起孙髯的天下第一长联：

“五百里滇池，奔来眼底。披襟岸帻，喜茫茫空阔无边！看东骧神骏，西翥灵仪，北走蜿蜒，南翔缟素。高人韵士，何妨选胜登临。趁蟹屿螺州，梳裹就风鬟雾鬓；更苹天苇地，点缀些翠羽丹霞。莫辜负四周香稻，万顷晴沙，九夏芙蓉，三春杨柳。

数千年往事，注到心头。把酒凌虚，叹滚滚英雄谁在？想汉习楼船，唐标铁柱，宋挥玉斧，元跨革囊。伟烈丰功，费尽移山心力。尽珠帘画栋，卷不及暮雨朝云；便断碣残碑，都付与苍烟落照。只赢得几杵疏钟，半江渔火，两行秋雁，一枕清霜。”

已近黄昏，偌大一个滇池游人很少，显得很清静。滇池边上，入眼而来的全是白色的红嘴鸥。红嘴鸥身姿娇美，体态轻盈，它们时而翱翔于天空，如鹅毛般飘舞；时而伸展银翅，在碧空中盘旋，扶摇而上；时而飞落湖面，在水中自由游弋；时而驻足栏杆，或悠闲晾翅，或闭目养神，或低头觅食，或追逐玩耍，柔情飘逸、楚楚可人。稀稀零零的几个游人在拍照，或在给海鸥喂食。忽然我也来了兴致，去买了三个面包，来喂海鸥。我把面包抛向天空，红嘴鸥轻松地在头顶上盘旋，轮番扑向洒在天空的面包，捕到面包后才欢快地离去，急速从我们身旁划过，展示着美丽的身姿。红嘴鸥极通人性，好像知道这里的人不会伤害它们，一点也不怕生。有的大大方方地从我手中叼走面包，不时发出“啊——啊——”的叫声，轻轻地、柔柔地扑楞着翅膀。

站在海埂大坝边上，滇池波浪翻滚。徜徉在花岗石地面上，欣赏着湖光山色，不时抓拍几张照片，真是舒服极了。抛掉城市的喧嚣，亲近自然，让人倍感亲切，对生活充满希望。

2020 年 2 月 19 日

冬游晋祠

晋祠是山西太原著名的标志性景点，凡是来太原都要到晋祠一游。早年在中学语文课本中学过梁衡的散文《晋祠》，对晋祠有所了解。可惜几次到太原，行色匆匆，都未及到晋祠一游。本次课题组在山西大学开会，会后陪老师到晋祠参观。

晋祠位于太原市区西南 25 公里处的悬瓮山麓，为古代晋王祠，始建于北魏，是后人为纪念周武王次子姬虞而建。如今的晋祠已经扩建为园林公园，免费向社会开放。晋祠景区目前已是唯一集中国古代祭祀建筑、园林、雕塑、壁画、碑刻艺术为一体的珍贵的历史文化遗产。主通道周围有许多亭台阁楼穿插其中，曲廊蜿蜒、古树苍劲，清泉潺潺。沿中线有水镜台、胜瀛楼、金人台、水母楼、鱼沼飞梁、飞越坊、献殿、圣母殿等。太原的初冬，天气晴朗，阳光明媚，但是温度很低。

虽是初冬，但是晋祠的游人还是不少。走进晋祠堂大门，先映入眼帘的是一棵棵古树，树干树皮龟裂，枝干虬劲，略显稀松的树冠向人们显示饱经岁月的风霜。进门迎面映入眼帘的第一座古建筑就是水镜台，其背面是一座坐东朝西的明清古戏台。沿着中轴线，修建了近百座殿、堂、楼、阁、亭、台、桥、榭。

晋祠有三绝，第一绝是最古老的建筑圣母殿。该殿始建于宋代，为供奉纪念姬虞之母邑姜而建。殿中邑姜居中而座，神态庄严，雍容华贵，凤冠霞帔。圣母殿主要绝在宋代的雕塑和木雕，殿中彩色泥塑姿态各异，栩栩如生，三十多尊侍女像或梳妆、或洒扫、或奏乐、或歌舞，形态各异，一颦一笑，举手投足都带给人们无尽的遐想。宋代铁铸武士像的阳刚之气与宋塑侍女的阴柔之美，形成鲜明的对照。塑像形象逼真，造型生动，情态各异，被宋代雕塑艺术和服饰的研究者视为珍宝。殿前柱上的宋代木雕盘龙是我国现存最早的盘龙殿柱，八条龙各抱一根大柱，怒目利爪，周身风从云生，一派生气，虽经千年，鳞甲须髯，叫人叹服木质工艺精巧。第二绝是周柏和唐槐。在圣母殿的侧旁有一棵形如卧龙的老柏树，向南斜倾，这就是周柏。树干劲直，树皮皴裂，顶上挑着几根青青的疏枝，偃卧在石阶旁。古柏之绝首先是这株树虽然历经数千年，但依然苍劲挺拔，品位不凡，枝干云舒屈曲，树影扶苏有致，半躺半卧，不拘一格。其次是古柏下面又长出一棵翠柏，义不容辞地撑住了倾斜的古柏。另一侧的唐槐老干粗大，虬枝盘曲，一簇簇柔条，绿叶如盖。微风拂动，一派鹤发童颜的仙人风度。周柏和唐槐相互映衬，形成第二绝。第三绝是难老泉。晋水的三个源泉之一是难老泉。难老泉是三泉中的主泉，晋水的源头就从这里流出，由于水流长年不息，水温保持恒定，所以叫难老泉。泉上有亭，亭上悬挂着清代著名学者傅山写的“难老泉”三个字。尽管已经是冬天，但是“难老泉”的泉水喷涌而上，一片秀色环翠拥簇。

参观完三大景点，时间原因我们准备从侧门而出，过了难老泉，经过一大片银杏林，初冬天气，银杏叶子已经金黄，从远处看去，就像是天边升起了一抹金色霞光。走到树下，从近处看一片片黄叶，在北风中簌簌飘落，给地面铺上了一层“金毯”。我们经过树下，恰好一阵秋风吹过，银杏叶纷纷扬扬地从树上飘落下来，宛如无数只金色的蝴蝶在空中漫天舞动，叶片如黄蝶飞舞，在我们头上盘旋，很是壮观。

晋祠是集中国古代祭祀建筑、园林、雕塑、壁画、碑刻艺术为一体的唯一而珍贵的历史文化遗产，以大量的古建筑、雕塑、碑刻、壁画、古树名木显示了其精致与厚重。回来的路上，大家都认为晋祠应当花一天时间细细地游走，可惜由于时间原因我们只能跑马观花地参观。

2020 年 2 月 19 日

心存敬畏　行有所止

瘟疫是一种因果，是一种大自然对人类的报复，也是人们缺乏敬畏心而导致的结果。由于缺乏敬畏心，人们开始相信“人定胜天”。人们钻法律空子，对法律、制度和规则缺乏敬畏之心。学术作假，妄自做大，对知识缺乏敬畏心。

敬畏是人类对待事物的一种态度。“敬”是指“恭恭敬敬”的心态。“畏”指“担心”，表示既敬重又害怕，对神圣的事物的敬畏是从内心中出发对其事物既尊敬而不敢逾越界限。中华民族的传统文化想来推崇“敬畏”二字，儒家孔子认为“敬畏”二字是君子与小人的分水岭。他认为：“君子有三畏：畏天命，畏大人，畏圣人之言。小人不知天命而不畏也，狎大人，侮圣人之言。”道家老子认为“敬畏”二字是防止行差踏错的“安全带”，是在暗夜中前行的“指明灯”。佛家认为：“唯知有因果报应轮回生死之事，则其心惕惕然，唯恐其有恶因而罹恶果耳。遂于举心动念所作所为，不敢肆无忌惮，任意所为。虽在暗室，如临帝天。”在佛家看来，“敬畏”二字是我们能在天地之间得到善终的不二法宝。

敬畏是人类对待世间万事万物的一种态度。只有心存敬畏，才会走得远，走得稳。南宋大学者朱熹在《中庸注》中说：“君子之心，常存敬畏。”告诫人们要常存敬畏之心。《菜根谭》里说：“自天子以至于庶人，未有无所畏惧而不亡者也。天子者上畏天，下畏民，畏言官于一时，畏史官于后世。”曾国藩在《诫子书》中说：“慎独则心安，主敬则身强，求仁则人悦，习劳则神钦。”表明心怀敬畏之人，才有危机感，才能知方圆、守规矩。知道该干什么，不该干什么？哲学家康德曾说：“有两种东西，我对它们的思考越是深沉和持久，它们在我心灵中唤起的惊奇和敬畏就会日新月异，不断增长，这就是我头上的星空和心中的道德定律。”

作为科学家要心存敬畏，才能尊重规律。作为科学工作者，无论是自然科学工作者，还是社会科学工作者，手握着最先进的科学技术和话语权，更需要有敬畏之心，否则将会给人类社会带来灾难。从自然科学来说，技术进步是一把双刃剑，在科技进步的同时一定要注意科技伦理和技术进步的负效应。作为社会科学工作者来说，社会不能做实验，建言献计不可盲目。为政者只有心存敬畏，才能走得长远。心有敬畏，以戒为师，有所戒才能有所成。“看权要自重，掌权要自省，用权要自律。普通人心存敬畏，才能自律。一个人只有学会自律，才会慎独慎微。心存敬畏，才会拥有立身处世的智慧。

“敬畏心”体现在各个方面：一是敬畏自然。人类应该从根本上转变理念，再也不要宣称什么“征服自然”，应该敬畏自然，爱护自然。当人类欢呼对自然的胜利之时，也就是自然对人类惩罚的开始。二是敬畏规则。在规则面前，人人是平等的。敬畏规则简单来说就是遵纪守法，敬畏规则，才能行止有度。三是对知识的敬畏。敬畏知识才能保持永无休止的探索精神，才能有如饥似渴的求知欲，才不会故步自封。因为敬畏，所以才善于学习；因为学习，所以才善于进步。一个学者一定要对知识有敬畏之心。在治学的路上，每个人永远都是学生。四是敬畏人心。敬畏人心就是敬畏良心，良心汇聚产生感情、智慧、觉悟、境界、认知、理解等基础条件，敬畏人心，做事才能讲良心，不妄为。五是敬畏因果。有原因必然有结果，有结果也一定会有原因，这就是因果律。佛家认为因果报应，真实不虚，万事皆空，因果不空。善有善报，恶有恶报，这是人们最认同的因果论。敬畏因果，一心向善。真诚做人做事，不与人争执，力所能及地去帮助别人。

2020 年 2 月 19 日

倚南窗以寄傲

为疫情所困，不得外出，每日只能独倚南窗。我家在一楼，我的书房有一个南窗，南窗下是我品茶、读书、思考的所在。“倚南窗以寄傲，审容膝之易安”，倚着南窗寄托我的傲世之情，更觉得这狭小之地容易使我心安。

正月的天气已接近初春，但是并没有那么惊艳，每一天我站在窗户前，窗外天空高远，景象变换。从开始没有树叶的横斜着枯枝，草地金黄，衰草连天。逐渐随着立春之后地气的逐渐变暖，横斜着的枝丫上冒出了绿芽，衰草连天的草缝中逐渐透出了绿意。“双瞳如小窗，佳景收历历”，窗户如同画框，站在南窗下的我是赏析者，窗外的景色、阴晴变化，但是不变的却是作为画框的窗户。窗如同眼睛，为心灵提供镜像，也为我们引入空气和阳光。

每天早晨，拉开窗帘，清晨的阳光从窗子里透了进来，生出了光与影的变化。我一大早起来，烧水泡茶，临帖一个小时。听着悠扬的古琴，把茶喝的浑身通透之后，开始早上的阅读和写作。“读尽一编书，南窗朝日杲。”读累了、写困了，回到窗前，品茗赏景。近日春雨来临，早上拉开窗帘，春雨润如酥，窗外的树枝、草坪湿湿的，“料得南窗下，清风满鬓丝”。把窗子打开一个缝隙，略带寒意的空气慢慢地流进来，清新、细润，正所谓“向南窗听雨，澜翻墨客，北亭恋月，笔走诗神。倚竹听琴，逢花倒榼，更得放晴游冠春”。

正午阳光从窗帘的各个缝隙挤进房间，散漫在地面上。倚在窗前，我便懒懒地化在了这和煦里。特别是中午吃过饭，阳光射进南窗，窗前的兰花、海棠等尽情地享受阳光，加紧做光合作用。我也斜靠在藤椅上，闭目养神。“南窗枕书卧，醉眼看山横”，一任阳光暖暖地照在脸上、洒在身上，温温地、热热地，有时候竟然能迷迷糊糊地睡去。

黄昏时分，夕阳西下，落日融金，金色的晚霞临空四射，霞光万道，云霞生辉。落日的余晖斜射在窗边，熠熠生辉。“南窗高卧看云生，日暮回风动紫荆。”我很喜欢黄昏的落日，天气晴朗的时候，我常常静静地坐在南窗前，透过南窗庄严地审视那落日。落日的黄昏，从南窗望去是一种凝重的美丽，是一种沧桑的美丽。残阳如血，美得有些沧桑，静得很是有些凄凉。落日不在震撼中迸发，只在悄然中隐去。消褪一日的繁华，将最后一点余热，灿烂地壮烈地展现在落日的余晖里，明媚回眸的瞬间，留下最美好的容颜。

夜晚在飘动的窗帘的陪衬下，南窗之下的书、香茶、笔墨让我们享受这世间的风物。“南窗月满。绣被堆香暖。苦恨春宵更漏短。”有月亮的时节，“开尽南窗借月看”，煮一杯清茶，闲坐南窗下，窗外月影如纱，朦朦胧胧，随风飘飘洒洒。风过南窗，月过南窗，而今独自书笺忙。

我有南窗，向南而开的书房南窗。夏日不被暴晒，冬天不受北风之寒，采天然适合的光。感谢瘟疫，关在家中月余，体味“南窗”情趣，咏“南窗”而寄思，倚南窗以寄傲。南窗虽然隔了空间，但是又连接了空间，在不同的空间里，南窗见证了疫情期间生活的流转。朝朝暮暮，日复一日。“倚南窗以寄傲，审容膝之易安。”倚着南窗，依靠傲然自得的心境，圈在屋里几十天似乎也很是舒坦。

2020 年 3 月 3 日

梅花枝头春意闹

居家隔离防疫在家，好久不出小区，已经不知道城外季节的变化。疫情转好，小区的隔离有所松动，进出有些自如了，就想着去大自然中透透气。网上搜索，发现有人介绍周至县的丹阳村有千亩梅林，但是导航之后，有些远。忽然看到有人介绍长安唐村也有梅花，于是相约一游。

驱车沿着环山路向东，来到环山路唐村的路口，谁知道路口防疫封锁不让进，没有想到城里的小区已经进出自如了，远郊之外的农村竟然管得如此之严，辗转疏通后，保安终于同意放行了。进了检查站，沿着一条大沟向北行进几公里，就来到了一个大的停车场，停好车子，开始在停车场的周围闲转。周围的樱花开了一些，但是周围有一大片桃树，花还没有开。向北望去，远远看见北边一片红，原以为是桃花，穿过栏杆之后，才发现这是一大片灿烂的梅花，茂盛地开着红梅，在阳光下分外耀眼。我们兴奋地冲入梅林，急切地欣赏这灿烂的梅花。我见到最好的梅花是日本天守阁和南京的梅山，本来和南京大学的师友相约开春之后去南京梅岭赏梅的，结果疫情影响不能成行了，没有想到在长安的秦岭下竟然看到这么一大片的梅花。

梅林所在之处地形是一个有起有伏的丘陵状，缓缓起伏，但不高，一株株的梅树分布在小小的丘陵上。树底下是绿色的草坪，草坪上是红红的梅树。绿绿的草坪、缓缓的沟陵，暖暖的阳光，这些组合起来构成了独特的风景。爬到丘陵的顶上，四面望去，这里梅花开得正盛，远远地就能闻到一股细细的清香，直沁入人的心肺。这里的梅花全是红梅，只有少许几株白梅，远远地看去，“一岭皆梅树”，只见一株株梅树笔直地挺立在草坡上。那红梅像是被颜料染过似的，鲜艳夺目，“红梅挂高枝”，一片一片的红梅树看起来就如同一丛丛火苗在跳跃，令人震撼。走近梅树旁，梅花是桃红色的，形状像玫瑰，看起来似乎很像冬天开的桃花。“梅花枝头春意闹”，在褐色的枝干间，点缀着朵朵如血一般的红梅，像是繁星点点，又像是无数只红色的蝴蝶停歇在树枝上面。凭高远望，满树的红梅一团团、一簇簇。正如苏轼诗句所写“携手江村，梅花飘裙。情何限，处处消魂”。

在秦岭脚上，看到这一大片的梅花，很是意外，也很是欣喜。梅花是吉祥幸福的象征，被寄寓了传春报喜、吉祥平安之意，今天见到这么灿烂的梅花，我们一定会有好运气。古人认为梅具四德：初生蕊为元，开花为亨，结子是利，成熟时为贞。后人则认为梅花五瓣象征五福，即快乐、幸福、长寿、顺利、和平，这一大片的梅林一定会带我们好福气。

赏完梅花，大家说可以去唐村的村子里看看。长安唐村农业公园是西北首家获批中国农业公园的共建单位，也是陕西省农村综合改革试验区。整个村落中老旧的土坯房已经在保留原有风貌的基础上进行了现代化改造。古寨区、文创区、艺术区、梅园、二十四节气园等区域使人眼前浮现出一幅唐时“诗酒花茶”的惬意生活画卷。整个村子改造得很整洁，既有乡村田园牧歌般的宁静，也有园林式的优雅。村子中一派春天的景象，金黄的迎春花、鲜艳的梅花，古树掩映，绿柳成行，高大的皂荚树上飘着密密的红丝带。大家说不虚此行，不仅赏到了红梅，而且还看到了古村落的改造。

2020 年 3 月 8 日

山桃烂漫花如海

惊蛰时节，天气晴朗，下午相约外出，趁着隔离放松的机会外出透透气。在微信中，看见有人发了大府井村看花海照片，非常壮美，于是相约去大府井村。

雁引路附近有一个大府井村，这是明秦王墓遗址，花海就在府井村明秦王墓遗址旁边。这里距离学校非常近，开车从韦郭大道一直往东，半个小时就来到了大府井村，隔着马路就看到了明秦王墓的土堆和周围的花海。可是去里面的路全部被封上了，据说是因为昨天人来得太多，影响防疫，于是村长派人四处封锁了去花海的道路。

我们把车停到了马路旁边，走进一个停车场，看见有人从里面看花回来。经过出来的人指点，我们从停车场里面的房子旁边的缺口钻入树林中。树林中全是山桃树，非常茂密，树叶还没有长出来，花都开在树尖上。我们在树林中穿行了好长时间才找到了路，从路口出来就看到了秦王墓遗址。出了树林，很快就登上了秦王墓遗址土堆顶上。墓冢上长满了杂草和野枣树，一条小路一直通往墓顶，我们顺着小路爬了上去。站在高高的墓顶上，南望巍峨的秦岭依稀可见，北眺西安市区的繁华尽在眼底，东边地势稍高，远处的杜陵被茂密的树木披裹起来，高大的身躯遮住了我们远眺的视线。站在顶上，四处望去，四周一圈圈的粉色花海，好震撼、好壮观。

这片花海位于西安城南著名的少陵塬上，少陵塬有著名的汉宣帝杜陵和明十三代秦王陵，这里村名是“酒井十八寨，个个有由来”。隆起的秦王墓遗址的小土包就是观赏樱桃花海的最佳位置。这里的花海实际上就是在秦王墓遗址的周围种了一圈山桃花，据说有280亩。每到春天山桃花盛开，这里就成了一片花海。花海那么大、那么远，一朵朵花在和煦的春风中摇曳着，散发着诱人的香味，高歌着世界的芬芳。由于面积比较大，看起来就非常壮观，网友把这里称为现实版的“三生三世十里桃花”。我们站在高处可以一览粉白花海，四处转换方向用手机拍照，但因为山桃花花开高枝，花朵又密又小，颜色淡雅，用手机完全拍不出其如云的气势。

我们正站在秦王墓遗址上欣赏似锦的繁花、如云的花海，就听见土堆下有人大喊。原来我们钻进来被村干部发现，他们来驱赶了，只好依依不舍地从土堆顶上下来，从树林中返回马路上。

由于慌不择路，从树林中钻出来的时候，忘记了原路，从另外一个工厂中出来了。刚走到房子旁边，两条狗一大一小冲我们汪汪直叫，大狗是拴着的，小狗没有拴，直往人身上扑，很是吓人。同行者有经验，他告诉我们，要懂狗的心理，不要怕、不要跑、不要理，连狗看都不要看，昂起头来往前走。大家按照他的要求，根本不理狗，狗叫着叫着也就不叫了，经过了有狗的路边。拐了一个弯，马上就要出来了，结果又冒来了一个大狗，又是非常凶恶，我们也还是按照刚才的策略，既不理狗也不看狗，不慌不忙地从旁边出了大门。真是涨了见识，原来处理恶狗的态度竟然是如此简单，只要淡定，保持自身的定性，只要瞧不起恶狗，狗也就觉得没意思了。我想起了贾平凹的散文《不能让狗说人话》中的一段话：狗能听懂人话，人却听不懂狗话。狗话只是反复着两个音：“汪”。其实人世间也有如同这些恶狗一样的人，只不过我们太在意这些如狗的人，这些恶人就更加恶。通过这次对付狗的经历，我明白了，不要太过在意恶人。瞧不起他，他也就索然无味了，太过在意只会给自己徒增烦恼。

从大府井村回来，如云花海留在我的脑海，而且处理恶狗的经验也成了一个不错的收获，永久地留在记忆中。

2020年3月8日

居家三十余日

一场突如其来的疫情，隔离在小区三十余日，这是多少年都没有过的情况，也是此生一个永久的记忆。

年前政协会议开了整整一个星期，开完会已经元月 19 日。我在开会，妻子与女儿开车去宝鸡妹妹家把父母接到了西安，我开完会忙碌了一些应酬基本就到了年关。接近年关，突然网上各种消息就铺天盖地而来，新型冠状病毒日益严重了。大年三十中午，我们一家和父母、岳父母在长征酒店聚餐时，进酒店要测体温，进出门要戴口罩，我就感到疫情已经严重了。

大年初一，一大早吃过饺子，我们全家去了一趟子午峪，一直走到金仙观。初二打算去沣峪口，走到山口，路已经封锁。我们只好沿着环山路去古观音禅院，走到去寺院的路口，路也被封闭，同样不让进了。初三、初四两天天气比较好，两个下午都去了浐河公园散心。初五开始我们居住的小区就封闭了，从此就没有出去过，居家隔离三十余日。

这三十多日，是从未有过的清净，从未有过一家人从早到晚在一起，从未有过和父母一起亲密地生活这么长时间，从未有过这么大块自己支配的时间。在这段时间里有规律地生活、有规律地锻炼身体，有规律地读书、有规律地临帖，有规律地写书、做课题、写文章。从未有过如此的清静，清静地听音乐、清静地品茶、清静地反思过往、清静地总结过去、清静地思考未来。

这三十多天，是工作以来父母来我这里待得时间最久的一次。工作以后，每年寒暑假都回去看看，最多在家里也就住三两天时间。每次接父母来西安，他们都待不过一周，就闹着要回去。这次竟然待了三十多天，尽管他们也曾闹着要回去，但是具体情况的限制没有办法回去。这三十多天，尽心伺候，换着花样，一天做三顿饭。最近隔离松动，把父母送回了老家，剩下我们自己，做饭也没有过去认真，也没有过去准时了。

这三十多天，生活最规律，有了足够的时间和机会调节身体。过去几年过于拼命，身体透支很厉害，血压、血糖等都比较高。人也胖、体重也比较大。这三十多天，没有了应酬，有了足够的时间休息和锻炼。每天早上七点多起床外出走路或者跑步，中午吃过饭外出散步、晚上十点以后小区没有人，独自或者约熟人一起快走。特别是每天坚持爬楼梯，从一楼爬到十九层，坐电梯下到负二层，再走上一层回家。从初十开始，又进行辟谷，每天只吃煮白菜、黄瓜，直到正月十五恢复一天只吃一顿主食，到后来逐步恢复。体重降了6公斤，血压、血糖都恢复得非常好，自己也感到非常轻松。

这三十多天，成果最多。每一天伺候父母吃过饭，他们看电视或者看书，我就读书写文章。三十天独自完成了八篇论文，审校过两本翻译的调节学派的书，并为两本书写了序言。校对了三本书稿，组织完成了《黄河流域高质量发展战略研究》的课题。阅读了许多书，包括专业的、哲学的、历史的、文学的、书法的、中医的，写了一大本读书笔记。特别是每天晨起，临帖不断，把厚厚的《章草传帖》临了三遍。

这三十多天是清静的，每一天都有足够的时间，早中晚喝三道茶、把我收集的紫砂壶拿出来，把玩、养护、欣赏、愉悦心情。我这几年我自己篆刻的、别人帮我刻的，我花钱请人刻的图章全部取出来，一个一个擦洗干净，整理得清清楚楚，仔仔细细地欣赏。

春天的步伐一天天临近了，每天看着窗外，草地开始绿了，树开始发芽了，花也逐渐开了。我们每一天都在看新闻、看微信，盼着疫情早日结束。但是我希望“不作春风之得意，能对严冬而常青”，也很希望这平静的日子在未来能够保持。

2020年3月9日

半山桃花撼春风

从微信上看到环山路上的红叶李已经盛开，在如此优美的景色诱惑下，我和友人相约去环山路一游。早上九点半准时集合出发，经由子午大道直奔环山路，到了环山路，发现山花已经盛开，环山路两边完全是花的世界，越走越好看，越走越漂亮，春天的环山路走到哪里都漂亮。特别是环山路两边的红叶李，开得明媚而灿烂，路两边简直就是两堵花墙。行走在花墙中间，眼睛是舒服的，内心是愉悦的。

快到王莽乡，路上车子渐渐多起来。今天天气好，外出透气的人还是很多的，王莽街办的环山路上还有些堵车，但是基本能够通行。过了王莽街道，朝环山路的两边望去，桃花盛开，远远就可以看到，很是吸引人。我们找到一处容易停车的地方，穿过红叶李的花墙，进入桃花园中。桃园中的桃花面积比较大，树也是老树，修剪得也比较好，如大鹏展翅，枝枝遒劲，深红的花儿开在树枝上，繁盛地开着。盛开的桃花非常吸引人，深红的桃花、绿绿的麦田、鹅黄的柳树、金黄的油菜花，与如黛的远山交相辉映，简直是一幅绝美的国画。我们兴奋地在桃园中变换位置，不断地照相，真想把这满园的美景全部照下来。我发了一组照片，标上题目“陶令不知何处去，桃花源里可耕田？”在桃园里欣赏美景，几个月紧张的封闭在小区中，第一次如此放松地欣赏景色，很是放松，我又发出一组照片，标上题目“久在樊笼中，复得返自然”。大大的桃园，灼灼的桃花，如同在黄药师的桃花岛上，我一高兴又发出一组照片“桃花影落飞神剑，碧海潮生按玉箫”，发出的微信照片引来许多点赞。

从王莽乡往前走，环山路两边到处都是人，两边红叶李的花墙，很是壮观。车在中间行走，两边的花墙不断地向后退去，车子如同行走在花海中。一路走到汤峪，坐在大街边上的羊肉泡馍馆，要一碗小炒泡馍，舒服地吃一顿，这是几个月以来吃的最舒服的饭了。吃完饭，大家相约去二龙塔看桃花，二龙塔周围是一坡的桃树，每年盛开时，很是壮观。

从汤峪一路返回，到二龙塔的村口看桃花，穿过村子，来到了桃园的深处。这里从半山腰沿坡而下全是桃园，村子底下是一大片的桃园围绕着村子，从村子底下向二龙塔的山上望去，层层叠叠一片红晕，像抹在山坡上一样，站在桃园中，人在花海里，真是如同在桃花源中，“半山桃花撼春风”。我发出去一组照片，标上一个标题“愿做桃花源中人，不知有汉，无论魏晋”。我们从山坡下向上爬去，走到半山腰，回头来看，桃园尽收眼底。整个村子四周全是桃花，但是在这里看山下，很有层次感，红色桃花、绿的麦田、金黄的油菜花，和暖的春风，赏心悦目。

转瞬间严冬逝去，尽管疫情远没有结束，但是春天已悄悄地来到人间。“桃之夭夭，灼灼其华”，回望半山的桃花，“半山桃花撼春风”的画面还是深刻地留在了脑子里。

2020 年 3 月 22 日

《金刚经》里面讲什么?

《金刚经》是佛教中流通最广、名气最大、影响最大的一部经典。《金刚经》全名叫《金刚般若波罗蜜经》。从《金刚经》全名内容来看，佛经就是将佛一生所讲的法，结集成经藏保存下来。金刚的含义是坚硬，比喻实相般若，也就是真如自性，随缘不变，不生不灭。般若是梵语音译，意思代表智慧。但这个智慧，不是普通的智慧，是我们真如本性中本具的那种智慧，所谓佛知佛见。波罗蜜指的就是自性本性，不生不灭，本来如是的彼岸。《金刚般若波罗蜜经》连起来的意思就是如金刚一样锐利的大智慧，帮助众生到达涅槃彼岸，也就是表明这部经所阐述的内容，是佛教最高深的智慧。南怀瑾先生写过《如何修证佛法》《〈金刚经〉里面讲什么？》，读过这些书，我们总结来看，《金刚经》讲了三个方面的核心问题：

一是所有相皆是虚妄。

《金刚经》里有句非常著名的话：凡所有相，皆是虚妄；若见诸相非相，即见如来。佛说，世间我们所看到的一切都是因缘和合而生、因缘和合而灭，都不是真实的存在，都是假相，都是虚妄不实的，包括我们的身体也是如此。因为一切都是假相，都是空的，所以我们不要执着，要借假修真。凡是所有一切的相，都要将它当成是虚妄的，只要不去执着它，就会产生智慧。

二是所有皆是无住。

《金刚经》里说，“一切有为法，如梦幻泡影，如露亦如电，应作如是观”，世间上一切因缘和合而生的法，都如梦幻泡影般无常虚幻，这一点我们应该看破。既然一切终究是空，何须将其挂怀，何须将其留在心头。“应无所住，而生其心”，内心不挂任何事情在心头，而生其心，生什么心？生清净心、欢喜心、慈悲心、平等心、菩提心，即佛心。也就是我们应该不受色、声、香、味、触、法的干扰，保持一颗清净心，无所挂碍，把握住当下这一念，物来则应，物去不留，随时随地心无所住，这样才能见到真心本性。就如《般若波罗蜜多心经》里说的：心无挂碍，无挂碍故，无有恐怖，远离颠倒梦想。心里没有挂碍，就没有忧苦，远离一切颠倒妄想，常得清净、自在，得究竟解脱。

三是所有皆是名相。

名相意思是耳可闻者曰名，眼可见者曰相。我们一般都会认为我们眼睛里看到的、耳朵里听到的，就是实实在在的感知和现象，其实它们只是名相而已。所有皆是名义上的相，并不是事物的本来。因为事物本来也是虚妄不实的。虽然一切皆是名相，但是我们只有通过这些名相，才能看到真实的相。因此，不要着名相，只有见到诸相非相，才能见到如来清净自性。

《金刚经》的核心，无非就是这三句话，三句话归结起来就是要降伏其心，悟透福报无边。佛说一切法，为度一切心；若无一切心，何须一切法。万法不离其心，一切唯心造，就如《六祖坛经》里说的那样，“菩提自性，本来清净；但用此心，直了成佛”，意思是在修行的过程中，做到不着相，心头不住任何事。这就是所谓“定而能生静，静而能生慧”。有了定和静便不会有那么多的人我分别和烦恼，才得让内心得究竟的解脱、清净和大自在。因为心不能止住，有很多执迷取舍，有很多欲念妄想，所以才不能住。心有所执就会有禁锢、有畏难、有贪恋，无所执才能无所取、无所畏、无所迷，这样心才有所用有所觉。所以“不住见相，不住得相，见诸相非相，则见如来”。

《金刚经》最后一个四句偈：“一切有为法。如梦幻泡影。如露亦如电。应作如是观。”“一切有为法，如梦幻泡影”。梦幻泡影是叫你不要执着，不住。梦幻来的时候，梦幻是真，当梦幻过去了，梦幻是不存在的；但是梦幻再来的时候，它又俨然是真的一样。只要认识清楚，现在都在梦幻中，此心不住，要在梦幻中不取于相，如如不动。“如露亦如电”，早晨的露水也是很短暂的，很偶然地凑合在一起，是因缘聚会，缘起性空。

2020 年 3 月 23 日

春日迟迟木香花开

“刹那断送十分春，富贵园林一洗贫”，不知不觉已至暮春。姹紫嫣红转眼之间就变成了草长莺飞，一夜之间房前屋后的所有树木都绿了，小区里除了几株盛开的牡丹，花儿几乎都开败了，从多姿多彩一下子变得绿意盎然。

走在小区的院子中，前几日繁花似锦的春天不见了，一派春日迟迟的景象。突然发现家门前广场上的亭子和长廊上绿藤被白花覆盖，宛若一个大的花廊。越接近亭子，花香越来越重。长廊上爬满了绿色青藤，青藤上满是白色的花，远远看上去，一丛丛，一束束，雪白雪白的，像一团团雪球。妻子用识花的手机软件识别以后告诉我这是木香花。看过很多书中描写木香花，读过汪曾祺的散文《木香花》，今日才见到了真正的木香花。

远远看去，长廊上繁盛的木香花像一层厚厚的雪，一片白茫茫的。远看整个长廊的花，像极了白色瀑布。近看每一枝上都有三五束，每一束上都有三五个花苞，大小不一，散发出淡淡的香。翠条纵横的藤荫里，一波又一波的花蕾，按先上后下的次序、渐次从高处往下绽开，灿烂无比。密密麻麻的木香花浑身是白色的，白色的花瓣中是金色的花蕊，在晨光下闪着醒目的光，沁人心脾。站在木架搭成的花架下，抬头看去木香花的枝条长长地垂落，有三米多长，从木架上垂下，花开一串串的。小小的象牙白的花朵密密匝匝缀在嫩绿的枝条上，犹如碧绿修长的精灵在白雪里纷飞舞蹈。木香花在昆明以及南方比较多，汪曾祺先生的散文中多处写过木香花，都是写昆明的木香花。汪曾祺先生的散文中用“浊酒一杯天过午，木香花湿雨沉沉”的诗句来描写木香。宋代张舜民曾经写过两首《木香》的诗第一首写道“庭前一架已离披，莫折长枝折短枝。要待明年春尽后，临风三嗅寄相思”，写木香可以寄相思。第二首写道“广寒宫阙月楼台，露里移根月里栽。品格虽同香气俗，如何却共牡丹开”，写木香香气虽然俗，但却与牡丹同时开。

妻子告诉我，院子里还有一株木香花，不是白的，是黄色的，也很好看。我同妻子、女儿一起去后面的长廊看黄色木香花。快到木香花的长廊前，远远就看到长廊上一大片黄色的花儿。木香花是蔷薇科的藤本植物，远远看上去和蔷薇没什么两样，叶片圆圆，但是它那种千朵万朵压枝低的小花，以及倾巢而出的阵势是很震撼人的，我想喜欢黄色木香的人可能是被其独特的气质所吸引了。走近看，黄色木香花有单瓣和重瓣，花小形，多朵成伞形花序，黄色似锦，气质高雅，而且花香比白色木香重，香味醇正，被人称为“法国香水”。黄花灿烂，芳香宜人。在花的家族中，开黄色花儿的不多，除过连翘以外，大概就是黄木香了，虽然花不大，却铺天盖地，像首诗，像幅画，像一幅背景墙。站在木香花花架前，闻着淡淡的木香花味，看着满簇的木香花，久久舍不得离去。

我回到家里，查阅了相关的资料，才知道木香别名木香藤，又名十里香或者七里香，是一种攀援小灌木植物，也是一味中药。清代李渔认为“蔷薇宜架，木香宜棚”。即蔷薇适于搭架，木香适于搭棚，理由是木香的条干长而且柔软，可长到六米，甚至可长到十米之外，这是木香宜于搭棚的主要原因。其花密香浓、没有尖刺，搭棚既可方便藏身，又可以闻香味，因此中国古代小说中多把木香棚写成偷情处。

我家住在一楼，家里客厅的北窗直对着白木香的花廊。从窗子望出去，木香花修长的枝干附着叶子伸展着、相拥着，一簇又一簇自成一体，铺天盖地开着，与枝干、玉叶和谐地交织着，似一首无声的诗、立体的画，成为小区暮春时节的一道风景。

2020 年 4 月 11 日

偶做林间客

离常宁宫不远的地方，有一个“林间山庄”比较有名，而且离学校不远。出东门南行不远，再向东拐进一条乡间小道，直行再南拐，就来到了“林间山庄”。到了之后，我才知道“林间山庄”是建在一个大的杨树林子里的类似于农家乐，但又比农家乐高级的一个所在。这是一块比较大的杨树林，在树林间修了一个山庄，整个山庄主要由四个部分组成：外院用餐区、内院用餐区、树林休闲区和动物养殖区。

外院用餐区是在露天的树林下，搭建了一些长条木板桌，在树林里长条木板桌有几十个，一溜儿摆开，大家可以在树下的长条木板桌上吃饭、喝茶。树林休闲区是在外院用餐区南面的树林里，这里可以烧烤、可以搭帐篷，是一些可以自由活动的地方，据说周末有人带小孩来，搭一个帐篷，可以玩一天的。在外院用餐区和树林休闲区的中间地带，有一些动物养殖区，有些动物是圈养的，有些是散养的，有兔子、火鸡、孔雀等。

内院用餐区是整个“林间山庄”最别致的地方，也是这里的精华区域。进入一个古色古香的大门就进入了内院，内院的地面是几十个磨盘做成的通道，北面是一个三层小楼，一层门前放了很多架子，架子上放了很多奇石、木雕，特别是一些多肉的植物。二楼的东面是一个大的露台，站在上面可以看到南山、以及外院用餐区域。西面是春夏秋冬四间房屋，可以用作住宿。三层也是住宿区，宽大的玻璃窗户，很是别致。沿着磨盘做成的小道向南面，有几个独栋的小屋，每一个小屋就是一个包间，这样的大包间大概有四五个。西边又是一个二层小木楼，一层里设置有三张大的桌子，可以容纳二三十人一起用餐，可以开会、研讨，西面的墙上有一排书架，放满了书，很有些书卷气。二楼的南面是一间可以用作住宿的房子，紧挨着的北边部位是一大的露台，露台上有遮阳伞，伞下有桌子、椅子，坐在这里可以吃饭、喝茶，可以欣赏田园景色，可以观看日出日落，可以远观南山。院子的中间是一个大的露台，如同亭台，亭台上有遮阳伞、桌椅。院里分布着许多参天大杨树、柿子树，房屋、露台都在大树掩映之中，大门旁和几个木楼旁边有几棵大的柿子树，初秋的天气下，红色的柿子、叶子泛着黄色的高大挺拔的杨树，都给山庄抹上了多姿多彩的颜色，很是有些味道，不仅能看到，似乎也能闻到。院子里不时有古琴的声音飘来。遮天蔽日的浓荫、曲径通幽的小道、各种各样的木楼、高低错落有致的露台，和着悠扬的古琴形成一道别致的风景，不仅养眼，而且沁润心脾。

“林间山庄”别致之处不仅仅在于其内部的设置，而且最令人快乐的是外围全是一片田园风光，四周被农田所包围。特别是几十亩的稻田形成了“林间山庄”独特的风景。店主人告诉我稻田里的水是天子峪流下来的水，这里种的是长安县的“桂花球米”，柳青在《创业史》中所写的“梁生宝买稻种”的故事就发生在这这里。抬头远望，低处的田地里，稻谷快熟了，绿绿的稻叶上稻穗已经有了金黄金黄的颜色，每一只稻谷的穗子上都挂着金黄的稻谷米粒，如同金黄色桂花球，这个稻田好像是谁在地里铺上一层厚厚的金子，一阵阵秋风吹来摇晃着稻谷，使沉甸甸的稻穗有节奏地波动着，形成千重浪。远望开来，村庄、绿树、翠竹、金黄的稻田、如黛的远山，组合成一幅绝美的风景。

行走在林间、吃饭在林间、观景在林间、养心在林间“远山寒烟翠、暮望白云合。偶作林间客，喜看稻菽黄”，偶作林间客也是一种别样的风景和别样的心情。

2020 年 10 月 5 日

文学作品的价值观

陈彦的小说改编的电视剧《装台》的热播引起了人们的关注，我也加入到追剧的行列，基本看完了这部电视剧。学校宣传部也给了一套陈彦获得茅盾文学奖的作品《主角》，中午休息时，打开这本书，一下子被它吸引了。关上办公室的门，一口气读到了晚上。

《主角》中作者以扎实细腻的笔触，尽态极妍地叙述了秦腔名伶忆秦娥近半个世纪人生的兴衰际遇、起废沉浮，以及其与秦腔及大历史的起起落落之间的复杂关联。《主角》讲述了一个名叫忆秦娥的女演员随着改革开放从放羊娃到烧火丫头再到配角直至主角奋斗过程的沉浮史。小说中忆秦娥令人记忆深刻的是她的奋斗精神，正是一股奋斗精神使忆秦娥走出偏远的小山村，一跃成为县剧团的台柱子。正因为秉持一种生命不息、奋斗不止的精神，忆秦娥才一步一步从 B 角到 A 角，从 A 角到无人能撼动和取代的主角，成为无可争议的秦腔皇后。作品不仅非常注重语言运用、提炼和升华，让阅读者在欣赏人物、故事的同时感受到了语言的魅力和风采。更为重要的是，作品非常励志，让人看到了生活的艰辛和不容易，以及在艰辛和不容易中的奋斗精神。同样地，有些作家名气很大，作品多如牛毛，但是很多都读不懂，作品追求稀奇古怪、光怪陆离，不知所云，给人没有什么精进的激励。由此我想到了文学的价值观和文学的意义。

文学意义主要在于作家把自己的情感融入作品里，让读者读完之后能够引起共鸣，进行一次精神上的洗礼。文学是语言文字的艺术，是社会文化的一种重要表现形式，是对美的体现。文学作品是作家用独特的语言艺术表现其独特的心灵世界的作品，离开了这样两个极具个性特点的独特性就没有真正的意义了。周作人在《中国新文学的源流》中，将中国文学的传统归纳为“载道”与“言志”两脉，认为“载道派”总是追求人间大义或宇宙大道，自韩愈之后，便没有多少好的作品。而“言志派”的则忠于情感，独抒灵性，古往今来有名的文学作品多源于此。

作家要用文学作品说话，而文学作品要有独特、鲜活的人物来支撑。在悠长、璀璨的文学长廊里，每一个鲜活、独特、难以忘怀的人物，都是作家人生经历、精神追求、内心情感的映衬。习近平总书记也曾说：“要注意把社会主义核心价值观日常化、具体化、形象化、生活化。”这说明要用文学人物去表现核心价值观。小说人物是虚构的，但小说人物的精神，必须要清晰，要体现正确的人生观、价值观。小说是虚构的，但历史是真实的；虚构的小说，必须要有一根历史的精神长绳贯穿始终。

伟大的作家，其价值观也越清晰，路遥的作品因为具有积极向上和催人奋进的内在精神气质，其生命力已远远超出了同时期的许多作品。作品富有思想，对社会和生活，历史和现实有着独到的体验，是传统文化、道德和价值观的实践者和坚守者。柳青的作品记录人民的伟大实践、时代的进步要求，彰显信仰之美、崇高之美，作品有筋骨、有道德、有温度。陈彦的作品以浓郁的乡里人意识关注弱势群体，以都市平民阶层个体的家长里短为表现对象，形象地展示社会进步与时代发展过程中不可或缺的人的发展和人格的健全，进而折射出时代的进步。

孔子在《论语》中说：“吾道一以贯之。”在今天，我们的文学作品要发扬“一以贯之”的孔子式价值观精神。文学的价值观根本还是要遵循文艺创作规律，构建经得起时间和历史检验的人格精神图谱。而我们有些作品为了所谓的走向世界，用中国的故事去套西方的价值观，这是非常悲哀的。文学作品一定要有价值观，为中华文明形成一些有价值的积累。

2021 年 2 月 9 日

正大气象

中国书法协会换届，取法“二王”经典，书宗传统渊源的女书法家孙晓云接任中书协主席。新一届书协立志清理丑书，还书法国粹以传统。一个时期以来，书法界丑书盛行，书法的正大气象没有了，新一届书协清理丑书，还书法的正大气象是一件快事。

书法不仅是才情的艺术，更是学养之艺术，最终上升至人格之艺术。见风骨、见精神、见人格，才是书法的正道。书法作品欣赏价值的核心是审美的愉悦审美与审美的引领，因此书法必须有正大气象。书法欣赏中的正大气象，既是客体审美的情绪体验，亦是书法作品所呈现的笔墨效应。

书法是精神的外化，品位有高下。好的书法作品，必定有正大气象。书法必须彰显正大气象，体现时代精神。所谓正，反映在书法上是法度正、气韵正、思想正；所谓大，反映在书法上是气象宏阔、书风雄浑。在韵、法、态、势、意等方面各有开拓，在时代的审美风尚中呈现正大气象。书法之法的高标准严要求，才会造就正大气象，呈现堂堂正正、大大方方的气象。这种正大气象表现在不同方面：一是在系统层面，书法作品能表现出兼收并蓄融会贯通，能表现出山容万物海纳百川的胸怀，能表现出艺术的模糊性与神秘性，产生高山仰止景行行止的观想。二是在学养层面，知识与兴趣是正大气象的底蕴。完整的知识结构，超前的学术观念，新颖的实践方法，是雅性高奇识量冲远的前提与保证，是推陈出新继往开来的前提与保证。三是在主体层面，字的正大气象源于人的正大气象。正是微观上的严谨，细节决定成败。大是宏观上的建树，目标决定流程。正是合于法度，大是舒展开朗深邃高远，表现为明净简约，飘逸空灵。

正大气象的生成，在于书法家思想人格正大。柳公权所谓的“心正则笔正”，黄庭坚所言的“学书要须胸中有道义，又广之以圣哲之学，书乃可贵”，意味着书法不仅是舞文弄墨，还是“修身齐家治国平天下”的胸襟和责任的体现。正大气象的生成，还在于书法家创作格局正大。作为中国精神承载体，中国画和中国书法都不只是技术，而是文化。历代书家都在严守法度的基础上，于大疏大密、变化统一、平正险绝的节奏中创造大境界，给人积极向上的审美熏陶。宋徽宗提出的“神”“妙”“逸”“能”四品排列，一种是按明清文人的“逸”“神”“妙”“能”四品排列。

要写出正大气象，书法家当正确认识书法艺术、深研书法传统，认真学习先贤治学之道，临其经典、悟其精神，即在掌握传统法度和美学意蕴的基础上着力提振作品的“精气神”，对如石涛所言“于墨海中立定精神，笔锋下决出生活，尺幅上换去毛骨，混沌里放出光明”，由此成就书法艺术内在精神品格。

在中国新世纪的书法创新上，我强调守正创新之路，即在“正”的上面求“新”，其所表现出的基本美学特征是“正大气象”。“正”是强调对中国书法传统精神的把握；所谓“大”，意在标举大气磅礴的雄浑书风。标举正大气象和正大书风对中国书法的传承发展有重要的意义。

2021 年 2 月 23 日

时来风送滕王阁

滕王阁是江南三大名楼之一，与湖北武汉黄鹤楼、湖南岳阳楼并称为“江南三大名楼”。早年背诵过王勃的《滕王阁序》，时常按照王勃的描述想象滕王阁的盛景，一直无缘登临。来江西南昌参加活动，我便让在南昌工作的学生带领我去登临滕王阁。

滕王阁为当时任洪州都督的唐高祖李渊之子李元婴所建，坐落于赣江与抚河故道交会处，依城临江，气势雄伟。滕王阁主体下部为象征古城墙的高台阁座，高台上建造滕王阁，抬眼望去各层都有十几个檐角向上翘着，仿佛是展翅欲飞的孤鹜，使滕王阁远远望去非常有气势。高台阁座由两层阁座构成，第一层为平台，上到第二层就到了主楼阁第一层的门口，主楼入口处两旁的柱子上是毛泽东主席所写的“落霞与孤鹜齐飞，秋水共长天一色”的楹联。主阁一层檐下有四块横匾，正东为“瑰伟绝特”九龙匾，内容选自韩愈的《新修滕王阁记》；正西为“下临无地”巨匾；南北的高低廊檐下分别为“襟江”“带湖”两块巨匾。

滕王阁是“明三暗七”格局，从外面看是三层带回廊，但内部却有七层。台座以上的主阁是三层带回廊建筑，内部共有七层，分为三个明层、三个暗层及阁楼，每一层都有精美的壁画。第一层西厅是阁中最大厅堂，西梁枋正中挂着“西江第一楼”金匾。第一层正厅有一表现王勃创作《滕王阁序》的大型汉白玉浮雕《时来风送滕王阁》，将滕王阁的动人传说与历史事实融为一体。大厅边上放置着礼器、编钟、编磬，看着这些盛唐的乐器，耳中似闻盛唐之音从远处传来，余音悠扬，朦胧而又清晰。上到第二层，最显眼的是正厅墙壁上的大型长卷壁画《人杰图——江西历代名人》，图中描绘了历史上自先秦至清朝末年的八十位江西籍名人，东晋田园诗人陶渊明、唐宋八大家中的欧阳修、王安石、曾巩，南宋理学家朱熹都在画中，看着壁画我很惊叹南昌这块土地真是“人杰地灵”。壁画中各个名人栩栩如生，大师身影如在眼前，平仄之声犹在耳畔。第三层是一个回廊四绕的明层，也是阁中一个重要层次。这一层绘有壁画《临川梦》，表现的是汤显祖戏剧《临川四梦》：《牡丹亭》《紫钗记》《南柯梦》《邯郸记》的意境。第四层的壁画是主要体现“地灵”的主题。正厅的墙壁上是《地灵图》，体现的是江西自然景观，如庐山、井冈山等，看着壁画，江西的山山水水尽收眼底。

第五层是明层中的最高一层，在滕王阁五楼的西厅墙壁上悬挂着的磨漆画《百蝶百花图》，是为了纪念滕派蝶画的鼻祖滕王李元婴而制作的。五楼正中有一个天井，再往上是最高层的歌舞楼台“九重天”。外面是一个回廊四绕的明层，是凭栏骋最佳处，漫步回廊，眺望四周，高楼大厦尽收眼底，山水之美皆成背景。廊檐下悬挂着四块金匾，内容出自《滕王阁序》，北面的巨匾内容是“北辰高远”，东面巨匾内容是“东引瓯越”，南面是“南襟三江”、西面是“西控蛮荆”。站在回廊上极目四望，视野无遮无挡极其廾阔，远有西山叠翠南浦飞云，近有江水苍茫舸渡。触景生情，王勃《滕王阁序》中“落霞与孤鹜齐飞，秋水共长天一色”“层峦耸翠，上出重霄；飞阁流丹，下临无地”“渔舟唱晚，响穷彭蠡之滨；雁阵惊寒，声断衡阳之浦”名句不断闪现在脑海。此情此景，抑制不住地想抒发“老当益壮，宁移白首之心；穷且益坚，不坠青云之志”的豪情。

王勃写《滕王阁序》有一个美妙的故事：王勃赴聚南昌，遇到大风，船在马当遇阻。但是夜梦水神以风相助，一夜船行七百里，赶到了南昌，在滕王阁的聚会上写出了名篇《滕王阁序》，所以后人用“时来风送滕王阁”，我也期望游了滕王阁以后，也有“时来风送滕王阁”的好运气。

2021 年 3 月 17 日

此地空余黄鹤楼

黄鹤楼是“江南三大名楼”之一，位于湖北武汉长江南岸的武昌蛇山之巅，濒临万里长江，自古享有“天下江山第一楼”和“天下绝景”之称。去过武汉很多次，但是没有去过黄鹤楼，这次去武汉大学开会，会议间隙抽空去登临黄鹤楼。

黄鹤楼以“黄鹤”为名有两种说法，一是原楼建在黄鹄矶上，后人念“鹄”为“鹤”，以讹传讹遂成事实。一种是“仙人黄鹤”传说。据传说，此地原为辛氏开设的酒店，一道士为了感谢她千杯之恩，临行前在壁上画了一只鹤，告之它能下来起舞助兴。从此宾客盈门，生意兴隆。过了十年，道士复来，取笛吹奏，道士跨上黄鹤直上云天。为纪念这位仙翁，便用十年赚下的银两在黄鹄矶上修建了一座楼阁，取名“黄鹤楼”。

黄鹤楼离武汉大学不远，打车十多分钟就到了。我们买票以后，从东门穿行而上。一进入东门，便看见一个池子，整个池子呈椭圆形状，起名叫鹅池，传说王羲之在这里放过鹅，人们为了纪念他，便把这里叫鹅池。鹅池旁边有一个亭子，亭子中有一块大碑石，碑上刻着一个大大的草书“鹅”字。

鹅池的上方是毛泽东诗碑亭，碑的正面是毛泽东的《菩萨蛮·黄鹤楼》“茫茫九派流中国，沉沉一线穿南北。烟雨莽苍苍，龟蛇锁大江。黄鹤知何去？剩有游人处。把酒酹滔滔，心潮逐浪高”。背面是毛泽东手书《水调歌头·游泳》：“才饮长沙水，又食武昌鱼。万里长江横渡，极目楚天舒。

不管风吹浪打，胜似闲庭信步，今日得宽馀。子在川上曰：逝者如斯夫！风樯动，龟蛇静，起宏图。一桥飞架南北，天堑变通途。更立西江石壁，截断巫山云雨，高峡出平湖。神女应无恙，当惊世界殊。”

经过了毛泽东诗碑亭和奇石馆后，上了台阶，左边是搁笔亭，据传诗仙李白不久也登上黄鹤楼，被壮观的景色所打动，诗兴大发正欲题诗，见到壁上崔颢的题诗，遂搁笔，并说“眼前有景道不得，崔颢题诗在上头”。右边是崔颢题诗碑，崔颢的黄鹤楼诗句立即出现在我眼前，“昔人已乘黄鹤去，此地空余黄鹤楼。黄鹤一去不复返，白云千载空悠悠。晴川历历汉阳树，芳草萋萋鹦鹉洲。日暮乡关何处是？烟波江上使人愁。”这首诗刻在石崖上。顺着台阶往上走，就可以看见黄鹤楼，远远望去黄鹤楼是一座高大、雄伟、无比美观的五层楼阁，矗立在蛇山之上。金色琉璃瓦屋面，攒尖顶，层层飞檐，四望如一，各层大小屋顶，交错重叠，翘角飞举，仿佛展翅欲飞的鹤翼。

走进黄鹤楼的正门，抬头望去，顶层挂着一个大匾，上书“楚天极目”四个大字，一层也挂着一个匾额，上书“珠卷乾坤”。进入大门，第一层大厅的正面墙壁，是一幅表现“白云黄鹤”为主题的巨大陶瓷壁画。四周空间陈列历代有关黄鹤楼的重要文献、著名诗词的影印本，以及历代黄鹤楼绘画的复制品。两旁立柱上悬挂着长达数米的楹联：爽气西来，云雾扫开天地撼；大江东去，波涛洗净古今愁。二楼大厅正面墙上，有用大理石镌刻的唐代阎伯理撰写的《黄鹤楼记》，它记述了黄鹤楼兴废沿革和名人轶事；楼记两侧为两幅壁画，一幅是“孙权筑城”，形象地说明黄鹤楼和武昌城相继诞生的历史；另一幅是“周瑜设宴”，反映三国名人去黄鹤楼的活动以及节日。走进三楼大厅，迎面即是一幅名为《文人荟萃风流千古》的系列壁画，绘有崔颢、李白、杜牧、白居易、刘禹锡、王维、孟浩然、贾岛、顾况、宋之问、岳飞、陆游、范成大等唐宋著名人物的绣像，并将他们歌咏黄鹤楼的诗词题录旁边。四楼大厅用屏风分割成几个小厅，内置当代名人字画，供游客欣赏、选购。

不知不觉我们登上了顶层五楼，五楼大厅厅壁上有 10 多幅巨型的彩色壁画，绘有黄鹤楼，白云江水，仙人横吹玉笛，骑鹤腾空等。这些壁画以“江天浩瀚”为共同主题，表现长江的自然风光、人文风采及黄鹤楼的沧桑变化。“一楼萃三楚精神云鹤俱空横笛在，二水汇百川支派古今无尽大江流”楹联，悬挂在大厅的红色圆柱上，与壁画相得益彰。走出五楼的大厅，站在五楼的回廊上凭栏远眺，武汉三镇的风光尽收眼底，真的有极目楚天舒的感觉，黄鹤楼在蛇山顶上，与对面的龟山上的湖北电视塔遥遥相对，可以看到“龟蛇锁大江”的景象，长江南有蛇山，黄鹤楼在蛇山头。北有龟山，湖北电视塔在龟山顶。黄鹤楼前是“一桥飞架南北，天堑变通途”的武汉长江大桥在脚下蜿蜒，一艘艘巨大的客货轮在江上航行。近看四周高楼大厦林立、一片片繁荣的街市。与岳阳楼、滕王阁相比，黄鹤楼的平面设计为四边套八边形，谓之“四面八方”。这些数字透露出古建筑文化中数目的象征和伦理表意功能。从楼的纵向看各层排檐与楼名直接有关，形如黄鹤，展翅欲飞。

古人向来有登高赋诗的传统，登高可以博见，古人有“吾尝跂而望矣，不如登高之博见也”。登高也可以放松自己的心情，站在高处，视野开阔，能让人暂时将郁积在心头的愁绪，释放到无限的空间中，愁绪可以得到缓解，以一身疲累，换得心灵的休整与放松。“登高望远自伤情，柳发花开映古城。全盛已随流水去，黄鹂空啭旧春声。”登高还可以发思古之幽情，“把吴钩看了，栏杆拍遍，无人会，登临意”，“人何处，连天芳草，望断归来路”。

登黄鹤楼望远，不一样的风景，不一样的心情。从李白的“故人西辞黄鹤楼，烟花三月下扬州”到崔颢的“昔人已乘黄鹤去，此地空余黄鹤楼”，黄鹤楼见证了生离，也见证了死别。登黄鹤楼，俯瞰大地，总会让我有一种宽广的胸襟，亦有一种关怀天下的心绪。龟山静立，蛇山绵延，长江浩荡，鹦鹉洲芳草萋萋，我在想是谁抹去了岁月的光影，留下了现在斑驳的痕迹。徘徊在黄鹤楼顶层的回廊之上，我深深地感叹苍生万物，万年来千纵万变的神奇。

2021年4月6日

常怀敬畏之心

中国哲学主张人们要“常怀敬畏之心，常怀感恩之情”，从古至今中国人从不缺敬畏，但现代性却似乎和敬畏无法相容，社会越发达，科技越进步，却越来越没有敬畏之心，肆无忌惮成为一种流行的行为。敬畏是对人对事心里面存着敬仰畏惧的情怀，敬畏心是一个人思想灵魂中最基础的素质，也是一种基本的行为准则。

历代先贤有丰富的敬畏学说，孔子说：“君子有三畏：畏天命，畏大人，畏圣人之言。小人不知天命而不畏也，狎大人，侮圣人之言。”他要求我们要对法律、秩序和规则保持敬畏，对社会责任感保持敬畏，同时，尊重自然，善待自然。孟子说，仰不愧于天，俯不怍于人。荀子对敬畏的内容作进一步提炼：“天地者，生之本也；祖先者，类之本也；君师者，治之本也。”后来儒家依此又概括出“天、地、君、亲、师”五者为敬畏的对象。朱熹在《中庸注》中说：“君子之心，常存敬畏。”也是告诫人们，人生在世，应当常存敬畏之心。《菜根谭》里亦说：“自天子以至于庶人，未有无所畏惧而不亡者也。天子者上畏天，下畏民，畏言官于一时，畏史官于后世。”南怀瑾说：“只有两种人可以无畏，一种是第一等智慧的人，一种是最笨的人，可以不要畏。”

敬畏之心包括多层含义：一是敬畏天命，也就是敬畏自然，中国哲学倡导“天人合一”，主张遵循自然规律，与大自然和谐相处，达到“天地与我共生，而万物与我为一”的境界。自然天地万物对人类有养育恩德，我们应发自内心对自然天地怀有敬畏之心。二是敬畏大人。也就是敬畏地位高贵、德高望重的人，对父母、长辈、有道德学问的人有所敬畏。《菜根谭》中说：“大人不可不畏，畏大人则无放逸之心”。意思是说对于德高望重重的人，不能不心存敬畏。因为敬畏他们，自己内心就不会有放松的念头，同时可以发现自己的缺点加以改正。三是敬畏圣人之言。古往今来的先贤圣人，长期以来都是人们尊敬的对象，他们的言论意蕴深远，应当心存敬畏。圣人之言代表的是一种人生哲理和人生智慧，你要敬畏它。敬畏圣人之言，才能知古鉴今、心存敬畏，行有所止。四是敬畏学问。学术乃天下之公器，中国历代学者都十分重视“敬”学问，提倡严谨治学，其中宋明理学家对学问“敬”的重视超过了以往各个时期，程颢提出“识得此理，以诚敬存之”，程颐提出“涵养须用敬”，朱熹则对“敬”的含义提出了自己的独到见解，以畏释敬，“敬只是一个畏字”。“敬不是万事休置之谓，只是随事专一，谨畏不放逸耳。”“敬非是块然兀坐，耳无所闻，目无所见，心无所思，而后谓之敬。只是有所畏谨，不敢放纵，如此则身心收敛，如有所畏。”五是敬畏道德。中国哲学非常崇尚道德，道是宇宙万物发生、发展、变化、灭亡的客观规律，德是按照宇宙万物的客观规律做人做事的准则。心存敬畏而不敢恣意妄为，道德就养成了；心中没有敬畏就会为所欲为。钱穆先生认为：“当知学问与德性实为一事，学问之造诣，必以德性之修养为根基，亦以德性之修养为限度，苟忽于德性，则学问终难深入。”

敬畏的本质就是人类对待世间万事万物的一种态度，是因尊敬而产生的畏惧态度。“畏则不敢肆而德以成，无畏则从其所欲而及于祸。”人一旦没有敬畏之心，往往就会变得肆无忌惮、为所欲为、无法无天。只有心怀敬畏才能有危机感，才能知方圆、守规矩。所以曾国藩在《诫子书》中写道：“慎独则心安，主敬则身强，求仁则人悦，习劳则神钦。”

随着社会发展、科技进步，人们盲目地将征服自然、改造社会作为自身最高的价值追求。人们变得自私狭隘，只关注自我，忽视内心审视，无视情感价值的意义，无法坚守内心的价值秩序。现实生活中敬畏之心越来越丧失，越来越淡薄，我们看到太多滥竽充数的人、假冒伪劣的学者，以及各种名不副实、德不配位的人与事。

德国哲学家康德说过：“这个世界上唯有两样东西能让我们的心灵感到深深的震撼：一是我们头上灿烂的星空，一是我们内心崇高的道德法则。”对天道有敬畏才可以顺势而行，对人道有敬畏才可以同声响应，对地道有敬畏才可以法地之厚德，以载万物。人的心是有品级的，心灵的最高境界是敬畏之心、慈悲之心、感恩之心、宽容之心。心灵的第一境界是敬畏之心。

2021 年 4 月 9 日

送秦一椎　辞汉万户

去汉中开会，会议结束后还有空闲时间去留坝参观一下留侯祠。留侯祠也就是留坝县的张良庙。1984 年上高中二年级时，班上组织春游我曾经去过张良庙，一晃 37 年过去了，也想故地重游。

张良庙位于秦岭柴关岭南麓，紫柏山东南脚下，相传为汉高祖刘邦的主要谋臣，“汉初三杰”（张良、萧何、韩信）之一的张良，辅佐刘邦成就帝业后，就“激流勇退”，托名“辟谷”，隐居于此。上高速公路从汉中到留坝张良庙所在的庙台子街只有一个多小时的车程。来到张良庙前，发现多年过去了，张良庙前后基本没有太大的变化。

张良庙傍山依水，古朴典雅，终年云霭缭绕，庙前一水和庙后一河又成环抱之态，庙四周幽静肃穆，方圆百里苍松紫柏挺拔苍翠，大有护法卫道之像。二水轻流低吟，如琴鸣曲；鸟语清脆，空谷传音；再加以庙宇玲珑，楼台迭现，常使风尘仆仆的游客，如处云雾缥缈、变幻无常之境，顿生飘飘欲仙，游身世外之感。仰望紫柏山，奇峰、怪石、古树、异草遍布，云罩雾绕，真乃神人的居所！

来到山前，青砖砌为山门，可见上方横刻“汉张留侯祠”五个朱红大字，大门左右刻着一副对联：博浪一声震天地，圯桥三进升云霞。上联指他在博浪沙派人刺杀秦始皇一事，下联指他在圯桥求教黄石公一事。庙门右侧竖一石碑，上旋“紫柏山汉张良留侯辟谷处”。入山门，便踏上一木桥，名曰“进履桥”，取张良在圯桥为黄石公捡鞋穿鞋一事。桥上有栏杆和靠椅，桥下流水潺潺。经进履桥，进大山门，一座重檐八角楼端立正中，这是道家神祇中王灵官的殿宇。前方为三清殿，内有上清、中清、下清三大天神。

从殿侧北面经过庭，便进入大殿所在院落。大殿雄伟庄严，上县“明哲风高”“帝王之师”，殿门有对联：“毕生彪炳功勋启自授书始，历代崇丰烟祀端由辟谷开”。殿内原有张良塑像，正殿大堂上端坐的便是丰盈谦和、聪慧睿智的张留侯金身塑像，仿佛还在运筹帷幄，决胜千里。院内清幽、古雅。殿堂门楣遍布称颂的匾额，院内有多块碑刻，左侧为冯玉祥将军所立的石碑：“豪杰今安在，看青山不老，紫柏长存，想那志士名臣，千载空余凭吊处；神仙古来稀，设黄石重逢，赤松再遇，得此洞天福地，一生愿作逍遥游。”据讲解员说，冯玉祥将军先后两次来过张良庙，这副对联是第一次来时所写，尽显其意气风发，第二次来此由于失意命手下将有些字句凿去，现在的碑刻是后人复刻的。右侧“第一山”的行草是宋朝米芾的书法缩写，尽显大气磅礴。

大殿左侧向东为“北花园”。园中古树林立、有高大的玉兰树、琼花树，我惊喜地发现这里有一丛小叶黄杨树，茂密葱茏。花园有一石凿泉池，取名叫“洗心池”，池水为活水，大家纷纷蹲下来洗手三遍，我也学着洗了手，并且还用水洗了眼睛。花园四周为游廊，廊壁布满彩画和碑石。从花园左侧拾级而上就来到“拜石亭”，亭前耸立着一通“英雄神仙”巨碑，颜体榜书写就，很有气势，这是张良庙的标志性碑刻。蒋介石、于右任、冯玉祥等都来过此碑前。1940 年 5 月上旬，周总理由延安赴重庆途中，进入汉中留坝游览张良庙时，也在这里看过。

从“拜石亭”背后沿着石阶逐级而上，地势升高，登上层层石阶，阶旁的摩崖石刻上留有明代赵文渊、清代林则徐，以及后来冯玉祥、杨虎城将军的诗文。最后登上山顶的“授书楼”，“授书楼”取黄石山向张良授书之意，这座重檐飞角的亭子是用大理石和南阳玉砌筑而成，离地面很高，视野开阔。登楼远眺，峰峦起伏，林海苍茫，凉风习习，格外舒服。

从“授书楼”下来，进入南花园。花园中有一个五云楼，楼前南花园中有一个亭子起名叫“辟谷亭”。亭名是于右任所提，亭子的柱子上刻着于右任书写的对联“不从赤松子，安报黄石公”，湖中一泓湖水，碧荷婷婷。湖畔一株梭罗神木，另有两株奇松，表皮极像战袍铠甲，故名“铠甲松”。更奇的还是楼后的一片竹林，每株下部弯来折去，上部笔直端庄，代代如此，留下千古之谜。

走出山门，回望两水环绕、群山四围的张良庙，我发现距离第一次来这里已经整整过去了 37 年，但是这里基本没有太多的变化。现在全国的历史遗迹都在搞大开发，这里几十年没有变化是什么原因，当地陪同人员告诉我，张良是急流勇退的，于右任先生的碑刻“送秦一椎，辞汉万户”八个大字就是对张良功成身退的概括，凡是想升官的都不来这里，而来这里的都是退下来的和官场失意的人，所以没人愿意投资开发这里。听了讲解员的话，我陷入沉思之中，冯玉祥将军、于右任先生都先后两次来这里，前后心境不同，题词也有不同。我前后相隔 37 年来这里，心境是否也有不同呢?

2021 年 7 月 4 日

青木川宁古镇幽

江南有古镇，西部也有古镇，在陕西、甘肃、四川三省交界处，有一座具有传奇色彩的古镇，它就是青木川。这里是川、陕、甘三省交界的地方，融合了每个地方的天地灵气，形成独有的自然景色和人文风情，是非常难得的一个山中古镇，古镇透过岁月的斑驳痕迹，静静地沉睡了千年。古镇中间的金溪河缓缓流淌，河水清澈见底，富氧空气沁人肺腑，碧水环绕古镇，新鲜浓郁的山脉气息扑面而来，让人感受到一种江南水乡的韵味。青木川被大山环绕，青山绿水，环境优美，民风淳朴，地方不大，但很有故事。青木川有名是源自两个人物，一个是土匪魏辅唐，另一个是著名作家叶广芩。土匪魏辅唐在这里走完了自己传奇的一生，2006 年作家叶广芩的长篇小说《青木川》的发表进一步提高了青木川的知名度，2014 年孙红雷主演的电视剧《一代枭雄》的播出使得青木川远近闻名。

去到青木川原本就是一件很偶然的事。近日去汉中陕西理工大学开会，刘书记给我介绍青木川和魏辅唐，并盛情邀请我去青木川，于是在会议结束后的第二日清晨我们一行人便驱车前往。一路上，车穿行在崇山峻岭之中，细雨蒙蒙，路边的树木像被清洗过一样，山花遍野，一派生机。经过一个多小时的车程，渐渐地在群山环抱之中，用青石堆砌而成的“青木川”牌坊在云雾缭绕中映入我们眼帘。

青木川镇始建于明代，金溪河将古镇分为新街和老街两部分，老街称回龙场，都是保留下来的明代旧居，一座横跨于河上的水泥桥将新街与老街连接在一起，这座飞凤桥重建于2002年，废弃了原有木质的风雨廊桥，改建了更加坚固的水泥桥。金溪河绕着古镇转个弯，古街被河拉成弧形，形似一条卧龙，古朴独特，雕梁画栋，风格典雅。古镇最主要的建筑基本都在这条街上，至今还保留着50多座民国时期的建筑物。另一边是新修建的仿古新街，有个飞凤桥将两街相连，一古一今，相得益彰。我们先在新街上吃过饭，然后就近开始参观新街，在新街上有商铺、客栈、酒吧、饭店等，热闹非凡，在仿古新街的中间位置修有栖凤楼，栖凤楼东西南北各有四条街。新街上的居民在自己门前摆起摊位，向每位游客推荐叫卖着野生山珍和各式特色手工艺品，那缕缕酒香和诸如“核桃饼”“荷香饼”“豆腐干”“木桶鱼”等特色饮食不断吸引着过往游人。

参观完新街，走过飞凤桥去回龙场。飞凤桥横跨金溪河两岸，桥顶是古香古色的木亭式，桥亭的两侧屏风的正面各有一只金色的凤凰在展翅翱翔，栩栩如生。桥两旁有两条既宽又长的古香古色的木长凳，游人可站立在桥上倚栏望远，感受郁郁葱葱延绵不断的山脉绿意，欣赏古色古香的四层木质建筑民居；或坐在桥廊亭木凳上沐浴清风，近距离地赏金溪河碧绿清澈的河水，听金溪河缓缓流动的弦音。

过了飞凤桥就到了回龙场老街，回龙场老街始建于清代，位于陕甘川三省交界，古街沿河布局，随河弯曲而曲，平面呈弧形。古街建筑风貌完整，布局仍然保存了原有的形式，个体建筑基本保持完好。这些建筑，或中西合璧、或造型奇特、或气势恢宏，无不展示了房屋主人的霸气和大手笔。如今的回龙场进行了“修旧如旧”的改造，一座座木结构二层老宅雕梁画栋，街面青砖回廊、流水潺潺，依然炫耀着昔日的繁荣。去的第一个景点是老街下部的烟馆。烟馆是一座四合院，繁复的雕花门窗，木板吊脚楼。第二个景点是位于老街下部的荣盛魁，也是一个四合院，这是一个商铺，是魏辅唐的二哥的产业，主要经营从外引进的洋货，有洋肥皂，煤油等等。老街中部是乡公所，为中西结合的建筑，高大宏伟，是魏辅唐办公场所。老街上部是洪盛魁，是一个妓院，三层雕花中式建筑，整个建筑为船式造型，房间设计为各式船仓，三层建筑的每一层设若干包厢，包厢仿照轮船的船舱等级排列。按等级为三省往来商贾提供娱乐服务。老街还有一个著名的景点回龙阁。回龙阁建在青木川镇旁的最高点，站在观景平台，放眼望去，青木川尽收眼底，雨中的小镇虚无缥缈：错落有致的四合院，造型独特的“船形屋”，中西合璧的“唐盛世”，都恍如世外桃源。蒙蒙细雨中，红红的灯笼和还未凋谢的花蕊在雾中若隐若现，给这幽静而又古老的小镇增添了无限春色。老街上令人惊叹的是，在魏辅唐时期虽然开了烟馆和妓院，但只是为了吸引外地客商，严禁本地人去，如果本地人去了是要严厉惩罚的。

上了老街后面的山坡，就来到了青木川著名的景点辅仁中学。辅仁中学建造在青木川镇回龙场老街后南面一个小山坡上，1942 年开始修建，1947 年竣工落成，首任校长魏辅唐，后为刘甲三，解放后改为青木川中学，现仍在使用。现存大门、大礼堂、宿办楼三座建筑，教学楼，操场，宿舍一应俱全，整体布局合理，非常讲究传统的对称美。房子的风格是西式的，高大宏伟，由魏辅堂邀请上海的建筑师设计建造而成。辅仁中学有一个可容纳近千人的大礼堂，这座建于 20 世纪 40 年代的礼堂，在今天看来依然很气派。辅仁中学校门酷似笔架，是魏辅唐对对面笔架山的联想，他认为笔架后面就是文房四宝，是文人墨客的用武之地，学校就是出人才的地方，所以令工匠把校门做成了笔架形。学校不仅开设有常规课程，还开设有外语、戏曲、体育课等，外语课包括英语和俄语。学生最多时超过 600 名，教师是从各地聘请的优秀教师，采用新式教学，师资力量雄厚，教学质量极高。在那个年代的那个偏远的地方能有这样高瞻远瞩的先进思想和豁达理念，绝不是一般人能够做得到的。这无疑是青木川的一个奇迹，而这个奇迹是由土生土长的青木川人魏辅唐创造的。

从老街出来，我们又去参观了魏家新老大院，魏氏宅院整个建筑背依圈椅形的凤凰山，面朝溪河平川，场院大路开道，山泉小溪环绕；宅院分新旧两合，各为二进四合。二院比肩，相隔盈尺，一新一旧浑然一体。两座大院纯中式建筑，雕梁画栋，飞檐翘角，门窗雕花镂空，饰有花虫鱼鸟，做工精细，显示了陕南古镇建筑的古朴。魏辅唐盖的新老两处大院外观像北京的四合院，现在仍是青木川镇最显眼的建筑，显示了陕南古镇建筑的古朴。

从青木川出来，我们惊叹于这里的山川秀美、古镇清幽，更惊叹于青木川魏辅唐文化的传奇，魏辅唐自己没读过什么书，却办了小学，建了中学，让附近的孩子免费读书。他一辈子没出过山，却送了一批批优秀学子外出求学。他种植鸦片，但自己不抽，也不许乡里人抽，只是赚外乡人的钱。土匪的买卖他一样不少，而赚来的钱则用来造福乡里，在那个时候，在一个偏僻的古镇能有这样的思想理念着实令人惊叹。

2021 年 8 月 14 日

郁孤台下清江水

去江西赣州江西农业大学开学术会议。由于从西安到赣州每天只有早上八点的一趟飞机，只能早到半天时间，下午没事，会议主办方安排我去参观一下赣州的古城墙。据介绍，赣州古城墙始建于汉代，后经南宋、元、明、清、民国，历时900多年的不断修缮、加固，使赣州城形成了一道古朴蜿蜒，高大雄伟的城墙，既可抗敌，也可防洪，是全国现存规模最大、保存最为完整的宋代古城墙。从酒店出发，打车十多分钟就到了古城墙的建春门。建春门是上城墙的一个城楼，高大雄伟，分为三层，下面是窑洞形状的城门，城门上书“建春门”三个字。上面有两层，典型的宋代建筑，飞檐翘角。城楼两侧与城墙连接。从城门边上的台阶可以上到城墙上。

古城墙沿江修筑而上，依山就势，逶迤曲折，雄险壮观。城墙上铺着方砖，十分平整，像很宽的马路，五六匹马可以并行。城墙外沿有两米多高的成排垛子，垛子上有方形的瞭望口和射口，供瞭望和射击用。但是赣州的古城墙和西安的不同，西安的城墙两侧都有女墙，而赣州的古城墙只在靠江的一面有城垛女墙，而靠城内的一侧则没有。赣州的古城墙尽管只有13华里，但是护城河、墙垛、城楼、警铺、马面、炮城等设施齐全，整个城池开有西津门、镇南门、百胜门、建春门、涌金门5座城门，其中前3座城门还有两重或三重瓮城，赣州因城池非常坚固，又有江水相助，易守难攻，有“铁城赣州”之称。

在古城墙上我发现一些带有文字的城砖，上面刻着不同时代的不同内容，主要是 ×× 年、×× 督造、×× 窑烧造等。古时候对工程建筑的监管力度可谓严苛，连一块砖都能追责到底，真是令人叹服。漫步在古朴蜿蜒的城墙上，只见城外一江清流，远处山间田舍烟云缥缈，近处街坊鳞次栉比，让人感到犹如置身一幅美丽的江南图画之中。

从城墙往东走，就到了著名的八境台，八境台耸立在章贡两江合流处。八境台始建于北宋，现为三层，飞檐斗拱，画梁朱柱，雄伟挺拔，巍然壮观。来到八境台，需要穿过一座桥。向下俯视，河面上漂着许多树叶，就像一叶又一叶的扁舟，正顺着水流奔向远方。八境台的砖是红的，瓦是绿的，符合古代的建筑风格“红砖绿瓦”。登上楼顶，向下鸟瞰，赣州八景一览无余，有“一览众山小”的感觉。八境台有 3 层，红色圆柱，翠绿碧瓦，四面如一，台形长方，台顶全部用绿色琉璃瓦铺盖，并安置有“双龙护栏”。阳光下的八境台更显得金碧辉煌，美轮美奂。层层飞桷翘角向上，似腾龙，又似翻卷的浪花。正上门上方挂着由赵朴初先生书写的“八境台”的镏金大字。

穿过八境台，经过蒋经国旧居后，就来到了郁孤台。郁孤台位于贺兰山上，因南宋著名词人辛弃疾而有名。又因为郁孤台位于赣州城西北，坐落于山顶，以山势高耸、郁然孤峙得名。登上郁孤台的顶楼，可俯瞰章、贡两江合流，可一览全城胜景，还可远眺群山，尽情感受苏轼“山为翠浪涌，水作玉虹流”的意境。站在台上极目四望，脑海中不禁浮现出辛弃疾的词“郁孤台下清江水，中间多少行人泪”。“西北望长安，可怜无数山。青山遮不住，毕竟东流去。江晚正愁余，山深闻鹧鸪。”

从郁孤台下来回到城内建春门附近吃过晚饭，我们又穿过城门，来到江边。远远看见江上的著名古浮桥，浮桥始建于南宋时期，该桥全长 400 米，以近百只木舟用缆绳连环而成，舟面上木板横铺作桥面。小船随着水上下晃动着，桥上的行人行走着，宛如在平坦的大马路上行走，形成了赣江上的一道风景。少许的船只上有渔夫在捕鱼，桥头的渔船上，有渔夫们在晒着鱼干，他们也在卖着小吃和纪念品。一些人坐在小舟上乘凉，也有一些人在浮桥边上钓鱼。桥的一头是古朴逶迤的古城墙、壮观秀美的八境台、雄伟沉重的涌金门，城墙延伸到烟雾笼罩着的遥远的江边，树木和亭台楼阁影影绰绰地浮现，恍如仙境。另一头是城郊农村，夏天的傍晚，有不少赣州市民来到这座浮桥边游泳和纳凉。

赣州之行给我留下难忘的印象，闻名遐迩的郁孤台，雄镇三江的八境台，历史文化的辉煌，山水风光的绚丽多彩。还有辛弃疾的“郁孤台下清江水”，都令人回味无穷。

2021 年 8 月 22 日

古朴庄穆　静中寓动

学习书法几十年，早年间临习欧阳询的《九成宫》很多年，掌握了书法的间架结构。上大学到西安被颜真卿的书法所吸引，跟随老师曹鸿远先生学习颜真卿的楷书、王羲之的半截碑，在颜体楷书和行书上下过多年功夫。后来受到卫俊秀先生的影响学习草书，喜欢上了傅山的连绵大草。许多年痴迷于傅山的草书，几乎购买到了傅山的所有碑帖，以及研究傅山书法的论著。后来看到王蘧常先生的章草，又被章草的高古之气所吸引，近十年间把功夫全部下到了章草上，大量购置章草的碑帖和论著，不断地临帖。

章草是由隶书演变而来，它的前身是隶书的草写，也就是草隶。长草的来历有两种说法，一是章草是汉代行军打仗，写奏章的草稿，把隶书快写后，简省掉一些笔画之后，就形成了章草。另一种说法是来自汉章帝年间，由于汉章帝推崇而形成的一种字体。

章草笔画左右开张，字势左顾右盼，线条圆柔挺劲，有内裹之姿。今草的连贯气韵和纵逸豪放，有一种“飞动”之势。而章草则字字精致，有一种忍而不发的“势动”之感。章草追古开今，承隶涵篆，笔法方圆兼用，草化楷写。章草的笔画虽有牵连，但使转自有法度，尽显成熟与严谨。在章草的笔画中，横、捺、点间作波磔，重按轻出，时时调节着笔墨的节奏。章草字字独立，互不牵连，章草的行笔讲究疾速中蕴含迟涩，在时断时续，时快时慢之中使整篇气息连绵不断。章草书法自有一种古朴庄重和雍容典雅之气象。在群星璀璨的书法历史星河中，章草以其独特的艺术魅力闪耀着耀眼的光芒。于右任晚年也走到了章草的路子上，其作品很有章草的韵味，毛主席的书法也有浓浓的章草味道。临习多年章草，我觉得章草具有高古之美，有古朴庄穆之美，有静中寓动之美，有境界之美。

章草首先具有高古之美，追求高古是避免书法流于妍媚的有效方法，唐代司空徒《二十四诗品》中提出了 24 种艺术风格，“高古”仅是其中之一。唐代孙过庭《书谱》中指出：“古质而今妍”是书法发展的必然结果。章草是书法的古典基因，字里行间彰显高古的书卷气，免于流俗。字体端整古雅，笔法质朴浑厚，雍容自然，深具“大巧若拙”的风范。笔意脱胎于汉隶，笔势恍如飞鸿戏海，极生动之致。章草起于隶书，其笔画的出行与出格生发出了更多的笔墨意趣，体现了人心对于书法出路的选择。而且章草书体出现之后，才有了书法艺术思想和书法艺术理念方面的范畴，出现了诸如“势”“法象”“神采”“意”“境”等书法美学方面的概念。

章草具有古朴庄穆之美，章草追古开今，纳隶涵篆，方圆兼用，草化楷写；它笔画虽有牵连，但使转自有法度，在笔画连属运行中，横、捺、点间作波磔，重按缓出，时时调节着笔墨的节奏速度；它字字独立，如星如珠，行笔疾速中蕴含迟涩，时断时续，时快时慢，气息连绵不断。整个篇章自有一种古朴庄穆、沉着痛快、纵横自然之象，如同一曲美妙的古典音乐萦绕于耳边。

章草具有静中寓动之美，章草体现了隶书之波磔，笔画左右开张，有飞动之势；篆书之弧环，线条圆柔挺劲，有内裹之姿；草之连属，笔势流动缭绕，有连绵之意；楷之法式，结构方正端秀，有整肃之规。以汉隶为根基，突出隶之波磔，上追篆之圆转，旁借楷之法式，开创草之流便。兼收并蓄，将波磔美、曲线美、端庄美、流动美融会贯通为一体，形成了章草自身独特的静中寓动之美。

章草有境界之美，章草开创了新的书法意境，具有综合篆隶书体的意象，简约古朴、端庄威仪、内敛虚和、灵动便捷。章草体势是一种乍看平和而实则蕴藏无限张力的状态，犹如狮虎豹猫在捕猎中的潜行，似在积蓄力量准备出击之态，形成了书法中宏大强盛的格局，是书法美学的最高境界。

2021 年 8 月 22 日

落雨听禅

独坐书房，读书写文章，不知不觉之间已经到了傍晚，掩卷抬头从窗口看出去，秋雨蒙蒙，下个不停。今年的暴雨多，而且秋雨绵长。

隔着窗，静静的夜里，听那淅淅沥沥的雨声，顺着屋檐下，缓缓滴落，溅起朵朵水花，如丝弦轻抚，如琴瑟婉约。而我喜欢如此宁静的雨夜，能够在雨声中将喧扰尘世关在窗外，给自己一份悠闲，焚一炉香，静坐于书桌旁，倾心聆听，禅声雨中。渐渐地，心儿融入雨声中，有种宁静的美，好像时间是静止的。雨声潇潇，仿佛藏着许多光阴，在薄衫吹透的夜晚里。禅学中有一句话叫“境能染心”，秋雨中的宁静，清净幽远，更容易让人在自然的宁静中找回内心的安详与从容。

听着淅沥的秋雨不停地敲打着窗子，心绪忽然有些莫名的惆怅，或许只有在这轻灵的秋雨声中，心灵才会得到一点点的慰藉。“凉冷三秋夜，安闲一老翁。卧迟灯灭后，睡美雨声中。灰宿温瓶火，香添暖被笼。晓晴寒未起，霜叶满阶红。”窗外缠绵的秋雨依旧下着，淅淅沥沥的声响穿过半掩的纱窗，涌进我的书房。独坐书房窗前，聆听秋雨在夜暮中与风的私语，秋雨搅碎了我的心绪，那尘封许久的记忆，在这一刻被你敲醒。

“晚窗又听萧萧雨，一点昏灯相对愁。”雨落在窗子上，雨滴打在窗子上，有的快速坠下，有的缓缓流淌，有时汇合，有时分向。迎着窗前的灯光，折射出湿湿的流光，在氤氲的雨气和迷离的雨意之后，一点点黄晕的光泛滥开来，溶化成模糊而柔和的光团，然后又结在一起，烘托出一片安静而平和的夜。

“雨到秋深易作霖，萧萧难会此时心”，驻立在窗前，借着路边幽暗的路灯微弱的灯光，看见满天的绵绵秋雨疯狂地冲刷着在小区秋风中摇曳的树叶，枯黄的秋叶在空中划出一道道优美的弧线，为依恋依旧的大树，跳了此生最后的一个乐章。我打开窗户，轻轻地伸出手，接一滴雨在手心，瞬间的冰凉直入心底，沁凉燥热的心扉，一种远离喧嚣的清澈油然而起。在秋风秋雨之飒飒中，我还是敞开心扉，聆听这安静的秋雨，在喃喃细语，诉说着别样的心情，诉说着真诚与寂寞。

夜雨，如此安静。仿佛世间万物都已酣眠，只留下清脆的雨声，如丝竹之悦耳，如低吟之琴语。那细密的雨丝交错成一张轻柔的网，为世界蒙上了一层朦胧的面纱。那缥缈的雨珠晶莹剔透，虽看不清，却可以真真切切地触摸到。入夜秋雨绵绵，靠在窗边听雨声，看着手中茶杯里嫩绿的叶片在水气缭绕中缓缓舒展开来，茶的馨香环绕在鼻尖。窗外淅淅沥沥，宁静的夜中只有滴滴答答的雨声，秋雨在窗外不断地滴落，如丝弦轻抚，如琴瑟婉约。人在窗下，心儿恬静，雨意空蒙，夜色静谧。静静地凝神，倾心地聆听，禅声雨中，禅意尽在弥香缕缕茶盏里。

“暮云垂烟，瘦石寒泉；微雨淅沥，滴碎荷声。”落雨听禅，听雨的潇洒，听雨的狂骤，听雨的沉思，听雨的欢快，雨生禅意，素心若莲。雨声淅沥，天籁和鸣，茶香袅袅。一盏热茶转来，指尖相触，让雨夜有了温度，让人有了生动。不知不觉间，寥寂之中，雨声茶香绸缪在自然之中，返璞归真，浑然一体，不禁令人心窍顿开，气定神闲，神思悠然。雨落声起，静闲，让心儿喜悦放松，此刻会听到禅。

静心听雨，听的是一种心境，一份诗意。窗外的雨依然在落着，将夏日的幕布缓缓落下，收拢起蝉声中的喧嚣。“落雨听禅处，斋心入玲珑”，秋夜，读书，掩卷，听雨，怅然若失。人生的故事走到繁盛只是侧转身，秋雨中光线转暗，原本的脆亮便暗淡了，落了岁月的灰。

2021 年 8 月 31 日

却道天凉好个秋

入秋以来的雨特别多，绵绵不断，淅淅沥沥。天是灰的，空气是潮湿的，雨是细密的，细密的雨丝在天地间织起一张灰蒙蒙的幔帐，给天地之间增加了迷茫的色彩。正如张爱玲所说："雨，像银灰色黏湿的蛛丝，织成一片轻柔的网，网住了整个秋的世界。"

秋雨霏霏，飘飘洒洒，如丝，如绢，如雾，如烟。从窗子望出去，秋雨下在枯枝败叶上，淋湿了地，淋湿了房，淋湿了树。我望着丝雨中飘飞的落叶，心绪忽然有些莫名的惆怅，"对潇潇暮雨洒江天，一番洗清秋。渐霜风凄紧，关河冷落，残照当楼。是处红衰翠减，苒苒物华休"。秋雨绵绵，雨滴空廊，正是惆怅时节。

我来到院里，看着秋雨如丝，雾气蒙蒙。我很喜欢被雨打湿的感觉，任丝雨戏弄我的头发。秋雨潇潇，缠绵了一整天，雨打梧桐，凉风飒飒，寒意丝丝。梧桐叶上的每一滴雨，都让人感到浓浓的秋意。一声声滴落在芭蕉叶上的嘀嗒雨声，都使得愁思更浓。我轻轻伸出手，接一滴雨在手心，瞬间的冰凉直入心底，沁凉燥热的心扉，我独自呢喃，真是天凉好个秋。

一场秋雨一场凉。几场秋雨过后，暑气尽褪，秋高气爽，树叶儿也开始稀稀落落地飘了。伴随着秋雨，天气也有了变化，很冷，但让人很清醒。"谁念西风独自凉？萧萧黄叶闭疏窗，沉思往事立残阳。"秋雨中，我领略到了一种烟雾般的渺茫，一种水晶般的清爽。秋雨让我烦躁不安的心，平静了下来。我俯身拾起雨中的一枚落叶，甩去水滴，细细端祥，从秋叶清晰而隽永的脉络里，我似乎也看到了人生阡陌上那一串串深浅不一的脚印。看着秋雨中的落叶，一种无言的触动涌上心头，秋雨虽然只带来了季节的轮回，此时我的心境虽然淡了，但是心底依然会不经意间滋生出许多的感触与叹惋。季节到了秋天，有如人生，走过绚烂，褪淡了芳华，到了知天命的时段，生活归于平淡。我想，缤纷经历过，绚烂也都见识过，不妨随着秋雨安静下来，用内心的丰富，解答岁月的无常与曲折。

雨又大了，一阵风吹来，我不禁打了个冷战，赶紧回到书房，独坐在窗前。窗外缠绵的秋雨依然密密地下着，淅淅沥沥的声响穿过半掩的纱窗，涌进我的书房。独坐书房的窗前，聆听秋雨与风的私语，倾听秋雨在夜空中低声的呜咽。思绪万千，如沱江水一样暗流涌动，移坐在书桌旁，想写一点什么，但是意兴阑珊中墨浪翻滚竟然无处下笔。我只好铺开一卷红与黄交织的素笺，堆满诗篇；掬捧一汪清与澈交融的碧水，流溢风雅；翻阅一本禅意深远的诗经，含蓄又甜恬，辽阔又悠远；聆听一曲梵音空灵的旋律，轻缓又柔润，飘逸又浪漫。

秋雨无痕，一滴滴落下，仿佛意念的音符，不缓不急地砸在心上。秋雨依旧，我心依然，倚窗静坐，沏一盏清茶，临窗听雨。一阵晚风穿窗而入，临窗而坐的我，静默如莲。“少年不识愁滋味，爱上层楼，为赋新词强说愁。而今识尽愁滋味，欲说还休，却道天凉好个秋。”

2021 年 10 月 5 日

秋水文章不染尘

将秋天的雨水，唤做秋水，这是一个让人想来带着些微诗意的名字。清朝邓石如自题于书房的一个楹联“春风大雅能容物，秋水文章不染尘”。“秋水文章不染尘”的含义是指文辞笔墨如秋水一般清澈明亮，不沾染半点世俗尘埃，深刻的潜藏蕴含了一种脱俗无尘的境界。

写秋水起始于庄子，他在《秋水》中写道：“秋水时至，百川灌河。泾流之大，两涘渚崖之间，不辩牛马。”意思是秋天里山洪按照时令汹涌而至，众多大川的水流汇入黄河。河面宽阔波涛汹涌，两岸和水中沙洲之间连牛马都不能分辨。庄子的《秋水》描写了秋水的浩淼博大、无边无际。庄子之后，古今文人从多种角度描写了秋水。

有人描写了秋水的长，王勃《滕王阁序》中写了“落霞与孤鹜齐飞，秋水共长天一色”，王安石诗：“秋水泻明河，迢迢藕花底。”清代王士禛的诗：“芦荻无花秋水长，淡云微雨似潇湘”，贺铸的词“秋水斜阳演漾金，远山隐隐隔平林”，王维的“寒山转苍翠，秋水日潺湲”都写出了秋水的长，碧水与远天相融合，水天因色彩接近而界限模糊的景象，显得很长很远，由此形成了一个成语“秋水长天”。

由于秋水明净、清澈，有人用秋水比喻明澈的眼波。白居易的《宴桃源》有一句“凝了一双秋水”，元代赵雍《人月圆》词：“别时犹记，眸盈秋水，泪湿春罗”，由此也形成了一个成语“望穿秋水”。

由于秋水的明净、清朗，也有人用秋水比喻清朗的气质。杜甫的诗“大儿九龄色清澈，秋水为神玉为骨”，苏轼的“仙风入骨已凌云，秋水为文不受尘”，赵细琼的《木兰花慢·题词》有“怎秋水文情，春山媚妩，都属氤氲”，由此也就有了邓石如的名联“秋水文章不染尘”。

由于秋水的冷峻、有些诗人用秋水来形容剑光的冷峻明澈。王昌龄在《塞下曲》中写道“饮马渡秋水，水寒风似刀”，写出了秋水的寒光。此后文人多用秋水描写剑的冷峻，韦庄《秦妇吟》：“匣中秋水拔青蛇，旗上高风吹白虎。”《西山一窟鬼》“剑横秋水，靴踏狻猊。”王实甫《西厢记》中有一折：“万金宝剑藏秋水，满马春愁压绣鞍。”

想到秋水，我脑子中不时浮起一个画面：深秋时节，空濛的秋水湖面，浩淼的秋水江河，潺潺的秋水小溪，经过一个盛夏的潮起潮落，激流回旋，到了秋日，已是不起不兴，不惊不变；少了些莽撞的激情，多了份从容的淡定。景致依旧，只是身姿渐瘦。失去夏日的丰腴，秋水愈发澄清，一扫夏日的浑浊，透彻到水中、水底一览无遗。把经年的流沙沉淀在水底，秋水就这样在平静中远去，步伐优雅而坚定。

秋水既是一汪水，一汪明净透彻的水。秋高气爽时节，何不如庄子般站在浩浩荡荡的秋水边上，看开阔的水面烟波浩渺，望水鸟与远处的云霞结伴而飞，将所有的烦恼都一扫而光。

2021 年 10 月 18 日

多少楼台烟雨中

我国有四大名楼，黄鹤楼、岳阳楼、滕王阁、烟雨楼。烟雨楼是从金庸的《射雕英雄传》而知道的，烟雨楼上丘处机与江南七怪斗法，定下十八年后烟雨楼比武之约，于是嘉兴烟雨楼深深印在脑海之中，也有了登烟雨楼的念想。去嘉兴学院开会之际，去了一趟南湖，正好完成烟雨楼之约。

烟雨楼是为吴越钱元璙所建，始建于五代后晋年间，最初位于南湖之滨。明嘉靖年间嘉兴知府赵瀛疏浚河道，所挖河泥填入湖中，形成了湖心岛，在湖心岛上重建了烟雨楼。因唐朝诗人杜牧“南朝四百八十寺，多少楼台烟雨中”的诗意而得楼名，以景色迷蒙如在烟雨中而有特色。据说乾隆六下江南，八次登烟雨楼，先后赋诗二十余首，盛赞烟雨楼的景色。

到南湖边，买票、排队，坐船到湖心岛，拾级而上就来到了烟雨楼前。见了烟雨楼才发现它不同于大观楼、黄鹤楼、岳阳楼，这些名楼雄峻高大，是具有“耸峙”特征的。而嘉兴烟雨楼是“坐”的，“坐”在垣墙之内，平台之上，楼、堂、亭、阁错列，园周短墙曲栏围绕，曲径相连，玲珑精致，别具情趣。以“微雨欲来，轻烟满湖，登楼远眺，苍茫迷蒙”的景色著称。

上了湖心岛，沿湖心岛岸边小路向左侧前行，便可以瞻仰停泊在岸边的南湖红船，红船边游人如织，争相拍照。

远看烟雨楼，正楼有两层，不高而呈坐姿，重檐画栋，朱柱明窗，重檐飞翼，典雅古朴，楼前檐悬董必武所书“烟雨楼”匾额。从码头上岸，就来到湖心岛上建筑群的入口，门上悬匾额“清晖堂”，左侧墙前石碑“烟雨楼”，右侧小门匾额“小蓬莱”，至此如入仙境，品味“南朝四百八十寺，多少楼台烟雨中”的诗情画意。烟雨楼前是开阔的平台，有两棵古银杏树参天挺立。台外栏杆下有“钓鳌矶”刻石。“清晖堂”后和烟雨楼正楼东南侧各有一座乾隆帝题诗的“御碑亭”。清晖堂两侧左为“菱香水榭”，右为“菰云簃”。走廊右有宝梅亭，内有清代名将彭玉麟画的梅花碑两块。

进入烟雨楼，一楼大厅题“分烟话雨”匾额悬挂中堂之上，两侧是董必武所题楹联：“烟雨楼台革命萌生，此间曾著星星火；风云世界，逢春蛰起到处皆闻殷殷雷”。厅中布局古雅，大堂两边高凳排列，一派文人气息。二楼大厅题“湖天一览”，两侧楹联：“如坐天上有客皆仙，烟雨比南朝多少楼台归画里；宛在水中，方舟最乐，湖波胜西子，无边风月落樽前”。厅内凉风习习，似有烟雨从湖面吹来。凭窗远眺，虹桥飞架，湖光山色，嘉兴城高楼林立。静观园景，湖面波光潋滟，画舫流动，绿柳依依，小桥流水，一派江南气象。

南宋张尧同《嘉禾百咏·烟雨楼》一诗：“妙手谁烘染，梳烟沐雨姿。一声长笛晚，人在倚楼时。”烟雨楼之妙体现在嘉禾环郡城皆水，烟雨楼当高阜之胜，雕窗绮阁，四面临湖。其妙在烟雨拂渚，山雨欲来之时。渔船、酒舸，微茫破雾，但闻橹声伊轧耳。烟雨楼是典型的湖泊风景，更兼具人文之胜。云气翻飞，烟雨迷蒙之际，登楼远眺，心旷神怡。按说登临烟雨楼最好是选择细雨霏霏的日子，或者在乍晴乍雨时分登临烟雨楼，极目眺望，烟雨雾霭，湖山幽静，让人有置身烟波浩渺中的心旷神怡之感。可惜我们到达嘉兴南湖正是秋季，“空山新雨后，天气晚来秋”，没能一睹雾霭缭绕南湖的景色，也领略不了“多少楼台烟雨中”的妙处。

2021 年 10 月 18 日

北大楼的记忆

北大楼是南京大学鼓楼校区最重要的地标性建筑，是新金陵四十八景之一，电影《建国大业》曾在北大楼取景。取名北大楼不是说它是北京大学的楼，而是南京大学北边的楼。每每回到南京大学，总要到北大楼前静坐一会，然后绕楼几圈。当年在南京大学读书时，老师是南京大学的副校长，后来做了学校的党委书记。每周都要去北大楼找老师讨论问题，老师办公室有人时，我就坐在楼下的草坪上等候。晚上听完课，和老师一起边走边讨论问题，送老师回办公室。写好了文章，常常送到北大楼，请老师审阅。两年之间和北大楼结了缘，北大楼就深深地印在我的脑海中。毕业后回到西安已经 16 年了，但是北大楼的记忆却永远挥之不去。

据校史记载，北大楼建于 1917 年，落成于 1919 年，由美国建筑师司迈尔设计，砖木结构，地上 2 层，地下 1 层。大楼采用中国传统的建筑形式设计，同时又糅合了西方的建筑风格。楼体由明代城墙砖砌筑而成，形成典型的中西合璧式建筑。北大楼中部是一座正方形塔楼，共 5 层，顶部又冠以西方样式的十字形脊顶，据说这个造型是为了体现“中西合璧”。楼顶上的红星闪闪格外瞩目，古色古香的大楼有着浓厚的人文气息。多少年静静矗立的北大楼无声地言说着南大“诚朴雄伟，励学敦行”的校训。

北大楼是金陵大学的原址，四周全是古建筑，东边是金陵大学东楼，西边是金陵大学西楼，三大楼鼎足而立，三合院布局，加之大小礼堂，图书馆是当年金陵大学的基本构成。门前是如茵的草坪，平整而开阔，四周绿树掩映。春夏之际，墙体爬满茂密的藤蔓，像披了一件绿风衣，而到秋天颜色又变为红黄色。茂盛的爬山虎已覆盖整个建筑外墙，低垂如帘。楼在爬山虎的层层掩映下，隐隐露出暗红色的窗框，与古色古香的建筑交相辉映，显得淡雅而又雍容。最令人惊讶的是，北大楼的爬墙虎竟然和北大楼同岁，被列为南京市的古树古木名录中。曾有一篇散文写北大楼的爬墙虎："一阵风拂过，一墙的叶子就漾起波纹，好看得很。"

让多少南大人念念不忘，魂牵梦萦。南大校友余光中先生曾经写过一首诗《钟声说》："常春藤攀满了北大楼，是藤呢？还是浪子的离愁，是对北大楼绸缪的思念。整整，纠缠了五十年……"

听老师说，北大楼所在的位置是南京市地势最高处，下面是大梁国的王陵。由于地势高，南京下大雨发洪水，这里往往淹不了。北大楼周围很幽静，古色古香，很有人文气息。清晨漫步在北大楼前，草坪如茵，空气清新，给人以生机勃勃的感觉。夜晚四周安静，灯光掩映，绿树婆娑，围绕楼行走，或者静静地坐在楼前，抑或是躺在楼前的草坪上，顿时让人浮躁的心立即安静下来，引起无限的遐思。春夏来这里可以观赏朵朵盛开的樱花、桃花，仰望如帘的爬墙虎。秋天来这里观赏如火的枫叶，金黄的银杏叶，闻香飘十里的桂花。即使在严寒的冬天，草坪黄了，但是依然平整如地毯，在阳光灿烂时，仍然会有很多人聚集于此，来感受冬季太阳带来的暖暖的感觉。离别时来这里告别，照相留念。

北大楼之于南京大学和在这里读过书的人的意义，似乎汉唐之于中国一样，除了它本身所固有的美丽之外，更多的已经凝结为一种文化意义上的象征。老师说他的同学企业家，每每遇到不开心的事情，便会回到南大，到北大楼的草坪上躺一会，之后烦恼就会消失，顿时就来了精神。我也有这样的感觉，多年过去了仍时常回忆起北大楼，每次回到南京大学，总要到北大楼前，绕楼几圈，在草坪上坐坐，似乎心就安了，此处安心是吾乡。

2021 年 12 月 8 日

蜀河古镇探幽

蜀河古镇是一个千年古镇，是一座沿汉江水运而繁荣，又因为汉江水运沉寂而走向萧条的古镇。古镇位于蜀汉两水交汇之处，地处两省三县交通枢纽，地理位置十分优越，西达川汉、北上关中、南下鄂西、东进中原，历史上曾经是汉江上游重要的物资集散地和商贸重镇，素有“小汉口”之称。在隆冬季节，去旬阳办事之际，顺势去寻访古镇。

据说蜀河古镇为古蜀国所在地，汉时置县，中兴于明代，繁华于清朝中末。蜀河古镇依山傍水，背依秦岭山而建，傍旬水而居。街道三横九纵，青石铺路，巷弄曲绕，保存完好。我们黄昏时分到达，走在繁闹的小街上，到处矗立着青砖黑瓦，突兀横出的飞檐、高高飘扬的商铺招牌旗帜，透过历史的遗迹，可见当年的繁华。薄暮的夕阳余晖淡淡地铺洒在黑瓦或者颜色鲜艳的楼阁飞檐上，给眼前这片静谧的小镇增添了一份朦胧与诗意。

我们在当地友人的带领下，第一站来到了蜀河杨泗庙，杨泗庙位于蜀河古码头岩壁之上，处于蜀河古镇的最南端。坐西向东，西依后坡而南临汉江，大门正对着蜀河与汉江的交汇之处。杨泗庙为清代蜀河“船帮”的会馆，据旁立的残碑记载，建于清乾隆十年（1745 年）。

进入杨泗庙大门，步上十几级石头台阶就是一个能容纳近两千人的大“天井”院。据介绍，20 世纪五六十年代这是曾是“蜀河汉剧班”和“蜀河电影院”是蜀河人的文化娱乐之场所。现存建筑主要有上殿、拜殿、乐楼和门楼，拜殿为硬山式屋顶。上殿前为拜殿，面阔与正殿相同，也是硬山式屋顶。拜殿正对面是乐楼，乐楼为高台式建筑为歇山式屋顶。与乐楼相接的是门楼，门面为牌楼式装饰，两侧封火墙作卧龙状，具有明显的南方建筑风格。

由于太快黑了，我们匆匆又去了蜀河古镇另一个著名景点黄州馆，黄州馆是陕南规模最大、工艺最为精美，且具有典型南方风格的宫殿式建筑。走近黄州馆，第一眼就会被门楼所震撼，其高达十余米，相当于现在楼房的三层多高。门楼由一色的青灰色砖砌成，是三重檐的牌坊式建筑，上部正中有三个大字——“护国宫”。黄州馆由门楼、戏楼、拜殿、正殿构成。门前和台阶上有对称的石狮和抱鼓。中柱、边柱以及次楼均为砖砌，砖面模印有阴文楷书“黄州馆”三字。牌楼与戏楼巧妙相接，浑然一体，其设计之精心，构筑之巧妙，不可多得。戏楼为高台建筑，前台不设山墙，观众可以从正面和两侧观看演出，楼上有金匾一幅，写有楷书“鸣凤楼”三字，相传为武昌某状元所书。抬头望去，戏楼屋脊更是装饰得精致，层层叠叠的飞檐、密密麻麻的雕刻，整个屋顶都有种向上扇动翅膀飞起来的感觉。拜殿在正殿之前，与正殿均为硬山式顶。黄州会馆展现了蜀河厚重的历史文化积淀。木板楼、木棱窗、鹅卵石路面历经几百年仍然古色古香，保存着原始的风貌。在夜色下，远观会馆，气势恢弘；近看会馆，细节精致，无处不彰显了当时会馆的精雕细作与繁华景象。走出会馆，我们惊叹黄州馆建设的精雕细作和富丽堂皇，其非凡的气派足以显示当年黄帮生意兴隆、实力雄厚、势力强大。

走出黄州馆，天色已晚，街道上路灯已经亮起来，古镇已经安静了下来。行走在石板铺就的街道上，令人频发思古之幽情。古镇的建筑材料几乎全都是石头，房子、围墙、街道、巷道、台阶等等，目之所及都是以石头为材料建成。古镇的神奇之处在于，虽然经过了许多次大水淹没，但河水退后，古镇依然完好，这主要得归功于其独特的建筑材料。

“人事有代谢，往来成古今”，漫步古镇的老街上，古老的民居，雕梁画栋，青石屋瓦，浸透着岁月的沧桑；会馆寺庙、老院庭落，诉说着这里往日的繁盛。如今，古镇虽然失去了往日的繁华，但是却留给人们一处探幽的胜地。不论是古镇里古色古香的青砖黛瓦，还是古镇外的青山白云、碧波绿水，在这里，总有一处温柔风光，缱绻于眼眸，融化在心头。

2021 年 12 月 13 日

大学要有正大气象

自然界的气象是指发生在天空中的风、云、雨、雪、霜、露、雹、彩虹、光晕、闪电、打雷等一切关于大气变化的物理现象。从人文社会科学的角度看，气象是指一种形象、一种态势、一种精神面貌。一种长期于此而形成的一种气度、气局、气概、气韵。正大气象则是升腾于表面人格之上的超脱境界、豁达气度和宽容之心。视野广、思路宽、胸襟大，道德高、腹有良谋、手抓根本、格局深远，从未来的修身立业发展，涵养出的大气象。人应该具有大气象，育人的大学更应该具有大气象，大学最宝贵的就是一种大气象彰显。我去过中外许多大学，好的大学一定是具有正大气象的。

英国的剑桥大学是一所世界顶尖的公立研究型大学，整个剑桥镇就是一个大学，进入剑桥大学，立刻就会感到一种不同的气度，这种气度让人折服。小镇里有一条小河叫“剑河”，也译为康河，河上有不少桥。徐志摩笔下的康桥并非特指哪一座桥，而是剑桥的总称。剑河两岸风景秀丽，芳草青青，河上架设着许多设计精巧，造型美观的桥梁，其中以数学桥、格蕾桥和叹息桥最为著名，剑桥之名由此而来。剑桥大学本身没有一个指定的校园，没有围墙，也没有校牌。绝大多数的学院、研究所、图书馆和实验室都建在剑桥镇的剑河两岸，以及镇内的不同地点。发源于十二世纪的哥德式建筑至今还久盛不衰，尖形拱门与飞拱好生美丽。那精雕细琢的墙壁好似一座艺术博物馆，看一整天都不够。学院门前那片绿草如茵的大草坪，没有一根杂草，显出一种整齐的美。不仅环境美丽，具有外在气度，更重要的是它有大学的精神气度，优良的传统、名师聚集，这种正大气象培养出了无数科学巨匠，经久而不衰。

国内一流的好大学也具有正大气象，而且非常重视正大气象的代代续写。北大的未名湖，古色古香，具有人文气息的环境造就了北大的正大气象，与对知识的尊重、对真理的崇尚、对真才实学的推崇，造就了内在的精神气象。水木清华荷花池、近春园荷塘是清华的外在气象，从梅贻琦先生倡导的“所谓大学者，非有大楼之谓也，有大师之谓也。”真真正正把大师置于大学最高位的清华，是其内在精神气度。碧波荡漾的新开湖、古雅的老图书馆、造型别致的东方艺术系大楼是南开外在的精神气度，允公允能、日新月异则是其内在气度。复旦的诗魂铜雕、相辉堂前“小白宫”系楼、极具江南特色的燕园、曦园都是复旦的外在气象，而“日月光华，旦复旦兮”，以“博学而笃志，切问而近思”则是其内在的精神气度。南京大学的北大楼是其地标，校园中古老建筑意境与历史、与校园气息、与文化完美融合，在校园里穿行，处处皆风景，花木总关情，而诚朴雄伟、励学敦行，嚼得菜根、做得大事则是其内在精神气象。环抱珞珈，满园苍翠，桃红樱白，鸟语花香，中西合璧的宫殿式建筑群古朴典雅，巍峨壮观是武汉大学的外在气象，而“自强、弘毅、求是、拓新”的校训，则表达着一种刚毅、坚韧、持久的内在精神气象。设计独特的嘉庚楼群，鲁迅纪念馆，植被茂盛，树木参天，山光水色，恍若仙境是厦门大学的外在气象，“自强不息，止于至善”，表达了一种自觉地积极向上、奋发图强、永不懈怠的内在精神气象。总体来讲，优秀的大学一定是有正大大气象的。

蔡元培先生讲：“大学者，研究高深学问者也。”大学之“大”，当然要有大师和大学问，但是更重要的是要有正大气象，不仅要有外在气象，以实现环境育人，而且要有内在精神气象，以化成天下。在具有正大气象的大学里，我们可以见到崇高的道德风尚，活跃的思想，以及学术、科研、创新的精神。

2021 年 12 月 15 日

“人类世”视野下的瘟疫警示

随着全球气候变迁、瘟疫流行和环境破坏，一个新的概念流行起来，这个概念就是人类世。人类世是一个融合了环境史、地质史、生态批评等知识领域的较新的理论框架，在全球暖化、气候变化、物种灭绝等诸多地球生态危机日益加深的今日，这个新的理论范式不仅是反思全球资本主义的突破口，也是重新审视当代人类生活方式的的一个思想框架。

人类世没有准确的开始年份，地质学用地质年来划分地球的历史分期。地质年将地球46亿年的历史分成了前后两个部分：前面是没有明显生命迹象的隐生宙，后面是有了明显生命痕迹的显生宙。显生宙中又根据动植物形态的重大变化划分出三个代，分别是古生代、中生代和新生代。中生代是裸子植物兴盛和恐龙等爬行动物横行的时代，分为三叠纪、侏罗纪和白垩纪三个纪。新生代则是被子植物和哺乳动物兴盛的时代，该时代标志着“现代生物时代”的来临，包括第三纪和第四纪两个纪。第三纪的重要生物类别是被子植物、哺乳动物、鸟类、真骨鱼类、双壳类、腹足类、有孔虫等，分为古新世、始新世、渐新世、中新世和上新世五个时期。第四纪则是新生代最新的一个纪，分为更新世和全新世。从地质学的角度看，我们人类生活的地质时期是显生宙新生代第四纪中的全新世。

随着工业化社会的发展，人类的活动已经彻底改变了地球，不仅改变了地表，而且连地质年代都改变了。产生了人类的“全新世”，大约已经有11000年的历史。但是在1950年以后的几十年中，地球的一些地质特征发生了明显变化，人类活动很可能引发了一个新的地质年代。从 1950 年起的 50 年中，人口总数、风化率、大气中二氧化碳含量、全球气温和海平面都发生了异动。2000 年，为了强调人类在地质和生态中的核心作用，诺贝尔化学奖得主保罗·克鲁岑提出了人类世的概念。2010 年 6 月，澳大利亚国立大学微生物学著名教授、人类消灭天花病毒的功臣弗兰克·芬纳称人类可能在 100 年内灭绝，“人类世”将终结。2019 年 5 月 21 日一组科学家投票选出了一个新的地质时代“人类世”。

从长时段的历史来看，流行病暴发的频率不断上升，16 世纪欧洲人把天花、麻疹、伤寒带到美洲，1816 年到 1923 年欧亚非大规模的霍乱。20 世纪最具杀伤力的西班牙大流感，死亡人数最低有 2000 万人，最高学术界估计在 8000 万人，造成全球 5% 的人口死亡。艾滋病迄今为止已经夺走了 3200 万人的生命。进入 21 世纪以来，已经有非典、禽流感、甲流、新冠等病毒流行。

病毒流行不单是一个医学问题，而是一个技术问题，是人类文明带来的新挑战。二战以后，爆发战争的风险降低了，威胁人类的，大规模夺走人的生命的只有病毒、瘟疫。在“人类世”视野下的瘟疫，人类社会进入到了生物政治阶段，人与自然的关系成为一个主要的问题。

2022 年 1 月 7 日

道在器中

我很喜欢中国的传统家具，有空时常常喜欢去家具城欣赏红木家具。到外地出差，也喜欢逛家具城或者家具厂，欣赏中国古典家具。另外，也买了很多有关古典家具的书和红木的书，比如王世襄先生的《明式家具》等。中国传统家具具有生活的美学、家具美学和文化美学的结合，浸透着文化内涵，颇具生活和文化的情趣。从古至今，无数能工巧匠，以木为材，木上作诗、作画，留下了无数的文化和精神遗产。

中国传统家具体现出中国天人合一的美学思想，是方和圆的结合，圆代表着天之圆融，方代表着大地之方正。其中，典型的是圈椅，靠背是圆的，代表天的圆融，座板是方的，代表大地的方正。人坐在方的座板上，背靠圆融的天，方圆结合意味着天地人合一。古典的架子床，床板是长方形的，月洞门是圆的。许多家具的造型和图案不是内方外圆，就是内圆而外方。方的有理，圆的深得人心。在中国传统文化中，“圆”是其最基本的文化标志。做人，要讲究处事圆滑；做事，要讲究功德圆满；做器，要讲究器物圆润，正是匠人们意识到了“圆”在家具中的独特性，才使匠人们将长期的积累和丰富的经验融汇成集柔婉的线条、疏远的空间与修长的形体为一身的艺术品。

中国传统家具体现出内涵之美，家具都有各自的寓意。以椅子为例，传统的椅子大致分为五类，每一类都有其含义。官帽椅是椅类中的珍品。其造型犹如官帽，官帽椅的搭脑和扶手都探出，因此被称为四出头，多给人以圆润优美之感。官帽椅线条洗炼、造型舒展、结构严谨、装饰适度，同时形态典雅、端庄，它蕴含了一种儒雅的文人气质。圈椅是明代家具中最为经典的制作，造型古朴典雅，线条简洁流畅，制作技艺达到了炉火纯青的境地，“天圆地方”是中国文化中典型的宇宙观。圈椅的扶手与搭背形成的斜度，圈椅的弧度，座位的高度，这三度的组合，比例协调，构筑了完美的艺术想象空间。禅椅的椅背不是很高，也没有靠背，整体看起来简洁清爽，椅盘宽大，使扶手加长，盘上空间益加开阔。它似乎“随心所欲”不合常规，但又有“不逾矩”的匠心独运，给人一种轻便之感，独具匠心，令人惊叹。靠背椅的造型特点就是靠背无扶手，并且靠背搭脑不出头。靠背椅又被称为“灯挂椅”，其横梁长出两柱，又微向上翘，犹如挑灯的灯杆，故而得名。靠背椅的曲线别具一格，十分精巧别致。我们看古典电视剧，老掌柜晚上睡觉前提着马灯查完夜，把灯挂在靠背的横梁上，立刻就可吹灯睡觉。玫瑰椅被南方人称为“文椅”，是因为文人喜欢使用而得名。玫瑰椅较为轻便，靠背不挡视线，适合坐以写作而不宜靠坐休息。中国传统家具中的椅子四平八稳又不失刚正，做到了方和圆、曲和直、硬与软的协调，充满着灵性和气韵。

中国传统家具还体现出文人之美。文人雅士将家具与文化进行结合，使家具散发出无尽的魅力，文人的思想融汇到了书房家具里，江南文人则为中国传统家具带来独特的洒脱与清雅。以画案为例，画案面板宽阔，足够平铺最大的宣纸，可写文章也可作画，文人学士在书房或坐于椅上咏读文章或俯于案上写诗作画。一个画案仅仅一张面板、两个牙板、四条桌腿而已，做到了增则累赘、减则散架。即使是文人读书小憩的罗汉床抑或是焚香提神的香几，都体现了文人的气息。

中国传统家具也体现出时代之美。比较明式家具和清式家具来看，明代以文人使用为主，房屋建筑小而低，同时没有发明玻璃，房间比较暗。这一时代家具文人气息重，其线条均呈挺拔秀丽之势。刚柔相济，线条挺而不僵，柔而不弱，表现出简练、质朴、典雅、大方之美。除了精工细作而外，同时不加漆饰，不作大面积装饰，充分发挥、充分利用木材本身的色调、纹理的特长，形成为自己特有的审美趣味和独特风格。而清式家具在宫廷和民间的相互影响、相互交流共同创造中发展起来。清代房屋建得高大宽敞，家具的总体尺寸趋于宽、高、大、厚，与此相应用料也随之加大变宽。同时有了玻璃，房间光线好了，各种装饰和雕刻都能看见，装饰风格上以富丽、豪华、稳重、威严为准则，使用了金银、玉石、宝石、珊瑚、象牙及百宝镶嵌等装饰材料，追求富丽堂皇的意味。

中国传统家具有着自然之美，也就是家具体现着木材的本质，很少上漆，除过漆器家具，其他修饰很少。明代家具的用材以名贵的硬木为主，多数为黄花梨、紫檀等。清式家具主要使用的材料有紫檀、酸枝木、花梨、楠木、乌木和榉木。这些高级硬木，都具有色调和纹理的自然美和本质之美。只有在一些大漆家具上才使用珐琅嵌、瓷嵌也、描金，彩绘等装饰手法。在装饰工艺上，其内容也均取自大自然的万物，如花鸟虫鱼、飞禽走兽、山水树木，强调美从自然来，主张从自然中获取灵感，以“自然”为审美的最高境界。

中国传统家具有中和之道的伦理之美，家具构造上也充分反映了礼的规范。比如中国人讲究坐的姿态，因而清代的太师椅，靠背、扶手与椅面呈90度直角，这正符合了中国人“正襟危坐”的礼仪要求，让人坐有坐相，体现出一种端庄秀丽的姿态。人在性情上追求中庸，在审美观念上推崇“平实”“和谐”，体现在中国古典家具上就是温润而厚重，中庸而平和。

中国传统家具是中国传统文化的艺术瑰宝，是蕴含着独特旨趣的文化意蕴。有人说“器物有魂魄”，中国传统家具中的万千器物都蕴藏着匠人寄托在家具上的神韵和灵魂。自古以来，“道”是这个世间不变的原则。中国传统家具作为一个器物能够长久保存下来，必有其中的道。这个道就是深深体现在传统家具中的美之道、文化之道、自然之道。总之，道在器中。

2022年1月8日

闲情的分量

临习祝枝山的章草《闲情赋》，这是他在62岁那年所写的章草作品。《闲情赋》的词是东晋陶渊明所作。张衡作过《定情赋》、蔡邕作过《静情赋》，这些作品都是摒弃华丽的辞藻、崇尚恬淡澹泊心境的佳作。清代的李渔写过《闲情偶寄》详细谈论中国人的生活艺术，富人、贵人和穷人的行乐之法，春、夏、秋、冬的行乐之法，以及睡、坐、行、立、饮的行乐之法，体现了中国人机智、幽默和乐生达观的人生态度。当代文人中，冰心也写过《闲情》，主要写因病得闲，但是透过她的闲情，写的是一种人生的态度。

古往今来的文人都既主张励志，也主张闲、定、静。非常注重闲情的分量。今人多以有钱来判断富贵，但是古人多以“闲”来判断富贵，此所谓“身闲为富，心闲为贵”，有钱虽富但是没有贵气。人们都追求享福，但是“福”有洪福和清福两种，洪福对应的是忙碌、热闹。而清福相对应的就是“清闲”。人们都喜欢洪福，没人能享得了清福。有洪福者，难得清闲；有清闲者，则未必耐得住寂寞。

真正的闲情不是品茶、散步、看电视、旅游等，是身心和灵魂的随性、自由、心无旁骛，只为喜欢而做，而不是为了做而做。林清玄说：“只要保有几分闲情，再忙的时候，也能减少焦虑，没事做时，不至于无所适从。”“不用心”就是“不着心”，不为一个念头操心，不被一个焦躁留住，念来念转，身心自在，这才是闲情。“有约不来过夜半，闲敲棋子落灯花”，这是清闲。“空山古寺，万籁俱寂。一灯如豆，经卷轻翻”，这是闲情。

“花间一壶酒，独酌无相亲，举杯邀明月，对影成三人”，这是清福。“自去自来堂上燕，相亲相近水中鸥。老妻画纸为棋局，稚子敲针作钓钩”，这也是一种清福。所以，清闲、清福是孤独的乐趣，但世人最难忍受的就是孤独。

闲逸是艺术创作必需的气质，也是一种心境。闲是陌上赏花，月下听琴，花间对酌，雪中赏梅。凡是雅致和有趣的事，往往都来自一份闲情。但我们却发现，在记忆里真正让我们想清楚很多道理，真正让我们心灵成长与成熟，真正让我们觉得生长出智慧，正是我们曾经孤独的时候。

新冠疫情的蔓延，使我们这座古城不得不封城，而所有人不得不居家，人们不自觉停下匆匆脚步，忙忙碌碌的人们一下子闲了下来。在这快速发展的时代，人潮拥挤，一下子有这份闲情逸致实在难得。读书、静坐、吃饭、静坐、做核酸成了闲暇中的寄托，同时也在闲逸悠长的境界中实现一次脱俗。如李涉所说“偷得浮生半日闲”，赵师秀说“闲敲棋子落灯花”，贺铸因有闲愁，便道出“若问闲情都几许？一川烟草，满城风絮，梅子黄时雨”，李渔因闲情而出《闲情偶寄》。

中国哲学从来有励志和闲情两面，但是我想闲情是不可等闲视之的，因为它关乎思想的超脱、性灵的表达，在传统文化和生活中占有很重的分量。周国平更是说，“若只有励志，没有闲情，不知中国人会变成怎样的俗物”，因此疫情也可以视为一种有分量的闲情。有了这段闲情，让我们密实的生活中有那么一些空闲，濯我精神，润我性灵，慰我平生，养我浩然之气，也可以在闲情中把人生托付给清风明月，托付久了也许会醒悟。

2022 年 1 月 8 日

历史的经验

有史以来，传染病一直伴随着人类文明。在现代社会，疫情也是不断发生的。人类文明程度越高，全球化水平越高，城市规模越大，贸易路线越多，与不同人群、动物和生态系统的接触越频繁，大流行就越有可能发生。1916 年开始于纽约市的脊髓灰质炎疫情在美国造成了约 2.7 万例病例和 6000 人死亡。1918 年至 1920 年西班牙流感有 5 亿人感染，其中大约五分之一的人死亡。1957 年至 1958 年亚洲流感夺去了 100 多万人的生命。从 1981 年至今的艾滋病已导致 3500 万人丧生。2009 年的墨西哥猪流感大流行造成 15.17 万至 57.54 万人死亡。2014 年至 2016 年，埃博拉病毒肆虐西非，报告病例 2.86 万例，死亡 1 万多例。2002 年到 2003 年的非典死亡人数 770 人。

中国古时也曾经有多次瘟疫发生。近代以来也发生过大规模的流行病。1910 年肆虐整个东北地区的鼠疫造成了 6 万多人的死亡。1967 年全国暴发了大规模的脑脊髓膜炎疫情。《安徽日报》记录安徽全省有 25 万人先后染病，其中 1 万多人因此死亡。这场疫情并非局限于安徽，而是在全国范围内大爆发，最终这次疫情共造成 300 多万人感染、16 万人死亡的惨重后果。

世界范围内，从古至今，人类对于流行病已经是久经考验，而且在历史上有许多记载，也有许多行之有效的办法，更有许多历史经验需要总结。总结世界范围内的疫情防控历史，总体来说形成了三种模式：自由主义模式、威权模式和专业主义模式。自由主义模式主要以个体为基础进行防疫，自由主义模式下的集会、游行和商业活动只会造成流行病大流行，这种模式对社会安全有极大的影响。威权主义模式依靠调动资源的能力集中力量，集中封堵，有利于短期清除病毒传播，但是成本高昂，同时损害医学专业机构的研究能力。专业主义模式把专业团体变成国家的“影子政府”，形成专家影子防疫。这些专家团体，可以模仿政府的基本原则，以技术为中心，决定公共事务处置，在防疫的特殊时期变成指挥部。在这次疫情防控期间，德国就是采用这种模式，德国防疫效果一直比较好，死亡率极低。德国的这个机构叫罗伯特·科赫研究所，这个机构不是行政机构，没有行政权力，不能实施隔离令，这个机构从政府拿钱，主要任务对抗传染病，但是不接受私人治疗。一旦出现流行病，这个机构可以从公共利益出发，自行启动应对。

历史的经验需要总结，总结各种防疫措施、政策、模式。在技术型社会，技术专家需要发挥作用，技术型社会要给专家赋予更大的权力，这是无法阻挡的历史潮流。只有专业主义模式才能实现防疫有效，在防的同时，加大科学研究，搞清楚流行病的原理，采取科学的方法，从而事半功倍。

2022年1月8日

以道统术　以术得道

又一次突如其来的新冠疫情，彻底打破了人们的生活，从去年到今年，反观各类防控措施，几乎全是被动之策，大抵都在术的层面下功夫，而在道的方面用工极少。实际上，术很重要，但是术只能防守。而道的方面更为重要，要清楚疫情的形成原理，采取积极进攻的防控似乎更为有效。这就涉及道和术的关系问题。

在中国哲学中，道是指道理、真理，而术是指手段、方法。道为术之灵，术为道之体，以道统术，以术得道。道是眼光、大局和战略，术是手段、实践论和战术。有道无术，魂不附体，只能坐而论道，束手无策，无法行动。有术无道，体不附魂，手忙脚乱，乱闯乱试。道是思想，术是方法，道术合二为一，才是正道。道术结合乃魂体统一，才能成功。

老子说，有道无术，术尚可求也。有术无道，止于术。“道”只可意会不可言传，“术”可以传授而“道”却不能。孔子说“志于道、据于德、依于仁、游于艺”。庄子说“以道驭术，术必成。离道之术，术必衰”。《孙子兵法》说“道为术之灵，术为道之体；以道统术。以术得道”。《易经·系辞》说“形而上者谓之道，形而下者谓之器”。所谓形而上就是非具体的、抽象的、某种程度上无法准确描述只能意会的“道”。形而下谓之器，“器”在这里可以理解为“术”，而术就是具体的技巧和方法。

用现代语言来说，道用于解决原理问题，术用于解决技术问题。道是一定要被参悟才能提高的事物和境界，具有抽象性、规律性和相对稳定性。

术是方法，讲究因时因地因人因事而变，是能够被反复学习，从而提高的事物和本领。所以，古人说，上人用道，中人用术，下人用力。天得道而清明，地得道而宁静，人得道而聪明，山河得道而充盈，万物得道而长生。孔子说，“朝闻道，夕死可以”，可见道的重要性。

道术之法在现实中到处可以应用，在兵法上，道为战略，术为战术。在学习上，道为考纲，术为知识点。炒股上，道为思想理念，术为具体操作方法。具体在疫情防控上，道是防控的理念、战略和思想，而术是封堵、围城、监测等具体的方法和措施。具体的措施没有道的指导只会手忙脚乱，越防越多。对人生而言，做人最高境界是知行合一、道术兼修、内圣外王。做人的境界是道，做人的技巧是术；道是讲人为什么而活着，术是人为了活着而采取的办法。以道为原则，以术为方法，内外兼修是人生法则。在企业管理上，道是管理的原理、思想和理念，术是管理的技巧和方法，只讲术，而不求道，管理难以长期有效。在学生教育上，思想理论教育是道，知识点教育是术，仅仅只进行知识教育是求术，没有道的教育，难以培养出创新人才，创新是道的创新。在科学与技术的关系上，科学是道，技术是术，原创性在道上。今天我们很多事，背离了道与术的关系，重术轻道。

总体来说，天下的学问，万事成败，都走不出道与术这两大范畴的关系。我们在工作中生活中只注重术，而忽略道，就是我们常遇到的走着走着忘了目标，而被琐碎的事情所迷的原因。我们需要牢记道是事物发展的规律，是事物发展的方向，术是各种方法，各种技巧，要真正做到以道统术，以术得道。

2022 年 1 月 9 日

梅破知春近

最近几年的年末总要来丈八沟宾馆（陕西宾馆）来开省政协会，已经连续五年了。每次的情景不同、天气不同、感受不同。每次开会的间隙总要在这个院子里早晚散步，对这里的环境越来越熟悉，这里道路、湖水、小桥、蜡梅花、垂柳、苍松、翠竹、日出日落都深深印在记忆中。

已经在这里开过五年会议，但是始终没有注意丈八沟宾馆的历史。从资料上得知西汉时期建有平阳公主的行宫“平阳府”在这里，丈八沟源于唐天宝元年京兆尹韩朝宋开凿漕渠，深一丈、阔八尺，而且神话故事中说，魏征斩泾河龙王，龙头长一丈八尺，从天上落于此地而又得名“丈八头”。唐代时这里是著名的纳凉消闲游览胜地。诗人杜甫在这里纳凉，写过两首诗，内容是“落日放船好，轻风生浪迟。竹深留客处，荷净纳凉时。公子调冰水，佳人雪藕丝。片云头上黑，应是雨催诗。雨来沾席上，风急打船头。越女红裙湿，燕姬翠黛愁。缆侵堤柳系，幔宛浪花浮。归路翻萧飒，陂塘五月秋”。

1949 年以后，这里建成了陕西丈八沟宾馆。宾馆采取园林式布局，园林景观既有北国之大气，又有南国之秀美。碧波荡漾的湖，小桥流水，曲径通幽，漫步其中，各处风景美不胜收，令人流连忘返。宾馆的 1、2、3、4、5 号楼均为别墅式小楼，建于 1958 年。1 号楼曾接待过刘少奇、邓小平、江泽民、胡锦涛等党和国家领导人及众多外国政要。7、8、9 号楼于 1964 年建成，周恩来、朱德等党和国家领导人曾下榻于此。室内布局端庄典雅，宴会厅宽敞明亮。此后修建了新的10、12、13、17、18、19等楼，完全采取了现代式建筑方式，没有了那种别致的意味。

丈八沟宾馆中有湖，湖水是从秦岭上游，流到丈八沟皂河，再流到丈八沟宾馆的湖，从湖再流到双水磨水库，后流经丈八沟鱼化寨、阿房宫……再流进渭河。湖中有一个小岛，岛上有亭子，古色古香。有小桥，飞架湖上，连接南北。可惜湖中没有船，如果有小船在黄昏荡漾在碧波之上，就会有杜甫诗中描写的"落日放船好，轻风生浪迟"感觉。四围遍植垂柳，柳丝依依。腊月寒尽，柳丝虽有绿色，但是却没有生机，不禁让人想起了姜夔在《长亭怨慢·渐吹尽》中所写的，"昔年种柳，依依汉南。今看摇落，凄怆江潭。树犹如此，人何以堪"。

丈八沟宾馆中有大片大片的梅花，主要以蜡梅为主。1、2、3、4号楼前都有，而以3号楼前为多，楼正前方有一树，已经怒放，虬劲的枯枝上挂满了蜡黄色的花朵，朵朵盛开，香气四溢。翠绿的苍松、蜡黄的梅花、青青的翠竹、青黛色的小楼在阳光下形成一幅美妙的画卷。鸟儿在蜡梅树之间来回穿梭，叽叽喳喳叫个不停，似乎很欢快的样子，闻着花香，听着鸟的呢喃，我的心儿似乎也欢快和舒展了。楼东侧有一大片蜡梅树，这些蜡梅树都是老树，高大虬劲，有些蜡梅盛开，有些还含苞待放，这些蜡梅树在寒冬中显示出了勃勃的生机。楼旁边有一棵树，长满了红红的待放花苞，有些已经开放出红色花朵，我以为是桃花，走近一看才知道是红梅，今年天气暖和，红梅也要开了，真是"天涯亦有江南信，梅破知春近"。往9号楼走的中间是一个大草坪，草坪上也有几株蜡梅树，虽然不大，却也星星点点地开了不少黄花。晚饭后散步走到这里，虽然看不到梅花，但是一股清香四溢，沁人心脾。正如古诗中所写的"暗香浮动月黄昏"。

丈八沟宾馆中古木参天、曲径通幽。古木是文化历史的象征，从参天的古木，从虬劲的枝桠间就可以看出丈八沟宾馆的历史痕迹。今年疫情影响，房间紧张，我被分到了7号楼小别墅，楼前行道边有高大的雪松，如亭如盖，墨绿苍翠，郁郁葱葱。楼周边还有大片的翠竹，一株株翠竹高耸挺拔，顶天立地，像一道绿色的屏障，让人分外长精神。散步的大道边落了叶子的梧桐树随处可见，黄昏时分行走在梧桐树下，望着楼与楼之间即将西沉的落日，周围的云团镀着一层灿烂的金边，也给我的内心镀上了光晕。4 号楼与 9 号楼中间的有一大片几百株杉树，树干笔直挺拔，小枝下垂，枝条层层舒展，全树呈塔形。走在杉树下，阳光会从密集的树的间隙疏落的缝隙洒下来，洒的满地是影影绰绰的光影，抬头望去，“晨光尚熹微”，红又圆的正在升起的太阳分外耀眼。

今年开会天气虽然好，但是倒霉的疫情搞得人只能带着口罩散步锻炼。而暖阳下的怒放的蜡梅、待放的红梅，却给人以春的信息，“天涯也有江南信。梅破知春近。夜阑风细得香迟。不道晓来开遍、向南枝”。

2022 年 1 月 18 日

松柏精神

临习章草碑帖，有一幅“松柏精神、云水风度”，非常漂亮，常常临摹。这句话出自《中华圣贤经》，原文是：“云山风度，松柏精神，良操美德，玉品金心。”松柏精神是指品质正直高尚、坚毅挺拔、生机勃勃。松树的树干挺拔笔直，给人一种威武不屈的感觉，象征着正直和正义，代表高尚。松多长于悬崖峭壁之中，坚韧不拔，借此比喻身处逆境中仍然保持着高尚的节操品行。松树以成长缓慢、破土之初而难免遭受风雪的欺压，用其借物喻人为怀才不遇之人，落难英雄之境的联想，表达出君子以德立身，在艰难困境中的坚韧不拔与百折不挠的大雅风尚。松树是地球上最长寿的树种之一，是植物界当之无愧的“寿星”。在民间广为流传的松柏象征更多是取其长寿之意，松的长寿是以其形、其性为根本的。自古就有“松鹤延年”“寿比南山不老松”的说法。松树长寿的象征意义最早被道家所接受后，成为道教长生不老的原型。道士常年服用松叶等以其求飞升成仙、长生不死。

松树在中国人眼中，是凌霜傲雪、坚守诺言、忠于友情的“君子”的象征，而且中国人更喜欢孤松，喜欢孤松独立，在中华文化中将松树的“人格化”推向最高处。“岁寒，然后知松柏之后凋也”，这是取自论语中的名句，所知松柏以耐寒常青与坚韧挺拔，尤为受世人之赞颂。《庄子》中说：“受命于地，唯松柏独也正，在冬夏青青。”历代文人对松树多有吟诵，东汉末年建安七子之一的刘桢曾赞松树：“亭亭山上松，瑟瑟谷中风。风声一何盛，松枝一何劲。冰霜正惨凄，终岁常端正。岂不罹凝寒，松柏有本性。”以“忠贞”“君子”之精神而赋予了松树高尚的品格寓意。范云的《咏寒松诗》：“凌风知劲节，负雪见贞心”；宋之问的《题张老松树》：“百尺无寸枝，一生自孤直”；张说的《代书寄薛四》：“岁寒众木改，松柏心常在”等。陶渊明于《归去来兮辞》中写道：“景翳翳以将入，抚孤松而盘桓。”孤松在中华文化中象征着文人君子卓尔不群，作为“岁寒三友”之一，松树除了精神上给予人丰富的情感，在物质上也是自然对人类的馈赠。松脂可提炼成松香和松油，松子可食用，其富含多种营养成分，有美容养颜之功效。

松树的精神不仅在中华文化中被推崇，而且在整个东方文化系列中也被推崇备至。松树在日本具有神性，日本的《万叶集》中提及松树的古代歌谣大约有 10 首，其中有 4 首是以歌颂松树来祈祷的。《万叶集》第六卷记载：“生命能走多远我无法知晓，且把松枝结在一起，愿生命能够长久平安。”我去过日本的大阪天守阁，天守阁的护城河边有漫漫数里的古松群。古松几百棵，松龄达 300 多年，摇曳挺拔，参天蔽日。这些苍翠的陵松在古城堡中构成一幅壮丽的景观，其中的“神树”“凤凰树”“夫妻树”“姐妹树”“龟树”等更是别具特色。

韩国的松树尤有文化特色，韩国人把松树作为长寿的象征。松树的名气超过了银杏。在各种松树中尤其推崇红松。红松之名是由于它的树皮及幼芽是红色的缘故。由于红松的针叶比较柔软，韩国人叫它“女松”，另外有种海松，由于叶子较硬挺，韩国人叫它“男松”。我去过韩国的庆尚北道，醴泉有一株名为“石松灵”的老树，年岁有数百年，粗的主干直径达 2 米，上面分出了个粗枝，整个树冠像一个蘑菇形，小枝叶极稠密，树形极美。

沈阳北陵公园的松树很多，是国内目前最大的古松树群，古松枝繁叶茂，生机勃勃。据说数量超过 2000 棵，树龄最低有 300 多岁，有的甚至达到四五百岁。几年前去辽宁大学开会，住在友谊宫，友谊宫不远就是北陵公园，步行就可以到达。会议间隙，去北陵公园散步，公园里最引人注目的就是古松。这些古松树龄基本都在 300 年以上，古松树形高大挺拔，很多古松恣意生长，形态各异，主干遒劲有力，侧枝层次分明。有两棵树枝桠相交错，分不清哪枝是哪树的。有些松树虽然被风雨或者雷电劈去了旁枝，但更显挺拔苍劲。有些古松经历几百年的雨雪风霜、严寒酷暑、雷电劈烧，虽是枝折皮裂，以更加奇特的姿态展现其坚毅性格。人们依据树形等给古松起了很多名字，比如莲花松、护陵松、迎客松、守门松、千手观音、织女松、望城松、象松等等。友人带我去看一棵叫“神松”的松树，这棵古松从距地面近一米处分成六个粗壮的树干，每根树干的直径有两人合抱粗，高约 20 多米。六根粗大的树干先是在分叉处向外弯曲然后向上，每根树干上挂满了表达吉祥和敬意的红布条。树顶杈与茂密的针叶形成大大的蘑菇状，从远处看就像巨大的莲花瓣，气势撼人心魂。行走在公园的古树下，清风徐来，松涛之声不绝于耳，阵阵松香，扑面而来，令人头脑瞬时清醒。

“欲知松高洁，待到雪化时”，松柏代表着坚贞的品格，高尚节操，坚毅挺拔，能耐风霜，志气不改。所有爱松柏、咏松柏者，都是从松柏身上吸取道德精神的力量，从而自觉地塑造、升华自身的人格与胸怀。

2022 年 1 月 19 日

为万世开太平

政协宝鸡调研结束，回来前最后一站大家一起去眉县的张载祠，从宝鸡出发大约一个小时就来到了横渠镇。来到张载祠前，青砖砌成的仿古门楼上悬黑漆金字匾额“张载祠”，两边挂着金字对联：“三代可期井田夙报经时略，二铭如揭俎豆能往阐道功”，门口两株翠柏门前分立左右。

步入庭院，张载祠建筑坐北向南，主体建筑沿中轴线依次排列，附属建筑均以中轴线为中心对称排列。从大门进入展厅，首先看到了介绍张载的生平和思想的碑文和壁画。张载亲植柏两侧立有石碑，专门用玻璃保护了起来。

张载祠分为东西两院，最核心的是西院的一路建筑，包括有献殿、东西厢房、山门、后殿、学堂四幢。大殿前，门楣上康熙御笔书写的“学达性天”的牌匾高挂，门两侧“夜眠人静后，早起鸟啼先”的对联是对张载治学精神的形象描画。张载塑像供奉其中，书童相伴左右，坐像两侧对联云：“一代口碑留蜀道，千秋血食在秦中”。周围的壁画上有张载生平故事的重彩工笔壁画，形象地表现了他一生的作为。东侧以新建的张载像为核心，周围环绕着一圈长廊，其间摆放着历代题写的碑刻。题写者从帝王到名流，诸如“宣明”“张子特祠”“先儒张子”“郿伯”等题刻，都是对他的高度评价。据介绍，祠内现存有苏轼、王杰、于右任等文人墨客留下的石碑50余幢。较早的一块是明代的，上面就刻着苏轼的《太白山下早行至横渠镇书崇寿院壁》，被单独摆放在了靠前的碑亭中。

在张载祠内，矗立着两块分别刻着《东铭》和《西铭》（又名《订顽》）的石碑，《西铭》取自《正蒙·乾称篇》，著名的“民吾同胞，物吾与也”思想就出自这篇短文：“乾称父，坤称母。予兹藐焉，乃混然中处。故天地之塞，吾其体；天地之帅，吾其性。民，吾同胞；物，吾与也。”

祠中松柏掩映，七棵千年古柏，饱经风霜仍傲然屹立，郁郁葱葱，成为历史的见证。其中张载亲植的一棵古柏，高 9.3 米，树形奇特，柏树枝干盘若蛟龙，虽历经近千年，至今仍焕发生机，青枝直指天空，被国家林业部列为“中华名树”。柏树下有一棵芭蕉，来时正值暑期，芭蕉郁郁葱葱，正形象地注解诠释着张载所写的《芭蕉诗》：“芭蕉心尽展新枝，新卷新心暗已随。愿学新心养新德，旋随新叶起新知。”学新心、养新德、起新知，形象地表现了张载关学思想的创新理念。

过去来过张载祠很多次，这次来发现北边建了“横渠讲堂”，占地面积比较大，全是仿古建筑，这里经常举办干部培训班，我想这是对张载讲学精神最好的继承和弘扬。

张载关学思想在关中影响深远。著名弟子及关学传人有吕大忠、吕大钧、吕大临（蓝田“三吕”）、冯从吾、王夫之、李二曲、李因笃、李柏（关中“三李”）、王杰、刘古愚、于右任、张岱年等。“三吕”编的《吕氏乡约》是我国最早的成文乡约，后经朱熹修订，王阳明推陈，对明清的乡村治理模式影响甚大，正所谓“关中多少老夫子，尽立此门成一贤”。2020 年是张载诞辰 1000 年，原定要召开盛大的活动，纪念这位伟大的思想家，但是由于疫情影响，只进行了小规模的研讨会。张载思想之所以具有国际影响的原因就在于哲学家冯友兰先生所概括的横渠四句：“为天地立心，为生民立命，为往圣继绝学，为万世开太平”。横渠四句表明人对社会的责任和人对历史的责任，人负有“为万世开太平”的神圣使命，唯有扩大人心的广度与深度，改变气质之偏，建立万世可行之礼法制度，才能实践永恒的幸福与和平。

在横渠书院，我行走在千年的古柏之中。松柏千年，思想千年，影响千年。夏风轻轻地从头顶飞过，远古的声息从关学中吟咏的诵读声中，让我也肃然起敬。

2022 年 1 月 25 日

天地之间有片瓦

整理书房，书架上有两只古筒瓦，带花纹的，瓦当部分是虎头的，似乎有些年头，这是从故乡前几年带来的。故乡是古镇，有很多古老的瓦房，新农村建设，原来的旧瓦房全部都拆掉了，拆下许多砖雕、木雕和旧瓦，精美的砖雕、木雕都被别人收走了，只有一些旧瓦堆在那里，我随手捡拾了两个，带回来放在书架上。

中国的瓦当最早起源于西周时期，约在春秋晚期形成了比较完善的模式，并成为一些大型建筑的重要构件。瓦不但有使用价值，而且具有很高的艺术价值，它的图案、文字有助于了解古人的历史渊源、习俗风尚。中国智慧的先祖，以水和土的结合和泥，在烈火中烧结成瓦片，瓦片搁置在椽子上形成屋顶，遮风挡雨，避暑挡寒。宋代释绍昙的《瓦》诗中所写："脚尖踢出烂泥团，妙在陶轮转处看。盖覆虚空无渗漏，从教头上黑漫漫。"天地之间有片瓦，以瓦当头形成家。一家一家相互连接，形成村落。从高处看村落，屋顶的瓦如同鱼鳞，鳞次栉比，错落有致，早晚十分，炊烟四起，带来无限的人间烟火气。

春天，青房黛瓦与绿树、桃红柳绿相互掩映，一派生机勃勃的景象，"碧瓦楼头绣幙遮，赤栏桥外绿溪斜。无风杨柳漫天絮，不雨棠梨满地花"。春花散落，被风吹得满瓦沟都是。春雨时来，雨敲打着瓦，汇集起来顺着瓦沟流下，滴滴答答，如梦如幻。夏天，骄阳似火，沉沉的青瓦，遮阳避日，带来瓦下的清凉。秋天，屋顶的青瓦上晒满了红红的辣椒、房前屋檐上挂满了金黄的玉米。冬日夜晚，瓦上铺满了白白的霜，月光照着瓦上的青霜，“万瓦清霜夜漏残，小舟斜月过兰干”。下雪天片片雪花落满瓦沟，覆盖厚厚一层，“万瓦雪花浮，应是化工融结”。雪停天晴，瓦上的雪融化了，顺着瓦沟不断留下，傍晚温度下降，流下的雪水结冰形成一绺一绺的冰挂，挂在屋檐的瓦头上，晶莹剔透。随着年深日久，瓦上会渐渐长出碧绿的瓦苔瓦松，显示出房屋的历史沧桑。

瓦最初只是用于遮盖屋顶，后来人们在覆盖檐头筒瓦前端的遮挡加上了瓦当，用来防水、排水，保护木制飞檐和美化屋面轮廓，瓦逐渐走向了艺术化过程。瓦当上刻有文字、图案，也有用四方之神的“朱雀”“玄武”“青龙”“白虎”做图案的。瓦当的图案设计优美，字体行云流水，极富变化，有云头纹、几何形纹、饕餮纹、文字纹、动物纹等，为精致的艺术品。瓦的形式也逐渐多了，有平瓦、筒瓦、板瓦、脊瓦、滴水瓦、沟头瓦、挑角等。

春秋时期瓦当主要有绳纹、素面和少量图案瓦当。战国主要的是图像纹、图案纹瓦当，如燕国的饕餮纹、兽纹、云山纹、卷云纹，齐鲁的树木纹、动物纹，秦国的鹿纹、虎纹、豹纹等。汉代的四神瓦当曾盛极一时，瓦当图案以云纹和几何变形纹为主，文字瓦当也繁盛起来。四神瓦当包括四种动物即青龙、白虎、朱雀、玄武，由这几种动物组合成的一组图案，汉代将四神视作与避邪求福有关，它又表示季节和方位。青龙的方位是东，代表春季；白虎的方位是西，代表秋季；朱雀的方位是南，代表夏季；玄武的方位是北，代表冬季。随着佛教的传入，莲花纹、兽面纹瓦当渐渐多起来。明清以后，砖雕、木雕等逐渐兴起，瓦当开始退出历史舞台。西安汉宣帝的杜陵有一个瓦当博物馆，收集了自西周至明清各个时代大量的瓦当、汉砖。以秦汉瓦当为主，包括陕西、山西、河南出土的图像纹瓦当、图案纹瓦当和文字瓦当，以及山东、河北、四川、内蒙古出土的各种纹饰的瓦当。

瓦当上不仅有图案，而且后来也加上了汉字，形成了瓦当的文字之美。字数也由两字到多字不等，且词句丰富，四个字内容包括，“汉并天下”“永受嘉福”“长乐无极”“长乐未央”等，十二个字的有“维天降灵，延元万年，天下康宁”。线条流畅优美，柔韧遒劲，点画之间，各就其位，顾盼有情。章法布局多样，虚实相生，有着音乐般的节奏感，瓦当艺术达到了其鼎盛时期。

随着现代城市化的加深，古村落被拆了，瓦房消失了，瓦也逐渐没有了。作家冯骥才先生统计2000年至2010年10年间，90多万个古村落消失，平均每天就有近300个古村落消失。而随古村落的逐渐消亡的，还有中国的瓦房以及天地之间的那一片瓦，瓦的消亡是这个时代的遗憾。

2022年1月27日

银色三千界　瑶林一万重

春节回老家过完年，正月初四是立春日，天朗气清，趁着好天气，驱车从家中返回西安。过了黄牛铺之后我发现山上有积雪，这是前一段时间下的雪积没有融化掉的部分。过了东河桥，山上的积雪越来越多，远山苍莽，白雪皑皑，天空湛蓝，构成了一幅绝美的山水画。蓝天映衬着白雪，让这个冰雪世界更显纯净自然，心中好一种震撼。快到嘉陵江源头的岭南公园，漫山遍野到处是人，都是从四面八方来这里观赏雪景的。

年年寒假回家，却从来没有遇见过这么厚积雪的秦岭。“晨起开门雪满山，雪晴云淡日光寒。檐流未滴梅花冻，一种清孤不等闲。”从车窗望出去，雪后的秦岭变成了洁白的世界，许多看雪人游走在山间，在蓝天白云下静赏着雪后的秦岭。车窗外茫茫的白雪，冰冻的岩石，苍翠的松柏，还有那在盘山公路上缓缓行走的车子、游人的笑声、蓝天下的暖阳，没有丝毫寒意，处处涌动着早春温暖。在这样的景色中，我不禁想起了鲁迅先生的句子“南国的冷雨、北国的热雪”，我体会到了秦岭的雪是热的。

雪后初晴的秦岭岭南公园中玉树琼花、千仞雪峰，似一篇书写在山间的童话，给人一种纯净奇幻的美感。“银色三千界，瑶林一万重。新晴天嫩绿，落照雪轻红。”初升的太阳给层峦起伏的山脊镶上了金边，山上银装素裹，玉树琼枝，在阳光蓝天映射下，晶莹剔透。湛蓝的天空和白雪皑皑的山峰构成了一幅优美的画卷，美得让人心灵干净而无杂尘。苍苍莽莽大秦岭的天地之间，琼花玉树，弥漫一色，玉树琼枝作烟萝，别样妖娆。耸峙的雪峰闪着凛冽的寒光，树林变成雪原，直直地挺着无叶的树干，结满了亮晶晶的冰凌。在太阳的照射下，树枝上挂满了洁白晶莹的冰凌，一眼望去一派北国风光。“玉树琼枝梨花绽，经冬瘦竹犹葱茏”，寒雾袅绕的雪山和银装素裹的松柏交相呼应，纯然是一幅幅意境悠远的淡墨山水画。

车子爬上山顶，过了嘉陵江源头，开始向宝鸡下行，一路上赏雪的人很多，车堵得很厉害。妻子开着车缓缓地移动，我下车沿着道路步行，从路边望下去，蜿蜒的盘山路上车子如爬虫一般极其缓慢地下行。四下望去，雪后的天空，太阳升起格外早，雪在太阳的照射下格外耀眼，也许是立春后的雪经不起照晒的缘故，雪以看得见的速度迅速地融化着，滴答滴答声此起彼伏，树枝上的雪逐渐生成了水滴，慢慢地整块脱落，打在叶子上，惊起一阵噼里啪啦的声响。鸟儿站在枝头上三五成群，叽叽喳喳地叫着，一会儿整理羽毛窸窸窣窣，一会儿扑棱着翅膀，惊起一阵声响瞬间飞走了，摇动的树枝上积雪撒落下来，在阳光下闪耀着银光。

雪后的大秦岭天空更加高远了，浅蓝的天空上，浮现出一些云彩，清澈的像个婴儿，干净、纯真。千山暮雪，只影向谁去？放眼望去，天空和大地之间没有了距离，被阳光笼罩着的树木、湖水、草地在雪域中浑然形成了一个整体。雪是能够产生情绪的东西，看着这震撼心魄的具有莽苍感的白雪皑皑的秦岭，我在想这时候一切语言都是苍白的，只有置身于连绵群山的雪中才能感受到那震人心魄的美，仿佛是梦幻中的天堂，童话般的世界，徜徉其中的那一刻，一切凡尘都已消逝，一切俗念都会顿消，只剩下屏息凝视的虔诚。

“银色三千界，瑶林一万重”，雪后初晴的秦岭是一片银装素裹的世界，远处的山白得耀眼，近处的树也被染白了，整个秦岭是清一色白，纯洁的白、明亮的白、动人的白。满眼的雪白掩盖了人世间所有的污秽和阴暗，留下尘世间的一片清白，心中的杂念和阴霾一扫而空。

2022 年 2 月 5 日

铁马秋风大散关

每次回家或者从家里返回都要经过大散关，从山下上秦岭远远地就会看到大散关的城楼，拐过弯就会看到对面山壁上的“铁马秋风”四个巨型大红字。从秦岭下来首先看到“铁马秋风”四个大字，拐过弯才会看到大散关的城楼。大散关是来回的必经之路。

大散关位于宝鸡市南郊川陕公路的咽喉位置，因其地形险要，位于要冲，自古以来是兵家必争之地。大散关南起秦岭凤县，北至宝鸡市区益门镇，南北逶迤40公里，是我国古代最长的关隘。早年在中学课本中学习陆游的诗《书愤》，深深记住了其中那两句“楼船夜雪瓜洲渡，铁马秋风大散关”。自古以来，关中是指东到函谷关、南到武关、西到大散关、北到萧关的四关之内，大散关是关中的西门，大散关的来历一说为周朝散国之关隘，故称散关。另一说是因为大散岭而得名。刘邦“明修栈道，暗度陈仓”就从这里经过。三国时期，曹操西征张鲁亦经由此地。南宋绍兴元年（1131年），吴玠兄弟与金兵在此进行了激烈的战斗。大散关有“秦蜀襟喉”之称，从今宝鸡市向西南，通过大散关，经凤州、略阳向南入四川，或向东南经勉县入汉中的古道，历史上称为陈仓古道。大散关是关中西南部的关隘，几千年来留下了大量的诗词。三国的曹操，唐代的王维，宋代的陆游、苏东坡都留有影响巨大的诗歌。曹操从陈仓出散关，曾经作《秋胡行》：“晨上散关山，此道当何难。晨上散关山，此道当何难。牛顿不起，车堕谷间。坐磐石之上，弹五弦之琴。作为清角韵，意中迷烦。歌以言志，晨上散关山。”用登大散关的经历喻意人生的艰难和奋斗的艰辛。王维《大散关》：“蜀门自此通，谷口望若合。日月互蔽亏，阴阳隐开阖。微径临深溪，马蹄畏虚踏。泉流乱石中，砰訇肆击磕。时节已初春，气候如残腊。黄叶间青条，风吹鸣飒飒。时见采樵人，行歌互相答。”唐代罗邺《大散岭诗》道：“过往常逢日色稀，雪花如掌扑行衣。”陆游《书愤》中的“楼船夜雪瓜洲渡，铁马秋风大散关”这一气势磅礴的千古绝唱，也使大散关名扬天下。清代乔光烈《大散关》诗云：“秦地川原苍莽间，蜀人从此送残山。平时战伐今何在，落日秋风大散关。”大散关的山门是古代营寨式的建筑风格。山门匾额是赵祖康民国二十五年（1936 年）写的“古大散关”四个大字。景区大门往右走 50 米，紧挨川陕公路的山崖下，有块两米见高的摩崖石碑，上书“古大散关”四个大字，落款“古华赵祖康”。山门楹联刻制了陆游“楼船夜雪瓜洲渡，铁马秋风大散关”的诗句。

进入山门，首先看到的是大散关博物馆，博物馆中央是一尊老子的雕像，博物馆内陈列着清姜河野鱼化石、散氏盘、白蛇指路神石、老子赶山鞭、清明上河图、青釉剔花倒装壶、犒赏三军大肉石。山门南面是一座古建大殿，这是新修的陆游祠。大殿中三米多高的陆游青石雕像手持诗稿，身佩宝剑，昂首注目远眺，气态轩昂。像后高悬着仿舒同先生题写的“千古风流”四个大字。两侧墙壁上绘制了陆游生平壁画，工笔重彩，栩栩如生。后墙上还书写了陆游在大散关所作的诗篇。院内东侧有“饮马泉”，相传是三国关云长的坐骑赤兔驹过散关时，用马蹄刨出来的泉水，至今不涸。绕过陆游祠，上到半山腰的抗金大捷古战场，古战场正中是吴玠、吴璘两将军英武的雕像，背后则是苍翠的松柏和连绵不断的山峦。左侧有座供奉将军的二王庙，庙墙上有副“雄关百战名今古，大散千年崇玠璘”对联，是对吴玠、吴璘两将军的赞美。爬过像一通天梯的台阶，就到达关岭。关岭南端有一座青砖砌筑的烽火台，烽火台是在古遗址上新建的，分为上下两层，上层即是点燃烽火发出信号之处。站立在大散关的关岭之上，纵目远眺，但见群山叠嶂，两侧的山峰如卧牛，如奔马，又像密不透风的天然屏障。举目四望，东观川陕公路，车水马龙；南望宝成铁路穿山越岭；西眺清姜河激湍奔流，诸峰峥嵘，秦岭主峰直插云天；北顾关岭，群山莽莽。回想历史遗迹，这里演绎了多少刀光剑影和金戈铁马，回荡了多少铁马秋风。但是如今这里“黯淡了刀光剑影，远去了鼓角争鸣”，早已没有了铁马秋风的踪影，烽火台上虽然旌旗猎猎，但也只能是大散关头寒风中的感叹了。

2022 年 2 月 6 日

三十年间执鞭事

“三十年间真一梦，夜檠犹记读书时”，不知不觉已经执鞭教书三十年。三十年间有十二年在陕西师范大学，十六年在西北大学，近二年虽然在西安财经大学做行政工作，但是教学和科研活动仍然在西北大学。“三十年间，几番宠辱，细思往事慵言。”三十年来，未曾离开过本科教学课堂，未曾一日放弃过学术研究，尽管做过一个阶段的行政工作，而且目前还在兼做行政工作，但是本心未变，仍在教书与做学术研究。

三十年间在不同阶段，不同的学校，坚持教学第一线，给本科生讲授过《政治经济学》《社会主义经济理论》《社会主义市场经济》《货币银行学》《产业经济学》《区域经济学》《宏观经济学》《微观经济学》《发展经济学》《经济学说史》和《中国特色社会主义政治经济学》。三十年来，讲得最为得心应手的课程是《宏观经济学》《微观经济学》《发展经济学》《西方经济学说史》《政治经济学》和《社会主义市场经济》，其中有些课程讲过100遍以上，最少的也讲过30余遍。每每站在讲台上，是最为舒心的事，看着学生求知的眼神，一些烦恼全都抛于脑后。几节课下来，虽然身体很累，但心情很舒畅。

三十年间在讲授这些课程的同时，认真钻研了一些课程，形成了自己的讲授体系，并把自己的讲授体系编写出来形成了教材。《宏观经济学》《微观经济学》被评为国家精品课程，2008年教材在科学出版社出版以来，在许多所大学使用，再版两次，印次超过10次以上。《西方经济学说史》

自2009年在科学出版社出版以来，再版两次，印次超过10次以上，目前正在修订，准备出第三版。与人大、辽大、川大合作出版的的《中国特色社会主义政治经济学》（高等教育出版社）再版两次，被译为几国文字出版。今年又组织出版了《发展经济学：现代观点》（西北大学出版社），《中国发展经济学》《区域经济学》《数字经济学》（科学出版社）。同时在《中国高等教育》《中国大学教学》《高等理科教育》等期刊发表教学论文10余篇，出版教学研究著作两部。

三十年间从未间断过学术研究，发表文章400余篇，被人大报刊复印资料全文转载80余篇，《新华文摘》全文转载10余篇，《中国社会科学文摘》转载10余篇。早年的研究主要集中于社会主义市场经济与社会保障。从1999年开始集中于经济增长质量的研究，同时涉及发展经济学、西部经济发展问题。出版著作40余部，翻译米香的《经济增长的代价》、法国调节学派的著作6部。在所有的研究中1/3是应景之作，1/3理论宣传文章，真正有学术意义的有1/3。在所涉及的研究领域中，在学术界有影响的主要集中于四个领域：一是经济增长质量理论和高质量发展，在这个领域中持续坚持20余年，连续14年出版《中国经济增长质量发展报告》，形成了自己的理论体系和学术见解。二是发展的政治经济学，把发展经济学与政治经济学相结合，提出了发展的政治经济学研究的思想，出版《中国特色社会主义发展政治经济学》（中国经济出版社）。三是中国长期经济发展史的研究，从长期经济发展史的角度看研究中国经济发展和经济增长的规律。四是区域经济与西部经济发展问题研究，从分工理论、工业化、现代化、流域经济角度研究西部经济发展。由于这些领域的研究先后获得省级哲学社会科学一等奖9次，获得教育部奖3次，同时获得刘诗白经济学、张培刚发展经济学、兴华经济学、国家社科成果文库等奖项。

三十年间在教学和科研之余，坚持文艺爱好，写散文百余篇，出版《观沧海》《抱道不曲》两本，目前正在整理出版第三部《坐观山河色》。四十余年不间断临池学习书法，师从曹鸿远先生学习书法十多年，从颜体书法入手，主攻傅山连绵大草和章草，举办书法展一次，参与教育部长江学者20年书法展，出版书法集两部。

三十年间培养学生百余名，其中硕士100多名，分布于全国的政府机关、银行、企业各行各业。博士50余名，分布于全国的一些高校以及政府和企业，从事学术研究的占多数，他们中许多已经成为教授、研究生导师，多名已经成为博士生导师，多名已经在一些学校成为经济学院的院长、副院长、系主任，好几个已经入选国家和省级人才项目。

每逢过节，当我接到来自全国各地贺卡的时候、当我接到一条条短信的时候、当我接到全国甚至海外电话的时候、当我走在大街上遇到一个人说曾经是我的学生的时候……我觉得三十年间的执教是幸福。在严重的疫情期间，来自全国各地的电话、微信问候不断，收到从四面八方寄来的东西时，三十年间的执教是无悔的。

“追往事，叹今吾，春风不染白髭须。却将万字平戎策，换得东家种树书”，虽然已经过了知天命之年，但是生命如同无底的沙漏，在无尽地流淌。三十年间执鞭事，花开花落随尘去。三十年间的得与失终将化为浅浅的顿号，标注着生命的阶段性意义。更多的意义在于现在和未来，梦犹在，心不改。有些追求终将放弃，但是在执鞭教书和学术研究的道路上，我将不会停息。愿我的学术研究永不停步，愿我的学生一切安好。

2022年2月7日

阴阳二气通天地　物象三候示境情

冬奥会令人惊叹的有两处，一是时间定在中国虎年的立春日，二是开场的二十四节气倒计时视频，让人感慨中国文化的魅力，每一个节气对应一句诗词。将中国人独有的浪漫传达给了全世界。

现行公历是太阳历，根据太阳运行来定，而中国农历是根据月亮的运行制定的。但中国自古是农耕大国，“万物生长靠太阳”，所以在历法中又加入了单独反映太阳运行周期的“二十四节气”，用作确定闰月的标准。因此，实质上中国农历就是一种阴阳合历。

二十四节气，五天一候，每个节气又分为三候，即七十二候。一候一变，三候为一节气，六节气为一季，四季二十四节气为一轮回，周而复始，年复一年。二十四节气的命名反映了季节、气候现象、气候变化三种。反映季节的是立春、春分、立夏、夏至、立秋、秋分、立冬、冬至，又称八位；反映气候现象的是惊蛰、清明、小满、芒种；反映气候变化的有雨水、谷雨、小暑、大暑、处暑、白露、寒露、霜降、小雪、大雪、小寒、大寒。它是上古先民顺应农时，通过观察天体运行，认知一岁中时候、气候、物候等方面变化规律所形成的知识体系。它科学地揭示了天文气象变化的规律，将天文、农事、物候和民俗实现了巧妙的结合，衍生了大量与之相关的岁时节令文化。

二十四节气，依据斗转星移定岁时。北斗七星是北半球的重要星象，斗转星移时相应地域的自然节律亦在渐变。北斗星的斗柄循环旋转，天维建元，是从寅开始的，顺时针旋转一圈，岁末十二月指丑方，正月又复还寅位；“斗柄回寅”，终而复始、万象更新，新的一个轮回由此开启。斗指寅为立春，斗指壬为雨水，斗指丁为惊蛰，斗指丑为大寒。

二十四节气是安排农事的依据，分别代表农耕不同的阶段。立春是春耕时期，春雨有助于积肥，惊蛰用来提醒人们准备好要耕地种庄稼，春分为冬麦返青要浇水，清明是种瓜植树的季节，谷雨提醒人们杂粮播种苗圃枝接，立夏准备整田栽稻苗，小满要防治蚜虫、麦秆蝇，芒种稻田要勤除草，夏至玉米追肥防粘虫，小暑三伏天防雨、防火莫等闲，大暑大热暴雨增，立秋深翻深耕土变金，处暑粮菜后期勤管理，白露是冬麦播种好时节，秋分稻黄果香秋收忙，寒露播种的洋芋要收回，霜降要防冻日消灌冬水，立冬羊只牲畜圈修牢，小雪利用冬闲积肥料，大雪多积肥料找肥源，冬至家里门窗要防寒，小寒丰收致富庆元旦，大寒之后欢欢喜喜过个年。二十四节气能让农民准确掌握各种农作物的播种和收成时间，它不仅能起到提示作用，还能起到警示作用。

中医理论与二十四节气具有一定关系，中医十分重视人与自然环境的关系，最具特色的就是与中国传统二十四节气相呼应的中医节气思想。自然界气象、物候的变化在二十四节气中直接反映出来，为农事活动提供了科学依据。根据中医理论，人与自然界是天人相应、“形神合一”的整体，人类机体的变化、疾病的发生与二十四节气同样紧密相连。人的生理病理活动随节气而变，中医认为人若不适应二十四时节气变化，很容易感受六淫病邪，继而发生恶寒、发热等一系列疾病。中医重视六气(风木、寒水、湿土、燥金、君火、相火)转化的时机。历代医家在选方用药、煎煮服法上，尤重顺应节气之寒热远近，强调顺应四时以养生，如此才能健康、长寿。

与二十四节气相关，形成了二十四番花信。人们选择应节令而开的花作为标志，以花为节令之信使，故称花信，而风应花期，又有了“花信风”之说。即风报花之消息，风应花期，我国便产生了“二十四番花信风”节令用语，它也是我国表示气候变换的词语。人们在每一候内开花的植物中，挑选一种花期最准确的植物为代表，应一种花信，称之为“二十四番花信”。

二十四番花信是：小寒：一候梅花、二候山茶、三候水仙；大寒：一候瑞香，二候兰花，三候山矾；立春：一候迎春、二候樱桃、三候望春；雨水：一候菜花、二候杏花、三候李花；惊蛰：一候桃花、二候棣棠、三候蔷薇；春分：一候海棠、二候梨花、三候木兰；清明：一候桐花、二候麦花、三候柳花；谷雨：一候牡丹、二候酴縻、三候楝花。报春使者——梅花。

二十四节气是一种天地万物的节奏，像一首歌，也像一首诗，张弛有度，快慢有节。农作物也在这种节奏之下，春生，夏长，秋收，冬藏！随之而来的农人，也跟着春耕，夏锄，秋收，冬亦藏。食物的味道也随着节奏变化，春酸，夏苦，秋咸，冬甜。以二十四节气为基础，衍生出来的各类谚语，朗朗上口，除了指导农事，还在指导人生。衍生出了中国的诗歌、绘画、音乐、政治、文化、天地观、人生观、价值观以及生活方式，仔细盘算起来我们的生活中无处不受二十四节气的影响。

2022 年 2 月 9 日

洪福与清福

春节家家贴对联，大多数内容都是“五福临门”，五福意指一曰长寿，二曰富贵、三曰康宁、四曰攸好德、五曰考终命。东汉的哲学家桓谭在《新论·辨惑第十三》中把最后一福的“考终命”改为“多子孙”，因此“五福”是指：“寿、富贵、康宁、好德、子孙众多”。所以总的期望不是求“福”，就是求“寿”。福的草书是多衣，衣服多了就有福，表达了人们最朴素的追求。

但是人生的福有两种：洪福和清福。洪福，也被称为鸿福，是世间叫法，是一切“色声香味触法”的刺激所带来的快感，是肥马轻裘、一呼百应、日日笙歌、灯红酒绿带来的快感。也就是实现了俗世理想，成为达官显贵，享受人间繁华、乐于前呼后拥。人都是渴望荣耀的，喜欢被鲜花和掌声包围的生活，喜欢“相逢意气为君饮，系马高楼垂柳边”的豪纵，喜欢“舞低杨柳楼心月，歌尽桃花扇底风”的至乐。洪福最为诱人，却皆是虚妄，是短暂的。甚至到头来反而引火烧身、无法自拔。南怀瑾先生讲鸿福的“鸿”字不好，福像鸟一样飞掉了，到头来没有福。即使这种洪福有荣耀感，但是也有“嗟余听鼓应官去，走马兰台类转蓬”的烦恼。

清福是指清净自在，耳根清净，是不疾不徐、顺其自然带给人的安宁和祥和，是出世间法，是心放下的福。也就是安于平凡，超然物外，享受心之清闲和欢乐，这是一种观自在的福。做自己想做的事，干自己想干的事，自由自在。鸿福容易享，但是清福却不然，没有智慧的人不敢享清福。人到了晚年本来可以享清福，但多数人反而觉得痛苦，耐不了寂寞。一旦无事可管，就活不下去了。诸葛亮的《诫子书》讲，非宁静无以致远。事物的成长都在宁静状态下完成。人在睡觉时长得最快，植物在夜晚月光下长得也最快。人的福报和智慧也需要在宁静中开发。此所谓，空而能定，定生慧，慧而能福，福报就越大。但是清福不是无所事事，而是在无为中有为，做该做的，做能做的，做规则允许做的，尽职而尽责，尽心尽力。

人在福中不长久，需要分清洪福与清福，人世间没有人能同时既有洪福齐天又有清福。真正的福报是清净无为，心中既无烦恼也无悲，无得也无失，没有光荣也没有侮辱，正反两种都没有，永远是非常平静的，这是上界的福报，也就是清福。人真到了享清福的时候，往往不知道那是真正的福报来了。事实上，平安无事，清清净净，就是究竟的福报。

苏轼在《前赤壁赋》中写道："寄蜉蝣于天地，渺沧海之一粟。哀吾生之须臾，羡长江之无穷。"这是何等的潇洒。"且夫天地之间，物各有主，苟非吾之所有，虽一毫而莫取。惟江上之清风，与山间之明月，耳得之而为声，目遇之而成色，取之无禁，用之不竭，是造物者之无尽藏也，而吾与子之所共适。"这是何等的胸襟。

世间原本清净，我们都是平常人，应当追求清福。热闹终将散去，大幕终将落下，门厅终将冷落。"一切有为法，如梦幻泡影，如露亦如电，应作如是观。"一切都是过眼烟云，做平常事，享点清福吧。

2022年2月14日

十年寂寂淘书海

西安南院门“西安古旧书店”是一个淘书的好去处，与我有 30 余年的渊源和交情。20 世纪 80 年代上大学时，我的一个老师领我去过古旧书店，此后自己就经常去。我的藏书中，好多都是从古旧书店淘来的。西安古旧书店是一家收售古旧书籍的书店，同时也收藏、保护古旧书籍。它是一家百年老店，已经有上百年的历史了，前身为 1908 年成立的公益书局，书店的牌匾是由鲁迅先生所题。古旧书店整体两层，分为一层和负一层。书店中全是木门木质书柜，古色古香简单朴素，显示出了古旧书店的古雅特色。

在书店的一层，整架的古籍线装书和铺开一长桌的书法碑帖是一层书店中最醒目的，一整面墙的古籍线装书叠在一起，显示出文字的力量厚重与庄严。这一层多为国学、历史、古典文学、宗教、碑帖等书籍，同时也经营新旧版文史类书籍、新旧版线装书籍、工具类书籍及书画、考古类书籍等，在这里可以找到历史上大家之作的各种版本。古旧书店还有一些“镇店之宝”，价值成千上万的民国时期旧书，甚至还有非卖品“孤本”，这些书也见证着这个书店百年来的历史变迁。进入书店，安静的氛围中自带书香雅韵，几乎没有任何刻意的装饰物，20 世纪 80 年代的老钟表和复古台灯与店里的实木书柜融为一体。

负一层是旧书区，这里完全就是个宝藏之地，以折扣书和旧书为主。旧书的种类更是五花八门，每本旧书的尾页都用铅笔标注了如今的售价，几块钱就能买到一本“新书”。在地下层摆满了各式各样的旧书，从 20

世纪五六十年代到近几年出版的书都有，价格最低的仅几块钱。有很多装帧很古老的，也有很有意思的书。我很喜欢到旧书区，在书架间徘徊，能闻到旧书散发的陈年书气。旧书是时代的一面镜子，泛黄的纸张，折角的封面，书上做过的笔记，如果能被有缘人选走，旧书就可以延续它的意义，焕发出新生。而且这里能看到早年的一些书，特别是连环画，从而唤起童年的一些记忆。

“十年寂寂淘书海”，从 20 世纪 80 年代开始，我就在这里买碑帖、文史类书籍。周末一大早从陕西师范大学西大门口坐 3 路公交出发，到南门下车，从粉巷步行到书店，一待就是一天。到西北大学工作以后，离这里近了，常常会沿着环城路经过朱雀门到书店买书，再吃南院门的葫芦头。这里的碑帖种类齐全，文物出版社出版的《历代碑帖法书选》非常全，而且价格便宜，最低几毛钱，最高三四块钱。《颜真卿书多宝塔》《颜真卿祭侄文稿》《秦石鼓文》《曹全碑》《邓石如篆书》都是在这里买的。文史、哲学等方面的书在这里买了不少，特别是在这里淘到过许多自己喜欢的旧书。

我喜欢收集书，我去过全国许多地方的旧书店，位于北京琉璃厂的中国书店、原来北京大学旁边风入松书店、南京大学旁边的维楚旧书店，但是我觉得西安古旧书店留下了我 30 多年深深的记忆，而且到现在为止还时常去。在我的印象中，西安古旧书店老板是一位隐世高人，睿智地俯视人生。来这里的读者，绝大多数是知识分子，甚至著名学者，还有些高校的学生和老师。很多人，包括我常常一待就是一整天，有时几个好友还会相约到旁边的饭店吃葫芦头或泡馍。西安古旧书店曾是许多文化人攫取知识的宝地，它滋养了好几代知识分子，在文化人心目中有特殊的感情和地位。网络化的影响，从书上获取知识的时代，已经离我们渐远了，像西安古旧书店这样有“灵魂”的书店却在这样浮躁的年代里安静又有韵味。

2022 年 3 月 2 日

踏遍青山人未老

仁者爱山、智者爱水，此所谓仁山智水。我从小在山中长大，知道山、喜欢山，从内心就存在着对山的挚爱。周末、寒暑假，只要没有事情，总要去秦岭爬山。即使出差，如有机会也是要去登临一下当地名山，广州的白云山、南京的紫金山、山西的太行山、东北的长白山都有登临。

在春天经常去皇峪寺，从沣峪口进去，从蒿沟开车直接上到山顶。再从山顶穿越到卧佛寺，一路上全在最高的山脊上走，周围群山尽收眼底。最为壮观的是满山遍野的白鹃梅，到处可见苍翠之间一大片一大片的洁白花朵，开得如此的灿烂。“白花如雪满山冈，嫩蕊琼丝韵味长”，满山似雪，微风吹来，花朵翩翩，好似白蝶在翠叶之间飞舞，煞是好看。天空湛蓝，远山嫩绿，白云飘荡，在阳光的照耀下，行走在花海山间，轻松快意。春天也还可以去二龙塔看桃花。二龙塔下万亩桃园，到了山脚下，放眼望去，漫山遍野之中，桃花的身影分外妖娆，似乎是从天上掉下来一大片朝霞。车来到桃花林子，我们会迫不及待地下了车，冲进了那桃花的红海里。春天也可以去周至竹峪的龙阳沟看千亩红梅基地，整片梅花林分布于秦岭的川道之内，盛开的红梅层层叠叠，将秦岭山梁点缀的一片火红。沿沟梁行走，两侧沟壑的坡地上，一垄垄种植着盛开的梅花树。站在山梁上，晒着暖洋洋的太阳，能观赏到一垄一垄灿若红霞的梅花。晚春时节的五月，可以去秦楚古道，山路宽而缓，到达山顶的草甸子上，欣赏南草北树的景观，南面是一坡的高山草甸，北坡全是高山杜鹃。我连续去了三年，才看上漫山遍野高山杜鹃的壮观。

夏天就要选择凉爽，能够避暑的山。或者去天平峪的西寺沟，这是一个清凉的好去处，路沿着“回”字形道蜿蜒而上，坡度不大。西寺沟这里水多，可以体验小桥流水。特别是这里的树多，苍翠茂密，阴翳蔽日，夏季时特别的凉爽。峰峦壁立，野树杂花，溪水潺潺，青藤蔓草缠树，溪河清粼响石，让人在清凉中特别的放松。也可以去朱雀森林公园的终南沟，与西寺沟一样，这里水多、瀑布多，上到瀑布的高处，看飞流直下，很是惬意。树木茂密，可以体会到从凉爽到寒冷。沿着山路曲折前行，缓缓而上，到达山深林密的溪水边，取水烧茶，在树木之间挂几条吊床，可以享受山间清新的空气。从山里出来，在沟口的农家乐吃过饭，然后坐在水边，支上桌子，喝茶，在夕阳西下的时刻享受山间的宁静。大峪、耿峪、蓝田的葛牌古镇也是夏天常去的地方，夏天炎热时，在这几个地方住上两晚，听山风、享受凉爽、体验安静。

秋天的秦岭是最美的世界。秋高气爽，满山红变，层林尽染。东佛沟、大峪、抱龙峪，任何峪口都是那样的壮观，满山五彩斑斓的红叶把秦岭变成了令人陶醉的油画。深秋一定要走一趟秦岭，连绵的山脉在视线里伸向远方，即使是在潇潇秋雨的季节，金黄色的落叶飘落，仿佛像是天空洒下美丽的星辰。走进秦岭，如同进入一个梦境里，秋水潺缓而明净，河流飘着雾气，远山云雾缭绕，空谷幽静，白云深处藏人家……古诗里描绘的美景在这里随处可见。茂密的原始森林，幽幽的山间国道，铺满落叶的山间。身临仙境的美妙意境让人流连忘返。深秋的秦岭，以自己的姿态恣意地绚丽着。

冬季的秦岭也有特点，都说冰和雪是对冬天的最好诠释，那么秦岭的冬景就是最好的代表。秦岭之冬的魅力，在于冰雪。“终南阴岭秀，积雪浮云端。林表明霁色，城中增暮寒。”就是最好的写照。冬天登山要选向阳的峪口，天子峪的西岭是最好的出去，上到至相寺的山顶，从阳坡绕过，有一段是在山脊上走的羊肠小道，在阳光下沿着山脊缓缓行走，站在最高处的平台上，坐在草坪里，泡茶吃水果，晒太阳，眺望远方，真有“会当凌绝顶、一览众山小”的感觉。或者去游龙山，欣赏漫山遍野的柿子。或者进抱龙峪欣赏瀑布冻结而成的巨大冰柱。

有人认为登山是为了锻炼身体，锻炼意志，强健体魄。有人说登山是希望看到每座山不同的风景，走遍名山大川，看不一样的景色，欣赏大自然的鬼斧神功。其实我喜欢爬山，因为它是一种情感的释放和发泄。“因过僧院逢僧话，浮生又得半日闲”，背起背包，将心事一点点丢失在山路上，把心交给大自然，看看山的胸襟，体会水的清心。“东方欲晓、莫道君行早，踏遍青山人未老”，喜欢山的俊、山的静、山的险。喜欢山上清新的风，喜欢从山上看山下的风景，喜欢累得吭哧吭哧地爬到山顶上，喜欢站在山顶上伸手抚摸星辰、俯视大地的感觉。“无人会，登临意”，景因多变而吸睛，人因登山而开阔，享受山顶那种舒心，一览众山小的感觉，远离城市的喧嚣，静静地感受大自然的静美。站在山顶，发现自己的渺小，体会大山的伟岸，看见大地的包容，舍弃傲气，容入谦卑。

2022 年 3 月 6 日

桃花的诗性

春天是繁华次第盛开的时节，更是桃花盛开的季节。桃花盛开，片片飞花，烂若云霞，桃花撬动了诗性，“桃花”经常入诗，惊艳了诗词文学。

桃之夭夭，灼灼其华，有蕡其实，其叶蓁蓁。《诗经》开启了人面桃花的先河，据说周代一般在春光明媚桃花盛开的时候姑娘出嫁，故诗人以桃花起兴，自此以后用桃花来比美人的层出不穷。《诗经》给桃花定了调子，与女人有关，与美好的情感有关。崔护也沿着这个思路写了一句“人面桃花相映红”，直接将桃花与人面画上了等号。宋代的汪藻也有一首成名诗作写道：“一春略无十日晴，处处浮云将雨行。野田春水碧于镜，人影渡傍鸥不惊。桃花嫣然出篱笑，似开未开最有情。茅茨烟暝客衣湿，破梦午鸡啼一声。”诗中描写春日田园风光，诗中桃花含苞欲放，如美人嫣然一笑，很是动人。三国时曹植的《南国有佳人》诗中把挑花比作人面，“南国有佳人，容华若桃李”。

桃花盛开，春光无限，既会给人带来心情的愉悦，也会引起人的无限愁思，桃花也表达一种愉悦或者愁思的诗性。唐代诗人常建的《三日寻李九庄》中写道：“雨歇杨林东渡头，永和三日荡轻舟。故人家在桃花岸，直到门前溪水流。”表达了桃花盛开时去看老朋友的愉悦心情，潇潇春雨已经停歇，柳林经过洗涤，青翠满眼，生机盎然。暂且乘一叶小舟，从杨柳林的渡口出发去找寻老朋友的家。只要看见两岸桃花盛放，门前溪水潺潺，约莫就是到了。而贾至的《春思》写道：“草色青青柳色黄，桃花历乱李花香。东风不为吹愁去，春日偏能惹恨长。”诗人看到春草丛生、柳丝轻拂。桃花盛开在枝头丛丛点缀，李子花的清香飘荡四周。只可惜明媚春光和良辰美景依然排遣不去埋藏在心中的惆怅和与日俱长的愁思。刘禹锡的《竹枝词》“山桃红花满上头，蜀江春水拍山流。花红易衰似郎意，水流无限似侬愁。”诗人触景生情，看到鲜红的桃花开满山头，蜀江的江水拍打着山崖向东流去。美好的爱情像花开花落一样，稍纵即逝，作者的忧愁也像这奔流不息的江水一样，绵延不绝。

东风随春归，发我枝上花。桃花盛开才是春天的真正来临，桃花的诗性也在春天生机勃勃，华枝春满，天心月圆。杜甫《江畔独步寻花》“黄师塔前江水东，春光懒困倚微风。桃花一簇开无主，可爱深红爱浅红？”杜甫独自在锦江江畔散步赏花，沐浴着和煦的春风，不知不觉来到了黄师塔前江水的东岸。只见一株无主的桃花开得正盛，爱深红还是爱浅红，花开绚丽，让人目不暇接，难以选择。戴叔伦的《兰溪棹歌》“凉月如眉挂柳湾，越中山色镜中看。兰溪三日桃花雨，半夜鲤鱼来上滩。”写春雨过后，凉爽宜人。月挂梢头，光泻兰溪；细绦弄影，溪月相映增辉。一连三天的桃花雨，溪水猛涨，鱼群联翩而来。春水盎盎，鱼抢新水，调皮地涌上溪头浅滩。此情此景，怎不使人从心底漾起欢乐之情！

由于桃花有诗性，在古代桃花的寓意非常多，可以象征春天、志向、交友、爱情，还有美好的生活。刘备的志愿就是要匡扶汉室一统天下，也是对未来有一种美好的憧憬，因此有刘关张桃园结义之说，李白与众友人的桃园夜宴也在桃园。“会桃李之芳园，序天伦之乐事。”

桃红复含宿雨，柳绿更带朝烟。春天里的桃花之美，美得令人心碎。春天里的桃花的诗性之深，深得令人浮想联翩。愿你在这个万物复苏，百花齐放的季节里，能如桃花一样绽放华彩，明艳一整个春天，诗性一个春天！

2022 年 3 月 20 日

白花满山明似雪

春天是山花烂漫的时节，各种花儿次第开放，处处显示出一派勃勃生机。大秦岭是一个丰富的植物库，每到春天，花儿成片开放，呈现出一派山花烂漫的景象，着实很为壮观。王莽的万亩桃园，如同桃花岛。太平峪的紫荆花，满山红遍。皇峪的白鹃梅，也是成片开放，盛开时节，白花满山明似雪，也别有一番雅趣。

往年的三月底四月初，都要去皇峪看白鹃梅，从卧佛寺穿越到皇峪，一路上行走在山脊上，四周一片花海。四面望去，满山的葱绿之上漂浮着一片洁白，明亮如雪。今年有人建议进抱龙峪上五道梁，也有成片的白鹃梅，而且不输皇峪。正好几个在西安工作的学生相约去五道梁观赏白鹃梅。

一大早出发经过子午大道，穿过子午镇，进入抱龙峪。从抱龙峪的桥头人家缓缓而上，这一路路面宽阔，而且不陡，爬起来一点都不费劲。五道梁实际上是转过五个弯，每转过一个弯，上行一段，到达一个山梁。前几个弯转过，上到第四个梁，一路上之间几株盛开的白鹃梅。我暗自在想，这里的白鹃梅哪里有皇峪的壮观，也许还没有盛开吧。一路转弯，缓缓而上，转过三个弯，再爬过一段陡峭的山路，就来到了一个山梁顶上的平台，大家休息，取出茶具，泡茶、吃水果。在大家休息的时候，我查看了地形，这里的平台叫圆经台，平台有点圆形，但不知道为什么叫圆经台。向圆经台两边，各有一条平缓的小道延伸到上梁上。远望去，左手边的山梁上有一片洁白的花海，想必这就是白鹃梅了，和大家商量，向左手方向继续行走。向左穿过一条长长的羊肠小道，走出一片灌木林，眼前一片明晃晃的，好大一片花海，大家惊呼白鹃梅。

白鹃梅又名茧子花、九活头、金瓜果等。花色是白色，花形是五瓣，形如梅花。点点簇簇，漫山遍野。姿态秀美，春日开花，满树雪白，成片盛开，如雪似梅。当地人称之为“龙柏花”，因为花落结果之后，果形如同柏树籽。但是不知为什么，少有古诗写白鹃梅的。只有今人西北农林科技大学的周云庵教授《白鹃梅》写过“白花如雪满山冈，嫩蕊琼丝韵味长。姿态秀美雪公主，清丽动人淡淡妆。地边石旁作点景，桥畔庭前饰风光。盛花时节没错过，花气侵人笑语香。”近看白鹃梅，树态矮壮，枝条密集，叶片肥厚，树冠整齐，是一种淡雅秀丽的花木。花态优美，花貌洁白如雪，剔透如玉，宛若叠翠，娟娟素雅，婀娜动人。

继续前行穿过一片花丛，来到五道梁山脊的高处，山脊上满是盛开的白鹃梅，目之所及恍如“雪海”。四面望去，阳面的山坡上，远处子午峪里的各个山头上，葱绿的山坡上，一大片一大片洁白的花海，花开犹似昆仑雪，蔚然壮观。层峦叠嶂里，白鹃梅花海涛涛浪浪，漫过山峦叠嶂，宛若层林点雪，柔如云絮，洁如冰魄，芳菲山间，在人心头翻滚着无数的遐想。白灿灿的白鹃梅就像是清词丽句，纯粹、简单、优美，随心而动，我想把五道梁的白鹃梅风景说是一种壮观的美是绝不过誉的。

沿着山脊继续前行，每过一个山头，就是一片花海。花海最密集之处，目之所及的秦岭群峰全被“染”成了白色，真有种身处“雪海”的错觉。在蓝天白云之下，这些如梅似雪的花朵显得格外圣洁和美丽，置身其中更显得非常的浪漫和唯美。除了站在高处远眺白鹃梅花海的壮美景观，也可以沿着山间小路穿过花海，人在花下走，你会发现这大片大片的白鹃梅，仿佛没有尽头似的，它们在春天五道梁的山脊上傲然地开放。我们在山脊的花海中穿行，那浓郁的花香沁入口鼻，令人神清气爽。山脊之上那白鹃梅愈来愈多，高矮不同，形状各异。有的新枝初成，有的老树虬枝。每一树都开满了白色的花朵，我们欢快地享受这大自然给予我们的恩赐。

秦岭的白鹃梅是一道优美的风景，而五道梁的白鹃梅更为独特。这里花如海、景如诗，漫山都绽放着秀逸的白鹃梅，漫山遍野都弥漫着白鹃梅的馨香，这是一种壮观的美。

2022 年 4 月 5 日

灵动秦岭

秦岭横亘于中国版图的中央，是最中国的名山。道家讲秦岭是中国东西走向的一条阳龙，南北各有两条阴龙：黄河与长江。在秦岭于黄河之间又有一条小的阴龙——渭河。在秦岭与长江之间还有一条小阴龙——汉江，因而秦岭和合南北，泽被天下，是一座灵动的山。

秦岭是灵动的，四季轮回，日出日落，山河相依，春花秋实。历史世代更迭，但是秦岭风雨不动安如山，完成着生命的延续。正如宋代汪元量诗中所写“峻岭登临最上层，飞埃漠漠草棱棱。百年世路多翻覆，千古河山几废兴。红树青烟秦祖陇，黄茅白苇汉家陵。因思马上昌黎伯，回首云横泪湿膺。”秦岭是灵动的，四季景色变幻无穷，春可踏青赏花、夏可避暑寻幽、秋可赏红叶、冬可看冰雪。“日进终南夜宿山，静闻松涛枕石眠。风语青石鸣不住，酌茶一盏静观禅。净花毋需清泉洗，直裰一身不知寒。若得重修终南志，一僧一石一蒲团。”秦岭，始终给我们展示着自己最特色最美好的一面，具有无限魅力和灵性。

秦岭的山是有灵动的。峰峦叠嶂，山恋起伏，高耸入云，峰回路转，曲径通幽，山势错落有致，岩石纹理清晰。宋代文同的诗写道“秦岭巉巉列万峰，晚岚浑欲滴晴空。如何学得崔重易，吟啸终南明月中。”南北走向，东西峻岭挟持，河流奔腾而下，人自北向南攀爬穿越秘境，两边山崖草木横生，河道乱石叠磊，形成各种景观，气势滂沱，宛如仙境。夕阳余晖下，万道霞光。登上秦岭的峰头，北望雄视中原，气象万千；南眺诸峰，苍山如海，残阳如血，不禁思绪万千。“南登秦岭头，回望始堪愁。汉阙青门远，高山蓝水流。三湘迁客去，九陌故人游。从此辞乡泪，双垂不复收。”

秦岭的水是灵动的。秦岭山水一体，山为水宗，秦岭因为山清，因而也有水秀。作为南北分界线，数不清的峪口，向北流入渭河，注入黄河。向南流入汉江，汇入长江，登一山可饮两江水。每到春夏，一场大雨，水润山川，大地开河。那烟雾缭绕水汽氤氲之下的淙淙雨水，用自己的琼浆玉液喂养着大山。吞噬不下的雨水便满山乱窜，沿着山脊，顺着山谷，最终汇成洪流。南来北去，北来南去，于是便有了汉江、渭河，还有长江、黄河。八水绕长安，成就了秦皇汉武大唐盛世，奠定了十三朝古都的厚重。秦岭的水处天地之间，或动或静；动则为涧、为溪；静则为池、为潭。“泉眼无声惜细流，树阴照水爱晴柔”，若藏于地下则含而不露，若喷涌而上则清而为泉；或飞流直下，成为飞泉流瀑。少则叮咚作乐，多则奔腾豪壮。秦岭的自然山水独特，地质结构复杂，形成瀑布、潭水、“壶穴”等景观。大小瀑布多则百处，堪称一大奇迹。瀑下皆有潭，飞瀑入潭，激起千层雾，形成万道虹。水流顺巨石喷溅而下，四散的水花由于阳光的反射和折射形成一道道彩虹。春风化雨，雨润万物，漫步其中，诗情画意，上善若水。

秦岭的草木鲜花是灵动的。秦岭各个景点，各有千秋，不同凡响。古树参天，万木峥嵘，苍劲古老的落叶松原始森林，顶风傲雪的红桦纯林。春季各种鲜花竞相开放，漫山遍野的白鹃梅、高山杜鹃、黄刺玫，特别是野生万亩紫荆，春季争奇斗艳，漫山遍野，吐露芬芳。

秦岭的动物飞禽是灵动的。秦岭有许多珍稀动植物，野兔、野鸡、锦鸡、松鼠、画眉、大熊猫、金丝猴、羚牛、朱鹮等野生动物常常出没于林间、溪边、道旁。

秦岭的文化也是灵动的。秦岭是一座风起云涌的历史山，在国家统一、民族兴亡、政权更迭等关键时刻，秦岭都发挥了重要的作用。秦岭是一座三教会集的宗教山，绵绵秦岭，重峦叠嶂，沟深林密，青烟袅袅，玄意重重。山顶、山间、山下，会集了儒释道三教百余座庙宇、道观、道场，“一片白云遮不住，满山红叶尽为僧”。秦岭是一座诗词的山，因秦岭而创作的诗文之多都达到顶峰。李白的《蜀道难》，白居易的《长恨歌》，王维的诗中有画、画中有诗，韩愈的“云横秦岭家何在，雪拥蓝关马不前”，都流传千古，深深刻上秦岭的烙印。

锦绣河山，如画河山！秦岭连绵不断，纵横绵延几百公里，沟壑无数，河流蜿蜒，是大好河山。山的硬朗和水的温柔，是一座实实在在最为灵动的神奇之山！“水是眼波横，山是眉峰聚”，秦岭的山水从南到北，日夜流淌，秦岭深藏不露，千百年来，滋养万物，神采奕奕。茫茫秦岭，千峰竞秀。悠悠清泉，万宗归一，青山绿水，灵动之中，包含着生命热情和万般不舍，映照着我们前世今生。登上秦岭的高处，脚下是古人曾经走过的古道，远方是先贤们曾经眺望过的写满了诗篇的崇山峻岭，眼前晃动着先贤们登高赋诗的身影。山间那云蒸霞蔚的云雾、山间盘绕的溪流清泉、树间盘旋的鸟儿、山上摇曳的树叶、四季变化的花海，仿佛也都在讲述着秦岭的大气、厚重、巍峨和灵动。

2022 年 4 月 10 日

刚日读经　柔日读史

汪曾祺先生散文如同甜点，读起来很是闲适，又有些别致的意味，同时老先生的书法和绘画也很有特点。买来汪曾祺先生的一本散文，前面插页中有先生的书法和绘画，其中一副对联吸引了我，内容是“刚日读经，柔日读史。有酒学仙，无酒学佛。”字写得别致，对联读起来很有意味，越品越有味道。

“有酒学仙，无酒学佛”，最早来自辛弃疾《稼轩长短句》，其中有首《卜算子》：“一个去学仙，一个去学佛。仙饮千杯醉似泥，皮骨如金石。不饮便康强，佛寿须千百。八十余年入涅盘，且进杯中物。”明朝陈继儒《小窗幽记·卷十一》中写道：“酒能乱性，佛家戒之。酒能养气，仙家饮之。余于无酒时学佛，有酒时学仙。” 清张索懿也有一副对联：“左壁观书，右壁观史；有酒学仙，无酒学佛。”傅抱石就很喜欢这副对联，家里挂着清人“西泠八家”之一黄易手写的“左壁观图右壁观史，无酒学佛有酒学仙”一联。“有酒学仙，无酒学佛”的意思是，人要学着收放自如，既要拿得起也要放得下。不喝酒的时候要以佛为榜样勤修戒定慧，六根清净，修身养性。喝酒的时候应当放开羁绊，如仙人般潇洒地生活。当自己浮躁不安，不能平静的时候，喝酒可以忘忧，因此自古以来，酒就像是灵感的催化剂。有酒时可飘然欲仙，没酒时也顺其自然，表现出了充满人生哲学的积极思维。

“刚日读经，柔日读史”， 出自清代钱大昕的自撰联，曾国藩也喜欢这句。“刚日读经，柔日读史”体现了一种读书方式和态度，有两层意思：

一是无日不读书。二是时日相宜。柔日读史，读史以明志；刚日读经，读经以养性。南怀瑾先生说："所谓刚、柔是指天气，阴雨天属柔日；炎阳晴天则属刚日，气候变化对人的身体、情绪都有影响。阳日读经，人的心气很大，壮志凌云，心里很刚强时，读书应该读古代经典，以调和自己的心性，陶冶自己的性情，此所谓刚日读经，以立正大。'柔日读史'，在情绪低沉、精神萎靡的时候，需要读历史，引起人的精神和兴趣，激发自己恢弘的志气。也就是意志懈怠时读史以明志，此所谓柔日读史，以知通达。" 从南怀瑾先生的解释来看，刚日就是指心气刚强的时候，是精神特别好、思想特别清明的时候，或满腹牢骚、情绪烦闷、感到很不平的时候，这时候就要翻一下经书，看看陶冶性情的哲理，以调和自己的心性。读经需要思想，哲学思想必须要头脑精神够的时候去研究；譬如孟子的养气、尽心。相反地，如果心绪低沉，打不起精神，阴柔之气在心中的时候，那就是柔日，就要翻阅历史，激发自己恢弘的志气，读历史以启发人的气魄。

"刚日读经，柔日读史"也体现了一种"经史合参" 的读书方法，经是优雅的，史是严肃的，在读书中对经和史要融会贯通，读经书必须配合历史，读历史同样必须配合经书，即所谓"文以载史，史以文传"。南怀瑾先生说亢阳激扬，刚也。卑幽忧昧，柔也。经主常，史主变。故刚日读经，理气养生也；柔日读史，生情造意也。

2022 年 4 月 16 日

青青杂阡陌　时时见桑树

2017年5月14日，习近平总书记在“一带一路”国际合作高峰论坛开幕式上发表主旨演讲，开篇就提到了“鎏金铜蚕”。“鎏金铜蚕”，是西汉时皇帝褒奖蚕桑生产的御赐奖品，这枚“鎏金铜蚕”一下惊艳了世界，使得石泉县闻名全国，同时也说明石泉地区在汉代的养蚕活动已经形成了相当的规模。我正好有机会去石泉县调研县域经济高质量发展，也顺便去发现“鎏金铜蚕”的池河镇明星村参观。

从县城驱车20多分钟，就来到了池河镇明星村。站在明星村最高处的“天空之境”玻璃平台上，可以看到池河明星村的万亩桑海，层层叠叠、郁郁葱葱、一望无际。从观景台下来，进入桑园里，道路都已经硬化，路两旁全是桑树，连片的桑树青翠欲滴，小雨中更显得青翠。树上结满了成串的桑葚，有些是绿的，大部分已经红了，个别开始发紫，放眼望去，枝繁叶茂之间，灌满了红红的桑葚，正如古诗中所写“枝繁复叶茂，桑椹红欲燃”。我摘一颗红的来吃，酸得令人摇头。随行的镇上领导告诉我，由于近日天气比较凉，桑葚还没有完全成熟，成熟的是紫色的，发紫的是甜的，才能吃。我于是找出几个紫色的摘下来吃，果然比较甜。成熟的紫色桑葚味道非常鲜美，把它放进嘴里，轻轻咬一下，那鲜红的汁水便沾满了嘴唇。

镇长告诉我，桑树全世界有2000多个品种，池河镇明星村的桑园中就有1000多种。池河镇明星村把桑蚕业和农业观光旅游业有机结合了起来，既可以观光，又可以采摘。桑园的路两旁是桑树，层层叠叠的山丘上也满是桑树，葱绿的桑树之间是纵横交错的石板小路，路两旁是各类品种的桑树，“青青杂阡陌，时时见桑树”。桑树的一条条枝干上，一张张绿叶下，长满了一个个鲜艳的桑葚，沉甸甸的果实压弯了树枝。而在桑树之间夹杂着枇杷树和李子树，枇杷虽然还没有完全成熟，但是已经变黄，星星点点，挂满枝头，远远望去灿若群星。李子结得很繁，但是在这个季节还是青色。

在桑园中还分布着一些小木屋、民宿。小木屋在可以观景的地方，可以住宿、喝茶和休息，每个小木屋都有一个阳台，阳台上有茶台，坐在阳台上观赏茶园的景色，悠闲地喝茶、欣赏风景也是一种雅趣。一些村民的房屋也分布在桑园中，青瓦白墙、干净整洁，有些做成了农家乐和民宿。中午饭就安排在桑园中，午饭丰盛之外又体现出了桑园的特点，把陕南的饮食习惯和桑园的特点结合了起来，吃辣炒蚕蛹、油炸桑叶、凉拌桑叶、桑叶炒鸡蛋、桑叶豆腐、桑叶面，喝桑叶茶，吃桑葚，很有特色。

明星村围绕蚕桑产业，形成了极具地方特色的“桑旅融合”模式，建成了优质高效经济桑园、桑品种博览园、果桑采摘园、蛋白桑体验园，发展桑园套种特色农产品，开发出桑叶茶、桑叶粉、桑叶饼、桑葚干、桑葚酒、蚕沙枕、蚕丝被、蚕丝睡衣、鎏金铜蚕文创产品等。农家民宿、农家乐等点缀在漫山遍野的桑海中，一幅乡村振兴的沧海桑田的画卷展现在人们眼前。

2022 年 5 月 20 日

村落晚晴天，桃花映水鲜。牧童何处去，牛背一鸥眠。

——袁枚《题画》

古木阴中系短篷，杖藜扶我过桥东。
沾衣欲湿杏花雨，吹面不寒杨柳风。

——志南《绝句·古木阴中系短篷》

无论海角与天涯，大抵心安即是家。路远谁能念乡曲，年深兼欲忘京华。忠州且作三年计，种杏栽桃拟待花。

——白居易《种桃杏》

青山如黛远村东，嫩绿长溪柳絮风。
鸟雀不知郊野好，穿花翻恋小庭中。

——高珩《春日杂咏》

造物无言却有情，每于寒尽觉春生。万紫千红安排著，只待新雷第一声。

——张维屏《新雷》

红树青山日欲斜，长郊草色绿无涯。游人不管春将老，来往亭前踏落花。

——欧阳修《丰乐亭游春·其三》

万树红芳带露残，独怜黄菊对霜看。东君不与花为主，一任西风落砌寒。

——杨继盛《题残菊》

十年踪迹走红尘，回首青山入梦频。紫陌纵荣怎及睡，朱门虽贵不如贫。
愁闻剑戟扶危主，闷见笙歌聒醉人。携取旧书归旧隐，野花啼鸟一般春。

——陈抟《归隐》

石檀拔石根，枝柯纽石绳。轮困络紫陌，鳞甲穿青鲮。核正骨不折，风霜神愈生。盘根砺吾剑，金铁满山鸣。

——傅山《石檀诗》

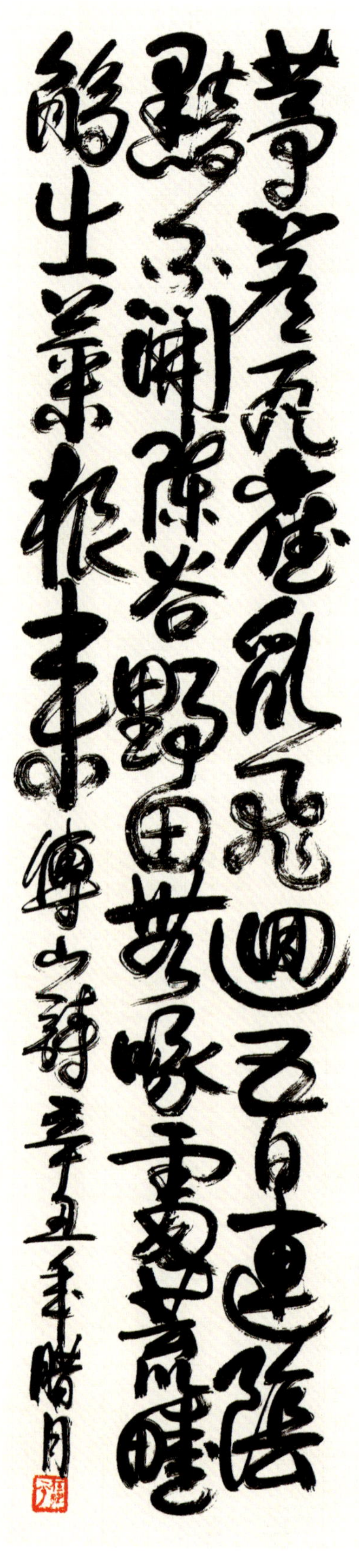

茅檐瓦雀乱飞回，五日连阴黯不开。陈谷野田无啄处，荒畦鸽出菜根来。

——傅山《草书七绝诗之一》

禹庙空山里，秋风落日斜。荒庭垂橘柚，古屋画龙蛇。云气生虚壁，江声走白沙。早知乘四载，疏凿控三巴。

——杜甫《禹庙》

大江歌罢掉头东，邃密群科济世穷。面壁十年图破壁，难酬蹈海亦英雄。

——周恩来《无题》

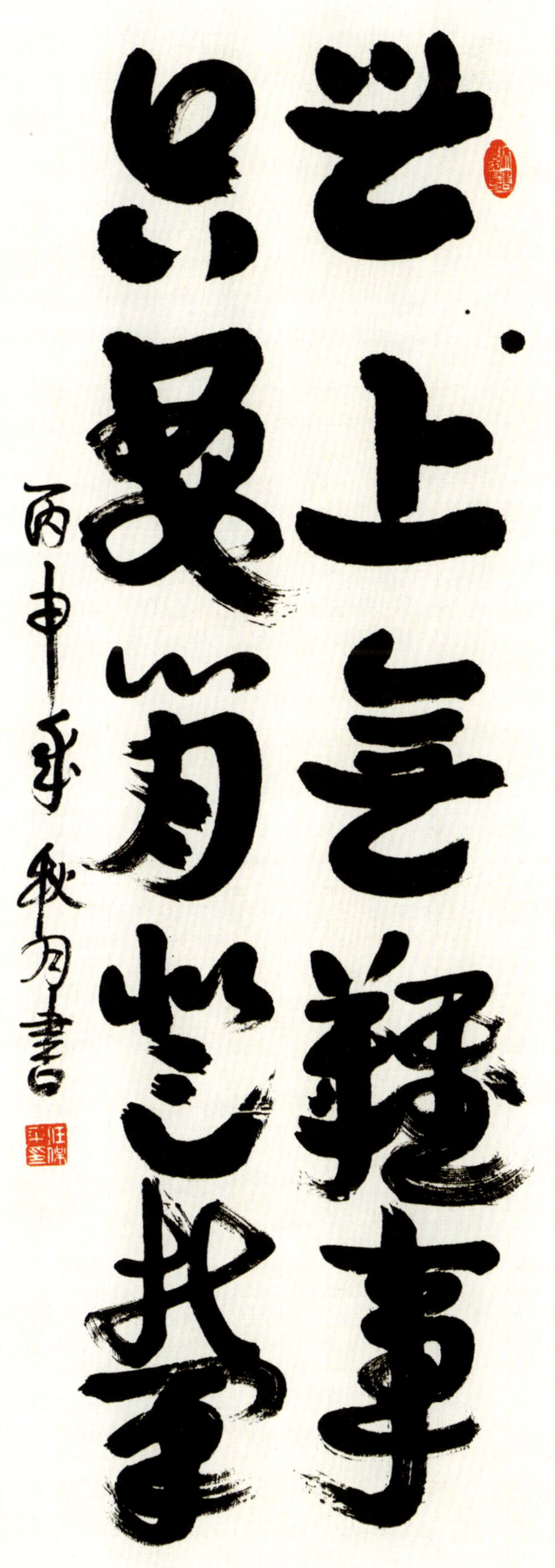

世上无难事，只要肯登攀

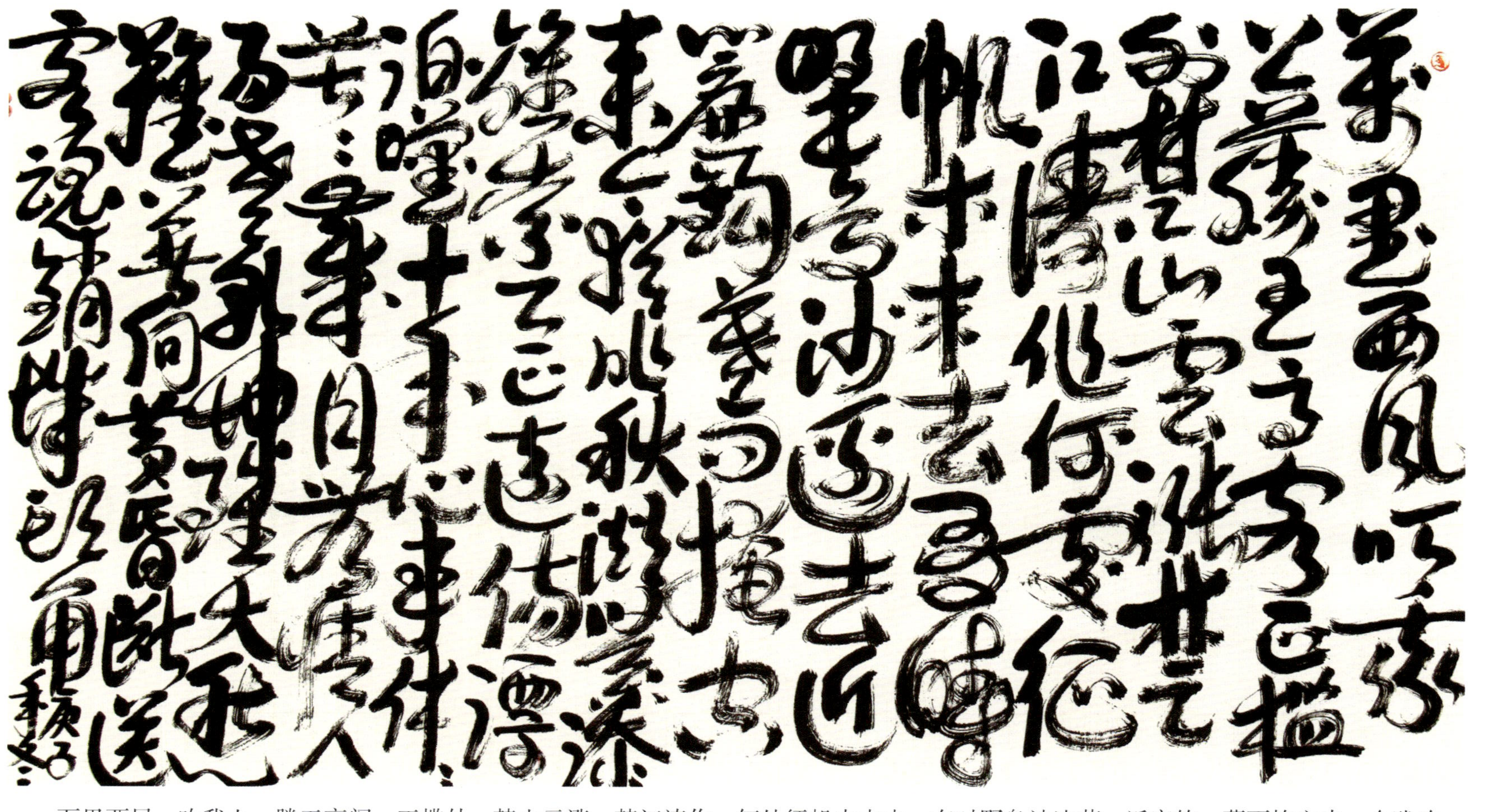

万里西风，吹我上、滕王高阁。正槛外、楚山云涨，楚江涛作。何处征帆木末去，有时野鸟沙边落。近帘钩、暮雨掩空来，今犹昨。秋渐紧，添离索。天正远，伤飘泊。叹十年心事，休休莫莫。岁月无多人易老，乾坤虽大愁难着。向黄昏、断送客魂消，城头角。

——吴潜《满江红·豫章滕王阁》

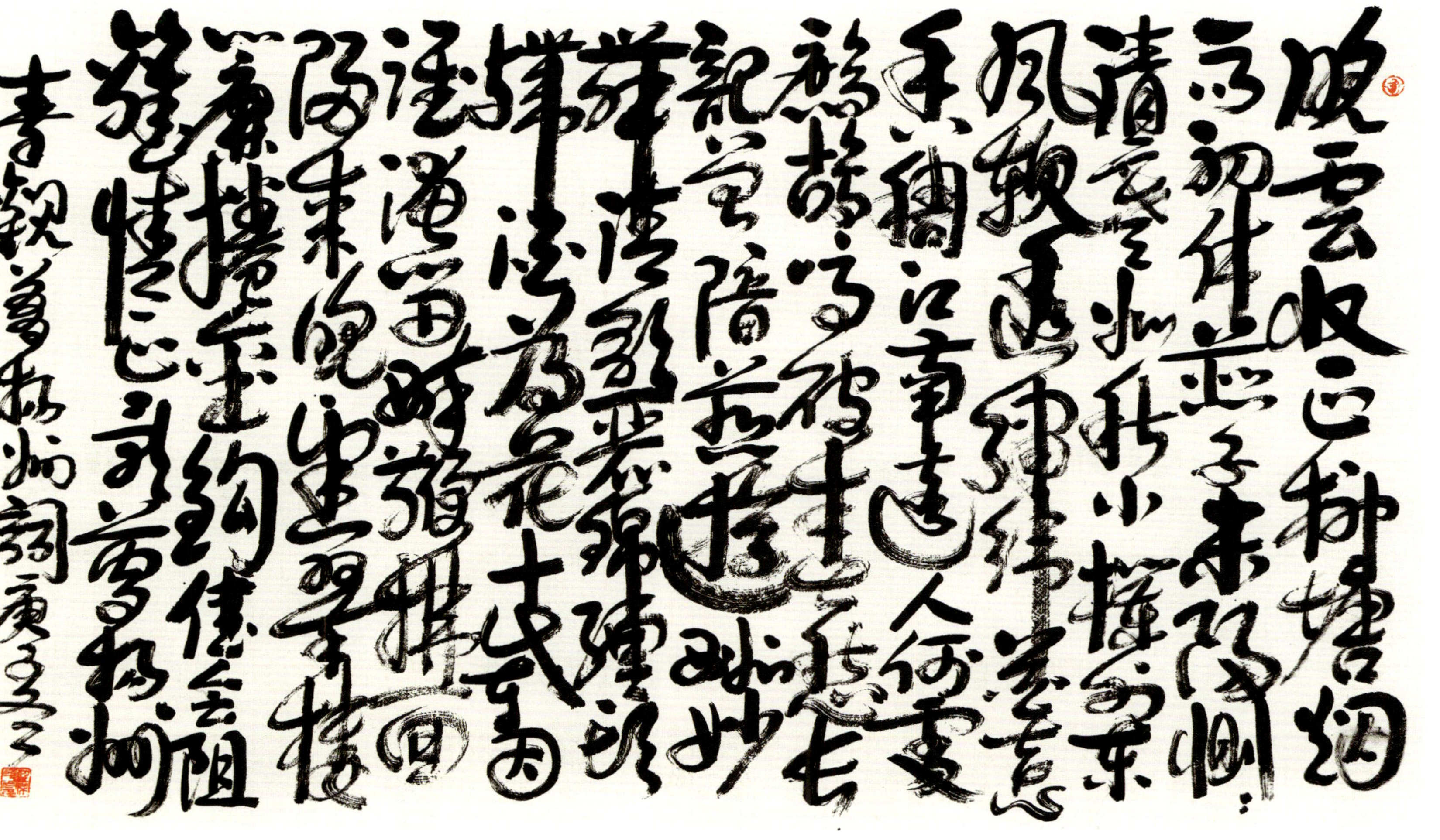

晚云收。正柳塘、烟雨初休。燕子未归，恻恻轻寒如秋。小栏外，东风软，透绣帷、花蜜香稠。江南远，人何处，鹧鸪啼破春愁。长记曾陪燕游。酬妙舞清歌，丽锦缠头。殢酒为花，十载因谁淹留。醉鞭拂面归来晚，望翠楼，帘卷金钩。佳会阻，离情正乱，频梦扬州。

——秦观《梦扬州·晚云收》

寒谷春生